苦海净土

我的

水俣病

〔日〕石牟礼道子 著

肖放 秦维 译

生活·讀書·新知 三联书店

图书在版编目（CIP）数据

苦海净土：我的水俣病／（日）石牟礼道子著；肖放，秦维译. —北京：
生活·读书·新知三联书店，2019.10
ISBN 978 – 7 – 108 – 06562 – 9

Ⅰ.①苦… Ⅱ.①石… ②肖… ③秦… Ⅲ.①纪实文学－日本－现代
Ⅳ.① I313.55

中国版本图书馆 CIP 数据核字（2019）第 057539 号

SHINSOUBAN KUGAIJYOUDO WAGA MINAMATABYOU
ⓒ Michiko Ishimure 2004
All rights reserved.
Original Japanese edition published by KODANSHA LTD.
Publication rights for Simplifed Chinese character edition arranged with KODANSHA
LTD. through KODANSHA BEIJING CULTURE LTD. Beijing,China.

责任编辑　叶　彤
装帧设计　蔡立国
责任印制　徐　方
出版发行　生活·讀書·新知 三联书店
　　　　　（北京市东城区美术馆东街 22 号 100010）
网　　址　www.sdxjpc.com
图　　字　01-2017-0171
经　　销　新华书店
排　　版　北京金舵手世纪图文设计有限公司
印　　刷　三河市天润建兴印务有限公司
版　　次　2019 年 10 月北京第 1 版
　　　　　2019 年 10 月北京第 1 次印刷
开　　本　880 毫米 × 1230 毫米　1/32　印张 8.5
字　　数　194 千字
印　　数　0,001 – 8,000 册
定　　价　38.00 元
（印装查询：01064002715；邮购查询：01084010542）

阅读日本书系选书委员会名单

目　录

第一章　山茶花的海洋

在空旷无际的海水中

无人的小船

无止境的生死苦海

少年山中九平

每年除了一两次台风之外，汤堂这个部落几乎都是被一个小小的、波澜不惊的海湾围绕着的。那泛着微波的汤堂湾上总是漂着小船和沙丁鱼篓，孩子们光着小身子在船和船之间跳来跳去地玩耍，时不时地做出"扑通"的落水状。夏日里，孩子们的嬉闹声会穿过蜜柑田、夹竹桃花儿还有结满了果实的黄栌树，越过矮墙，传到家家户户。

在村子的最低处，下得船来的第一个坡前，有一口很大的古旧水井，那是村民共用的洗涮之所。井口四四方方、宽宽大大，石头井壁的青苔里有小鱼和可爱的、红色的小螃蟹们在玩耍着。可以想象，从那井下涌出的泉水该是多么清美。在这片地方，从海底也会涌出泉水的。

在废弃的井里，杜父鱼一层层地沉在水底，状若山茶花。

记不清树龄的老山茶树从井上面的崖壁上向外伸展着，繁密重叠的枝叶遮住了洗涮场和它前面的广场。树根紧紧地抓住崖壁上裂开的岩石，黑黑的叶子和弯弯曲曲互相缠绕着的树枝，不断向四周发散着它古老的气息。那树荫下面总是让人感到清凉和寂静。老井和山茶树不仅显示出它们自身所经历的岁月，同时还述说着这个村子的古老。

汤堂部落的入江口附近的地区是过去萨摩藩①和肥后藩②的交界处，在那儿有路口和水口两个关卡。出了入江口外就是不知火海。渔民们常形容说："头晚睡在御所浦岛，早上风平浪静时就可以跑着回来。"

御所浦岛是天草群岛的一部分。如果面对天草群岛向左转一直下去的话，不管是陆路还是海路都会到达萨摩藩。

入江的另一侧是茂道部落。在茂道部落的边上有一条像是用来洗衣服的小河。那里就是作为县③境的"神川河"。如果站在河滩的石头上洗米的话，那么洗米水穿过县境流淌到的地方，就已经是讲着浓重方言的鹿儿岛人家了。

从茂道到鹿儿岛县的出水市米津、熊本方向沿国道三号线经过袋、汤堂、出月、月浦，再到百间港，就到了水俣病的多发地带。从百间港进入水俣市内，那里有新日本窒素肥料公司（以下简称"新日本窒素公司"或"新日窒公司"）水俣工厂的排水口。

在古井旁的平地上，有一间用木板搭起来的已经破旧不堪的青年俱乐部。这间不断被海风侵蚀、四面透风的小屋，看起来很荒寂。因为很久都没有年轻人来了，所以到处都充斥着老人们日益加深的寂寞。年轻人长期不来青年俱乐部，使得整个村子几乎没有一点儿生气。年轻人很难留在村子里，特别是以渔业为生的年轻人，这是从好多年以前就开始的事情了；发生水俣病后，他们就更难回来了。所以，再好的渔民也无法将自己的本事传给年轻人。

---

① 现以鹿儿岛县为中心的区域。——本书脚注均为译者所加。
② 现以熊本县为中心的区域。
③ 相当于中国的省。

上了年纪的老渔民们都尽量不去想那些事儿，其实他们每个人都相信自己在打鱼方面的本领是一流的。不管是钓鲷鱼的名手、扎鱼的名手或者是下鲻鱼篓的名手，的确像他们自己所说的一样，人人都是一流的。正是这种骄傲和自尊支撑着他们自己和当地的鲜鱼市场。不仅如此，他们同时还为水俣市民提供了蛋白质源，为不知火海沿岸的渔业发展做出了贡献。

在已经没了门板的青年俱乐部小屋空落落的地板上，坐着老渔夫和他的孙子。老渔夫的耳朵像一个老海螺似的朝向不知火海的方向，眼睛像阴着的天空一样蒙着一层模糊。他的视力恐怕连修补渔网都已不太可能了，所以肯定是儿女把小孙子丢给他来看管。

在这破旧小屋的地板上，肯定留下过他年轻时的记忆。老渔夫时而看看大海，时而又看看自己的孙子，脸上显露着不安和恍惚。就老人的体力来说，应付在地上爬来爬去的孙子还是绰绰有余的，但他几乎在那儿睡着了。这情形与在边上独自爬够了、吃手指头的孙子相映照，勾画出两个奇妙的世界。

那老渔夫的脸和我们村里人的脸长得差不多。他们的儿子也好，女儿也好，都已经不知道什么时候该给稻田灌水、什么时候放水，轮到自己家灌水时也不知道要把哪一处田埂扒开才能把邻家田里的水引过来，扒开后的田埂要怎样才能够堵上等事情。每当种稻子的季节，老百姓们经常围着前来整地的耕耘机，发出不知道是叹息还是痛恨的声音。

"现在要是谁家里有农机就算是豪门大户了。在过去要是干一辈子能买头牛或马的话，已经不错了，现在有钱能买得起农机的人也只有豪门大户了。"在叹息的同时，还不住地把吸在腿肚子上的水蛭拉下来碾死在田埂上。

像村里人碾死水蛭一样，坐着的老渔夫想用拐杖去扒拉爬到两腿之间的海蛆。没碰到，让它逃走了，于是老眼昏花的他又急忙用拐杖头去戳。这回戳到了，海蛆的尾部被戳烂了，掉在地板上留下一片湿痕。

老人们无法将自己所拥有的那些看不见的遗产还有心中的抱负传给下一代，这使他们时时刻刻都感到不安。像腐朽破旧的青年俱乐部一样，老人们的身体和精神不断地被风化、侵蚀着。即使夏天走在海边，都能感到被海风侵蚀的危险。

我回想起前年夏天过后的一个下午，那是 1963 年秋天的事了。

孩子们都已经从海里回到岸上。秋天的太阳低低地照在汤堂发红的土坡道上。道边儿的野花儿都凋谢了，空气里散发着还没成熟的青蜜橘的清香。海也好，附近的人家也好，此刻都静静地听不到一点儿声音。在这个大多数人以打鱼为生的部落里，也会有如此寂静的时刻。

村里的人们有的出海打鱼去了，有的去了街里，连鸡这个时候也应该在鸡架上睡着午觉。我屏住呼吸，来到九平少年家的前院。九平家住在朝着海的部落的中间位置。

九平平常很少到屋外来，今天却在屋外。他从刚才开始就一丝不苟地反复做着一个动作。仔细一看，原来他正在练习棒球的挥棒。看着他严肃而认真的表情，我就没有打扰他，站在边上注视着他练习。

少年两手握着半截木棒。不管是站也好还是弯腰也好，看上去他总是显得动作不稳，特别是那弓着腰站不直的样子，和一个少年应有的姿态十分不相称。如果你不注意而只看他下半身的话，一定会以为他是个老人。这当然与一个少年天生应该具有的身体和精神状态正好相反。再离近一点儿的话，可以感到从少年的脖颈处散发出来的青春期特有的那种气息。要不是因为水俣病，他肯定也会有一副发育良好的渔村少年的肩膀。他穿了一双旧木屐。我知道对他来讲，穿木屐也不是一件容易的事。他那穿着木屐的双脚使着劲儿，也许是由于太用力的缘故，由腿到腰的肌肉甚至略微有些痉挛。接下来见他一边弯下腰，两手拿着木棒仿佛敲打地面，一边歪着刚刚长出头发茬的光头扭动着身体向前一点点儿蹭。接着他又把一只手放在地上，用另一只手拿着木棒向前够。他是在用木棒的前端找什么东西。够了几下，终于听到"啪"的一声，木棒发现了他所要找的石头。原来少年的眼睛看不见。

　　他小心翼翼地将木棒放在地上后，就在弯曲的膝盖间，用左手握着那块刚刚找到的石头，像是要抚摸很久。因为他的右手几乎僵直，所以那块拳头大小的石头有一点从他的左手挤露出来。那块石头不是圆的，而是略呈长圆形，它已经适应了少年不太好使的左手，隐隐沁出的水渍分不清是石头本身的还是少年掌心的。我后来才知道那块石头是五年前修路时少年在家门口捡到的，他一直把它当宝贝。为了防止它滚丢了，他还在家里的一间露土地的房间的一个角落里特地挖了个小坑专门放它。少年的头略微向上仰着，半闭着眼睛蹭行着找到那个小坑，并用颤抖的手指摸索着。看着这一切，我感到十分难受，仿佛是那块石头重重地压在心里一样。

　　过了一会儿，少年就像上了岁数的人挺起腰要站起来一样欠着身子，把握在左手里的石头用力地抛向空中。接着，他用双手将木棒横击了出去，这个动作是他目前所有动作中最迅敏的。少年的腰晃了晃，没有摔倒。石头并没有朝他所预料的方向飞，在他挥棒的时候就已经落了地。他没有打中石头。

　　少年静静地将头转向石头落地的方向，又开始用木棒在地上慢慢地找起来。

吃午饭的时间早已经过了，人们有的在田里干活，有的出海打鱼，还有的去城里了，整个部落像真空。在这样的秋天的下午，从石围墙里、从家家户户、从那细细的坡道间经常可以传来船只入江的汽笛声、老人们叫孙子的喊声和鸡刨地的声音。当少年一个人练习棒球的时候，他拼命地练习挥棒的动作就好像是村里唯一的能够推动这真空状态的精神存在，其他的任何能活动的东西似乎都消失了。我，还有地面上的青草、树木、小石子们，都好像一起和着少年的呼吸与动作节拍。少年的脖颈上沁出了汗水。

觉得过了很长时间，我走近他，喊他的名字。他吓了一跳，把木棒都吓掉了。他与寂静的部落织成的那种平和，在那时被突然打破了。他直挺挺地站在那儿，看起来好像是正在集中所有的感觉来辨认家门的方向似的，接着就以很快的速度倒退着冲进屋里。

这就是我与山中九平少年的第一次正式见面。因为我也有一个与他年龄相仿的儿子，所以在那一刻我有些冲动，感觉到了自己那被痛苦折磨着的母性。

在谈起山中九平的时候，水俣市政府卫生科的人都显出一种似为难又似感叹的表情。"山中九平？那个九平可真是拿他没辙。"一提起他，政府卫生科里的人都现出无可奈何的样子，特别是卫生科的蓬职员，他说起九平的时候总是眯缝着眼，好像对这个少年另眼看待似的。

熊本大学医学部在水俣市立医院或者到部落现场对水俣病患者进行调查和诊断时，都是由市政府卫生科通知在家养病的患者的。卫生科有专门送患者去检查用的大型面包车。不管部落里的小路有多狭窄，这辆车的专职青年司机大塚总是尽可能地把车开进去，尽量让患者在离家最近的地方上下车。他到患者家附近时就按一下喇叭，于是大家三五成群地从田里、山崖边、树林里还有海边的小路上聚集起来，还有很多人慢慢地从家里走出来。

人群中有被妈妈或老人背着抱着的颈部瘫软的胎儿性水俣病的孩子们，还有互相搀扶的站立不稳的成年患者。他们站在海边和田埂上。这情景并不是一般的农村汽车站所能见到的。

从他们身边经过的人，一边看着奇异的他们，一边话不多地打两声招呼，有的有些回避似的从他们身边经过，有的带着对他们的一种顾虑和客气，也有不是这样的。

仅仅是因为这些孩子和大人站在那里，就仿佛可以使稻田、到处溅着泥水的道路和海面的波光凝固了似的。人们脸上都显露出谨慎的、不知所措的复杂表情，但同时还常带着一丝让人感到怜爱的微笑。

大塚司机提高嗓门对着人们喊一些"喂，友子，你来啦！"什么的，当这个年轻人咣当一声用力把车门关上后，汽车里的气氛就会开始变化。这时的气氛和人们在车外夏风里的那种不安的气氛不太一样，最明显的是一直没有出声的孩子们开始发出微弱的声音，大人们也会开始相互交谈。十岁左右的孩子们在妈妈或爷爷奶奶的怀抱里，大都将头朝上向后咕隆一仰，尽量去感受窗外的景色。孩子们的眼睛有的几乎什么也看不见，有的视野极为狭窄，并且他们看上去都可以说是处在"四肢异常状态"，也就是说四肢都像鸟儿一样僵直或纤细，并且抱在胸前。虽然孩子们几乎都无法正常说话，但从他们所发出的微弱的声音和眼神可以看出，他们都十分高兴坐上了大汽车。大人们扭着头看着这些孩子，相互微笑着，开始放开紧锁的心进行交谈。

自从发生水俣病以来，这里的人们已经感到很难将自己融于车外的景色中了，也就是自己出生、成长、生活过的故乡的景色中。眼前车里的情景正印证着这一切。直到大塚司机咣当一声关上车门，握住方向盘高喊："好啦，出发喽！"人们才从凝固了的车外的景色中解放出来，就像在普通的汽车里所看到的一样，大家都放开心，转入应有的热闹，甚至好像连年轻司机的存在都忘记了。

　　这个年轻人除了用"哦""啊"什么的跟那些不能说话的孩子打招呼以外，总是沉默寡言的，有时和政府职员一起帮着把全身瘫软的孩子们安顿在座位上之后就立即回到驾驶席上，脸上的笑容也随即消失，甚至是让人觉得他有些生气似的样子。没必要说的那些客套话，他从来都不说。

　　他对水俣病患者的态度一直如此。他并没有把他那份善意摆在外面强加给别人，而是把它藏在那沉默寡言、略显粗鲁和那让人感到说不出的魅力的面孔背后。看起来甚至他自己也不知道应该怎样发泄那不断积蓄着的愤怒。

　　他是和生活在水俣川上游的朋友们一起玩耍一起长大的。对他来讲，面对着拥有同一个故乡的乡亲们，肯定会有一种出于本能的连带感。在水俣市居民对待水俣病事件的微妙反应中，他所表现出的态度可以说是最正常的，像周围着这片土地的地下水一样，带着无限的温情。

　　水俣病刚被发现的时候，这个青年正在市内开出租车。他拉着从全国各地蜂拥而来的媒体、厚生省① 或者什么省的官员、国会议员，还有一些学者样子的或者不知身份的人到处跑。

---

① 省，相当于中国的部。厚生省相当于中国的卫生部。

那些看起来是为水俣病而来的乘客，有的去日室的工厂，有的去汤儿温泉和大和屋旅馆，还有的去市立医院和市政府。拼命往患者家和部落去的人大多是熊本大学医学部的。通过拉这些客人，他似乎也形成了自己对水俣病比较全面的认识，可是他从来没有开口说过这些。

他成了市政府卫生科的司机后，每当他一坐进驾驶室把车门咣当一关，车里的小患者还有大人们都会立刻变得很安心，就连从车窗吹进来的风轻轻地把小忍姑娘的花帽子吹飞了，也能引起全车人的大笑和喧闹。

从昭和二十九年（1954）到三十四年（1959），在水俣病多发地区部落的渔民家出生的儿童中，脑性小儿麻痹症的异常比例已经开始引起人们的怀疑。在这些孩子之中，昭和三十七年（1962）十一月的水俣病诊断会上有十七人、昭和三十九年（1964）三月末有六人，总共二十三人被诊断为胎儿性水俣病患者。也就是说，这些孩子是在母体内受到有机水银的侵害后被生下来的。

胎儿性水俣病患者的发病地区和水俣病的发病地区完全一样，即从神川前面的部落和鹿儿岛县出水市米津町一直到熊本县水俣市和芦北郡的田浦。孩子们到了一岁甚至是两岁的生日时，不但不会走路，连在地上爬、开口说话、用手握筷子都不会，有时还会出现原因不明的痉挛和抽风现象。从来没有吃过鱼的婴儿，在被诊断之前，做母亲的无论如何也想不到这竟是水俣病的症状。她们带着孩子跑遍了市内的医院，为付医药费卖了船和渔具，甚至不得不借钱。

四五年后，孩子们不得不被放置在各自的家里，每天多半是一个人睡觉。他们一边用全身去感觉在枕头边上跑来跑去的老猫和小猫、海蛆，还有在屋外干活儿的家人的存在，一边呼吸着。

那些多少能爬和勉强能站起来的孩子反而更要特别地注意照顾。为了不让他们摔倒在熏笼或地炉的热源中，或者从门口的台阶上掉下去，就不得不在给他们留出一些可以活动的空间的同时，用背孩子的背带绑住他们的腰，再拴到柱子上。尽管如此，有时也会有孩子掉进地炉被烧伤，或者从边缘处掉下去摔伤。孩子们身上总会多多少少有这样那样的新伤口。而如果掉进地炉中，大部分的孩子甚至连喊人来帮忙都做不到。

这些孩子，有的因为同样的水俣病已经失去了父亲或兄弟姐妹。他们根本无法理解自己一生下来就患上的胎儿性水俣病，更不用说了解父亲和兄弟姐妹们的事了。兄弟们要去学校，父母亲要出海打鱼或去田里干活儿，在寂寞无人的家里，每天只有自己，身体和柱子拴在一起。这样的生活，当然本不该是孩子们应过的。

每天不得不一个人躺在家里，经过了多年这样的生活后，这些孩子的眼睛比起任何一个充满智慧的孩子的眼睛都要显得明亮。在他们才短短十几年的对人生、对生活的感受中，体验最深的无疑是孤独与绝望。所以，这些孩子离开家一坐上汽车，便一直兴致勃勃地望着天空。每当被换上新洗的尿布，被家里人抱在胸前的时候，孩子们都会知道即将离开孤独的家出门去坐汽车。这些孩子虽然差不多都在十岁左右，可是各个都像婴儿一样天真幼稚。每次坐车去医院，都可以从孩子们的神态中感觉到他们对离开家、接触外面世界的期待（当然还有不安）。

对那些忧虑自己死后孩子们将如何生活的父母来说，面前的孩子是多么令人怜爱。那种把孩子抱在胸前的温暖的感觉，对现在都还活着的两个人来说也许是短暂的，但也无疑是一种慰藉。这种爱和亲情，充满整个车内空间，让人无限感伤。小忍最心爱的小花帽被从车窗吹进来的风刮起，落在座椅之间的地上，小忍却呆呆地看着别处，帽子掉了也一点儿没有察觉到（她的眼睛和耳朵有些不太好）。车里的人看到这情景都不由得哈哈大笑。还有，当车左右摇晃使得一光和松子的头撞到一起时，大家也都开心地喧闹起来。

山中九平少年一直拒绝坐车去医院接受检查。山中九平今年十六岁［昭和四十七年（1972）七月生］，家住水俣市汤堂。代代以打鱼为生的父亲在昭和三十五年（1960）因一次感冒引起的疾病中去世了。姐姐皋月于昭和三十一年（1956）七月水俣病发作，同年九月二日去世。

九平在比姐姐皋月早一年的昭和三十年（1955）五月发病，有一段时间和姐姐一起被送往水俣市白浜传染病医院。现在他作为第十六号患者一直在家养病，和上了年纪的母亲千代（五十七岁）两个人生活。

少年在秋天、冬天还有初春的时候总是穿着一件黑色的学生服，冬天还在外面套上一件大大的棉坎肩。那件带竖条花纹的木棉坎肩很旧但十分厚实，这种坎肩在渔家到处可以见到。过去有一段时间，山中家曾经全家上阵，在自家屋前如同自家庭院一样的不知火海打鱼，可是现在家里连一点儿以捕鱼为生的影子也看不到。渔网、鱼篓还有带把儿的捞鱼网都挂在墙上，晾晒着干货的院子显得很宽敞，每当风从高高的老柿子树繁密的树枝间吹过时，下面的玉米叶总是发出轻微的响声。

从少年穿着的厚厚的发硬的大棉坎肩里，可以感受到它渗透着大海气息的生活与岁月，仿佛可以联想到这个家庭十年以前的生活。父亲在船上穿着它，接下来又是姐姐穿着它。家里的两根顶梁柱先后离开人世之后，母亲又让这个无力担起家庭重担的小儿子穿上了它。

当少年坐在昏暗的放着收音机的壁橱前收听棒球实况转播而被我们打断时，他就穿着那件棉坎肩。我事先就听说过，每当有专程来看望水俣病患者的人或者是市医院、熊本大学、市政府的职员们，还有像我一样不明身份的人到来时，九平少年总是坐在收音机前连头也不会回的。果然，当我们去的时候，他坐在收音机前，就像很久以前就在那里一样，背对着我们，身体稍向前倾，短短的头发一直延展到他那正在发育着的双肩、少年特有的脖颈后，两只手还不停地把收音机的调台钮咔嗒咔嗒地拧来拧去。

　　他的弯曲的后背就像被拉满了的弓背一样，让人感到一种强大的气势，又露出最终也没有一次向瞄准的靶子射出去的寂寞与悲哀。他寻找开关和调台钮的左手似乎不耐烦似的略微抖着，始终不停地重复着一会儿触摸着收音机一会儿离开的动作，看不见东西的大大的眼睛一直斜视着天空。

　　"九平君，"市政府卫生科的蓬职员叫他。他没回头，身子晃了一下继续拧着调台钮。收音机里正传出桥幸夫的歌。

　　"九平君，从熊本大学来了有名的大夫，跟叔叔一起去吧。"

　　妈妈替不答话的儿子说："为这件事麻烦您跑了这么多次，真是不好意思。"接着又冲着儿子说："在这个世界上，我看你最喜欢的就是广播了。"

　　"对呀，那是当然的嘛，学校也去不了。"

　　"九平，九平，你看市政府的叔叔又来了，你说怎么办呀？"

　　少年还是背着身使劲拧着调台钮。收音机里播放的是棒球比赛实况。

　　蓬职员很了解少年，于是就开始慢慢大声地对母亲说，以便让少年也能听见：

"最好还是今天接受诊断好。到现在为止公司给我们的慰问款金额太少了，马上要增加一些，但是都要根据重症和轻症、大人和小孩来定金额，所以要去诊断一下。"

"是慰问款的事呀，我从负责人那儿听说了。"母亲笑了一下边看着儿子边语义含混地说道。"熊本大学的大夫们一直在努力呀。""你不是也最喜欢坐车去医院吗？你要是觉得眼睛能看到一点儿了，或右手手指能比以前多活动一点儿了的话，就应该打起精神，再去接受一下检查啊。""最开始看病那三年，我们不是差不多每天都去医院吗？那时候还是尾田医院呢。熊本大学的大夫们也没少给我们看，药也吃了，针也打了，就是不好使。听说是世界上都没有过的病，所以没有大夫能治好这病。你姐姐到最后还是死了……"

收音机里传来了棒球场的欢呼声，九平还是那样背着身儿，嘴里还说着什么，听不太清。

"打棒球的有一个叫柴田的人，好像跑得很快。柴田一跑，他就高兴。是吧，九平？"

"喜欢柴田啊？他可跑得很快哟，像鹿一样。九平，你觉得长岛怎么样？"

收音机发出噼噼的响声，九平为了集中听广播，深深地晃了晃身体，又开始调台。传出来的又是歌谣曲，是十人擂台歌唱赛。

蓬职员一下子从他坐着的门口台阶上站了起来：

"九平，走吧，跟叔叔一起上车吧。"

少年仍然面对着收音机，也不回头，手里继续调着台。又是棒球节目转播。

他还真的是在听广播——每当球场里传出欢呼声的时候，他总是抖动着盘坐在一起的裤腿中的纤细的大腿。但是，他那不太灵活的右手和能够活动一点儿的左手仍然一直不停地来回抚摸着收音机，像是为了随时调台似的。他那向前弯曲的后背可以很明显地让人感到，那是冲着外来者而用全身的力量向前屈伸而拉满了的一张弓。调台钮就像他回答和表态的一个指针，收音机就像他抱着的发射扳机，而他本身让人看起来就像一台细腻而谨慎的测谎装置。

已经显出衰老的母亲看着眼前自己的儿子，眼神中毫无责怪之意。她点着头平静地又仿佛是自言自语地说：

"……增加慰问款啊。如果拿不到那笔钱就很难活下去了。我们家的九平要是跟正常的孩子一样的话，应该可以做很多事了。这里的男孩儿到了初中就可以是一个很好的渔民了。因为你还是个孩子，所以慰问款一年只有三万日元……对不起，妈知道你喜欢棒球，你自己打不了，才那样成天地听广播啊。听广播对你来说啊，的确是很有意思的事儿啊。但是儿子啊，听完了你跟我去吧。啊？你说呢，九平？"

蓬职员一直略微弯着腰站着，他想："看来我这个卫生科的职员，今天要面对内部分裂以及向哲理性的纵深发展的形势了。"于是他一屁股坐下来，柴田也好，歌唱比赛也好，只有奉陪到底了。

蓬职员不但是市民忠诚的公仆，而且本身就是水俣市人。和大塚司机一样，他虽然一直保持着冷静，但对水俣病患者永远是全力以赴的。少年给他的人生哲学以很大的冲击。他甚至觉得与少年有着血缘关系。他为自己这个中年男人的婆婆妈妈感到羞耻，所以就对少年说：

"我看现在还是长岛的状态最好啊。啊，好了，已经听完了。九平，我们走吧。"

一直把手放在调台钮上的少年并没有转身，但终于用沉重而不清晰的声音回答道：

"我不去，会被杀死的。"

"会被杀死？是吗？哪来的这话呢？熊本大学有名的大夫来给我们做检查很不容易的啊，叔叔也一直跟着，不要紧的。"

"不！去了，就会被杀死的。"

蓬职员沉默了片刻，不知该说什么好。

"会被杀死"的说法，对于研究水俣病的熊本大学的研究人员的努力和能力、对市政府的工作及市康复医院［只要少年答应，就立即可以住进这家于昭和四十年（1965）四月成立的设施一流的医院］的"第三医学"治疗来说，都是极为欠妥和错误的。

谁都明白，一个年轻人应该拥有未来的人生，但是这个少年只有对将来的绝望，因此他击退了各届负责水俣病的卫生科职员，拒绝一切检查和住院。每到那一天，他就以听十人擂台歌唱赛和职业棒球节目来拖延时间，进行坚决抵抗。有时候在拼命抵抗之后还被逼得无路可走时，他就拿出"会被杀死"这句话来阻击。

这句话他已经用了十年了，从六岁到十六岁，恐怕会一直用到死。水俣病的有毒成分深深地侵入了他还在成长期的大脑细胞中，少年的身体一直带着这毒分活着，并无时无刻不在与之战斗着（实际上他每天都跟跟跄跄地战斗着）；他已完全失明，手、脚、口没能自由地活动过；他身边的人们、姐姐，还有住在附近经常一起玩儿的堂表兄妹们，在去了医院后就都死在了那里，所以少年坚定地认为自己也会被杀死。这意味着，尽管惨烈的有机水银中毒事件的怪异与对人性的戕害不断被岁月所埋没，但是，这位少年却依旧被囚禁着，完全被囚禁在这一事件整个过程的深处。

我们正在经历遗忘的风潮。水俣病事件是会被遗忘的，它最终将成为没有办法解明的过去的一部分。在不断被埋没的幽暗之中，只有这少年，一个人留在那里。

细川一博士的报告书

昭和三十一年（1956）八月二十九日
发给厚生省的第一份报告　熊本县卫生部预防科

一、序言

本地区于昭和二十九年（1954）开始出现原因不明的疾病，主要症状为痉挛性麻痹和言语障碍。但是从今年四月开始，不断发现和下文记载有相同症状的患者，特别是在月浦、汤堂地区发现多例，并且很多患者出现在同一家庭之内。另外还发现，发病地区的猫大部分也出现了因痉挛而死亡的现象。下面介绍一下到目前为止所做的三十个病例调查的大概情况。

二、疫病学事项

（一）年度类别　月别（表）

（二）年龄类别　　　（表）

（三）性别类别　男十七，女十三

（四）职业类别　主要从事渔业和农业

（五）地域类别　以沿海地区为主（表）

（六）家庭感染

同一家庭出现两个以上患者的有五户，其中一户出现了四位患者；而且，很多是发生在与邻居、亲戚、朋友有密切来往的家庭和地区中。

与猫的关系

发现患者所在地区内的猫有大量死亡的现象。

三、临床症状

（一）病状及经过概况

此病一般没有发烧的先兆，发病过程极为缓慢。首先是四肢末端感觉一阵一阵的疼痛，接下来发展到无法握住东西，无法扣衣服扣子，走路时会摔倒，无法奔跑，说话也变得像在撒娇一样，眼睛有时会看不清东西，耳朵听不见，食物吞咽困难。除了四肢麻痹症状出现得很早以外，语言、听力、视力、吞咽上的症状也会同时或先后出现。这些症状时轻时重，但都会逐渐恶化，直至重症期（重症期最短为两周，最长达三个月）。即使之后会有患者症状逐渐减轻，但大部分都会留下长期的后遗症。另外，死亡一般在发病后两周到一个半月的期间内多发。

症状（表）

并发症

和肺炎、脑膜炎相似的症状，狂躁及营养不良、发育障碍等

后遗症

肢体运动障碍、言语障碍、视力障碍（少数会盲、聋）

四、检查结果

（一）血象

Eosinophilie（噬氧性白血球）增加 2%—10%，其他无异常

（二）血清梅毒反应

均为阴性

（三）血压

所有病例都没有观察到有高血压的现象

（四）韦尔—费利克斯反应（斑疹伤寒的血清诊断法）

无异常

（五）便尿检查

无异常

（六）髓液检查

检查结果（表）

（七）肝功能

未发现显著肝功能低下者

五、治疗经过及治疗效果

治疗效果极为不佳。患者三十人中，死亡十一人，死亡率为 36.7%；幸存者几乎都留有前述的后遗症。

六、治疗

大剂量 VB_1 治疗法、副肾上腺素治疗法、抗生物质皮质醇治疗法。虽然也使用了其他疗法，但无法确认其有效性。

七、结论

（一）必然出现的主要症状有痉挛性四肢运动麻痹、运动失调、言语障碍（间歇性言语）；其他的主要症状还有视力、听力、吞咽等障碍以及颤抖、神经错乱等。

（二）主要为运动麻痹，很少有知觉麻痹。

（三）未有发烧等一般性症状。

（四）具有极为显著的家庭成员及地区集中性。

（五）几乎都会留下后遗症。

（六）发病多为沿海地区。

昭和三十一年（1956）八月二十九日

熊本县水俣市

新日本窒素公司附属医院

细川一

第一个被记入新日本窒素公司附属医院病历中的患者叫柳迫直喜。

姓　名　柳迫直喜

年　龄　四十九岁

性　别　男

职　业　新日本窒素水俣工厂仓库保管员

家庭地址　水俣市多多良

病　史　无大病史

诊疗状况

从昭和二十九年（1954）六月十四日左右开始，感觉到左胳膊和右手手指有麻痹感，同时感到头很沉，并伴有晕眩。到了六月十八日，麻痹感加重，而且发展到了嘴唇。同时出现了较为严重的步行困难等肢体运动障碍，其他还有言语障碍及视力障碍。

到七月五日，感到全身开始麻痹，言语障碍和四肢的运动障碍加重，耳朵开始听不到声音。七月五日住进医院。

住院时病状

营养状态一般。心脏、胸部、腹部无明显异常。瞳孔无左右不同，对光亮反应正常。言语障碍和四肢的运动障碍明显，行走时呈蹒跚状（走路像是喝醉了酒一样）。在感觉障碍方面，胸部至腿部有轻度麻痹，特别是胸腹部及膝关节以下较为明显。膝跳反射亢奋，无巴宾斯基反射。眼睛的症状为视力减退（右 0.4、左 0.5，无法配镜）和同心性视域狭窄。眼部症状检查由眼科医生负责。血压为高压 120mmHg、低压 80mmHg。血液及脊髓液的梅毒反应均为阴性。对骨髓液的观察结果为，初压 90mmHg，外观透明如水，细胞个数为四，球蛋白检查的 Nonne-Apelt 试验和潘氏（Pandy）指标均为阴性。

住院后经过

口服和注射 VB$_1$ 并进行观察。住院后一周左右病情无显著变化。七月十三日开始出现言语障碍、运动障碍（不能写字、痉挛性失调性行走）突然加重的状况，还出现精神障碍（时哭时笑）

和轻度的吞咽困难。七月二十四日，开始发烧（37.3℃—38.1℃），同时意识朦胧，表情木讷，有小便失禁的情况。

其后，先后采用了林格液、葡萄糖、VB$_1$、VC、青霉素等治疗方法，虽然采用了鼻饲等一切能够使用的手段，但患者还是全身衰竭，最后并发肺炎，于八月六日死去。

昭和三十年（1955）八月初，武田萩野也因同样的情况来院，并于同年十一月二日死亡。在此期间，曾请熊本医科大学的胜木司马之副教授和九州大学的远城寺教授来院会诊，也都无法确诊。

在柳迫直喜死亡的时候，细川博士就预感到这可能不是普通的疾病，很可能过一阵子还会出现新的患者。到武田萩野来院的时候，因去年和今年都发现了新患者，更加深了这种预感。在每月两次的结核审查委员会议上，细川博士针对此事做了汇报，并且希望能够从月浦地区开始展开调查。可是，当时这事儿不了了之了。

昭和三十一年（1956）四月上旬，出现了多起"不明神经疾病患者"的医疗报告。有患者来到儿科医院（医师野田兼喜）就诊。"——野田医生是个很不错的大夫。因为熊本大学儿科的长野教授是野田生的老师，所以一开始是去找长野医生看的。当时患者正患麻疹，长野医生认为可能是麻疹后的脑炎，就让患者回去了。难道真的是麻疹后的脑炎吗？野田医生表示怀疑。他认为患者症状和柳迫、武田极为相似，而且发生地区也离得很近，说不定可能还会有其他的患者，应该好好调查一下。因为事情重大，所以内科、儿科，最后甚至还加上了外科，多方联合起来展开了调查。五月一日，野田医生向当地的水俣保健所提交了情况说明——野田君你去一趟保健所，这不只是我们这里的问题，我之后也会过去的。"

这种病果然从很久之前就已经开始出现了。这时保健所和医师会便开始进行组织和协调。通过各医院的旧病例和实地调查，发现了很多老患者（包括已经死亡的）和新患者。就在这次调查中，沟口丰子（八岁）被认定为第一号患者。

八月九日，让八名患者住进了水俣市白浜传染病医院。

八月十日，到熊本大学医学部拜访胜木司马之副教授，请求来助诊。

八月二十四日，熊本大学的人来了。在尚和会馆（氮俱乐部），根据三十例患者的调查表进行了情况说明。熊本大学来的有六反田教授（微生物学）、长野教授（儿科）、胜木教授（内科）和武内教授（病理学）。

同时决定让患者作为研究用患者住进熊本大学附属医院。

八月二十九日，向厚生省提出报告。这是第一份报告（前面所提及的给熊本县卫生部预防科的报告），报告介绍了大概的情况。

这时候，有护士开始和医生说感到手发麻。于是很多护士都聚集到一起，询问医生这种病是否传染，并要求将患者转移到隔离病院，同时还要证明这种疾病不会传染。此时诉说手麻的护士来自汤堂部落，后来她生下一个先天性的患婴。当时有谁能够想到事情会发展到那一步呢。

熊本大学各研究室开始不断地来人，几乎每天都要开情况说明会，于是我们要求将对外窗口进行统一。

九月二十五日，在水俣召开了日本儿科学会熊本地区分会会议，野田医生针对此疾病做了发言。

水俣市议会开始重视这种"怪病"。

十月十三日，在熊本医学会上，我们医院的三偶彦三医生（内科）做了发言。此时还谈到了关于猫的事情。

十一月，在九州医学会（九州大学）上，全部附属医院联名进行了书面报告。

昭和三十二年（1957），熊本大学开始对此病作了公开报告。

（出自对细川一博士的访谈记录）

四十四号患者

第四十四号患者，是山中九平的姐姐五月。

她母亲经常絮叨着："即使是老头子死了，只要五月还活着的话，她也能好好地撑起这个家。""要是在船上，她一定能成为把头。腰和腿都很有力，收河网的时候，船怎么摇晃她都能稳稳当当的。因为是在战争时期生下的女孩，有时觉得她像一个男孩子似的，但又不缺少女孩子的细心。那孩子很喜欢跳舞，用豆腐布擦一下手，然后把布往肩上一搭，身形稳重可是又显着轻盈。五月跳起舞来，像要杂技的一样身轻如燕，在青年团里也是很拔尖儿的。就是在船上她也是一会儿跳舞，一会儿唱歌的。"

她母亲会经常将女儿在青年团里跳舞的漂亮照片，拿给我这个自称和她女儿同岁的人看。渔民的女儿那正值青春的丰满的嘴唇，还有那天真无邪的、朦胧的眼神，让我感慨万千。

公民馆，这个海岸边的青年小屋，充满着潮水的芬芳。随着战争的结束，作为村子的继承者，当兵的也都陆续回到了这个渔村。姑娘们是多么兴奋而又害羞地迎接他们归来的啊。这些二十岁左右的战士绘声绘色地给姑娘们讲述那些没能完全融入军队生活的士兵因为想逃跑遭上级暴打的故事，还有那些被上级打死的愚笨、柔弱的农村兵的事儿……围炉照亮了整个青年俱乐部，大家不断地向炉火中投入被海浪冲上来的木头和树根，还有伐木剩下的松树枝干，就这样红彤彤地迎来黑夜。

在这样的夜里，《赤城摇篮曲》和《流转》这样的曲子恰如其分地描绘出了年轻人的心境，这样的歌曲给战后的人们带来无限的悲伤和哀痛。由于各个部落青年团组织的复活，由青年团组织的盂兰盆舞会也开始复活了。战争刚结束不久的这里的年轻人们，不太知道怎么跳盂兰盆舞会上的团体舞。

休掉温柔的妻子
携短刀 漫长的征途

在乙炔气灯的照耀下，舞蹈高手们扮浓妆登上舞台，随着时常停断的留声机扩音器传出的音乐翩翩起舞。年轻人把村里的人召集起来，然后在边上如小孩子受了委屈般地看着村里人跳舞。这时的年轻人们都屏住气，忍耐着来自内心的对释放压抑的渴望。

从战争结束到占领体制——

自从青年男女们学会了"大佬舞"以后，这种舞就像野火一样在各地的村落中蔓延开来。在我的记忆中，那种被压抑着的狂热在非知识阶层之间掀起了狂劲的旋涡，这恐怕是年轻人自己也没有想到的事情。在这样的村子里，她必然会成为明星。

充满海岩和海草气息的姑娘们迎接着从军队退役回来的年轻人，这些无疑会使他们慢慢开始回转为普通的百姓，变回上班族，变回渔民，也就是回转成他们本来的样子。

"太吓人了，老是忘不掉，五月的那种死法真是太可怜了。我整整一个月几乎都没有合眼，一直在想九平、五月和我到底谁会先死。没想到身体最结实的五月先不行了，被送到了白浜的隔离医院。被送到那儿离去火葬场也就不远了。今天也还不会死吧，我那样想。

"五月在上面的床上，不时地用力舞动几下。手和脚抓着上空，扭动着后背。难道这就是我的女儿吗？我那青春靓丽的女儿，现在已经与狗或猫临死之前没什么区别了。在下面的九平也是一样，我一开始以为九平会先死的。我几乎没法合眼，眼睛也看不见，耳朵也听不见，话也说不清楚，东西也吃不了多少。发着都不像人一样的啼哭声，还会突然摔倒。快死了算了，什么时候才能死呢？现在我们三个人和下了地狱又有什么区别呢？部落里搞得沸沸扬扬的，又是调查水井，又是调查大酱缸，还检了腌萝卜。然后就是消毒，来了好多人。

"骚动不比寻常，好像霍乱的时候一样，弄得又不能去买东西，连去要一点水都不行。更让人惊讶的是当你去商店时，商店里的人都不会用手直接接你的钱，没办法，只能把钱放在柜台上面。之后店里的人会用筷子把钱夹起来，放在锅什么的里面煮。那场景，即便是经过七世的轮回也不会忘掉。连喝水的地方都没有，可以说是被整个村子抛弃了。

"要是五月在的话，五月会做主，可现在是九平做主。只要下决心自己能做主就一定能做主。谁来也不走，除非是能够完全治好我的病的医生来。"

少年背对着外面，倾斜着的身体一晃一晃地画着圆圈。此时少年一定是在思考着，母亲是怎样根据去年和前年的红薯卖价，拼命算着今年能卖出多少钱的。

熊本医学会杂志［第三十一卷别册第一，昭和三十二年（1957）一月］

——发生在水俣地区的原因不明的中枢神经系统疾病的病理学结果报告

最近发生在水俣市周边、以渔村村落为中心的、原因不明的中枢神经系统疾病，主要以锥体外束障碍为显著特征。该病症状表现较为特殊，并且病情恶化迅速，同时治疗效果极为不佳，因此立即引起了当地的关注。应当地水俣病对策委员会的邀请，我们从昭和三十一年（1956）九月起多次深入现地，对四十户患者家庭及其相邻的六十八户非患者家庭进行了访谈、面谈等严谨的病理学调查。调查结果如下：

——患者所在地域的地理气象条件及当地居民的生活现状

疾病发生的地域为熊本县南端的水俣市周围的村落，是邻接百间港的风光明媚的港湾地区。出现多名患者的地区主要为明神、月浦、出月、汤堂四个部落。这些狭窄的村落都坐落在海岸边上相对陡峭的斜坡上，背后是连绵的丘陵。大多数住民维持生活的手段主要是近海及海湾内的渔业捕捞。这里的生活水准很低，食物主要是定量配给的米和一些自己种植的麦子和甘薯之类的，副食主要是捕捞上来的鱼类或贝类等，蔬菜水果等几乎很少食用。

——发病区域环境的特殊性

发病区域周边的特殊性，能够想到的引起海湾污染的原因有以下几个：某化肥公司的水俣工厂、月浦地区的水俣市营屠宰场、汤堂地区海中的几处涌流、茂道地区的海军废旧弹药仓库以及曾经是高射炮阵地的遗址等。从工厂出来的废水排向百间港口，废水中所含的无机盐成分的分析数据（工厂的技术部门测定）见表十九。另外，在该工厂排出的有毒气体中含有亚硫酸和酸化氮，这和一般的硫酸工厂没有什么不同。屠宰场坐落在月浦海岸对面的小山丘上，废水就排放在正下方的海中。至于汤堂地区海水中涌出的水，这几年并没有发现其水质发生变化，那里很久以来的香鱼幼苗养殖也一直没有异常。原来存放在茂道地区的弹药也在战争结束后被驻留的军队搬走，剩下没带走的物资也都被某公司买下并且全部装船运走了，其间并没有发现向海中投弃的现象。

——要旨

一、最初发现患者是昭和二十八年（1953）底，接下来的昭和二十九年（1954）、三十年（1955）又分别有十三名和八名患者被发现，到了昭和三十一年（1956）患者激增，到十一月底为止增加了三十一名，也就是说在三年的时间里共有五十一人患病。

二、按月份统计的话，四月到九月发病者较多，冬季相对较少，季节的差异性十分显著。

三、从患者的年龄和性别上看，并没有发现差异，发病的概率几乎一样，但没有观察到婴儿的病例。

四、该疾病的死亡率为33%，大多数患者的症状长期不变，没有发现完全治愈的病例。该疾病的后期疗效极为不佳。

五、患者的发病区域主要位于水俣市百间港湾沿岸的村落，发病区域始终没有扩大。发病者中渔民家庭的患病率明显高于一般家庭，渔民家庭的累计患病率甚至达到40%，可以说是一个极高的数字。另外发现，在该地区饲养的猫很多也都死于相同的症状。

六、该疾病患者的共通病因可以判断为长期不断接触有害物质的结果，而这些成为病因的有害物质应该是该地区的鱼贝类。

——临床上的观察结果

病例

第一例　山中，二十八岁，女，职业为渔民。

发病时间：昭和三十一年（1956）七月十三日。

患者主诉：手指发麻、听力障碍、语言障碍、意识障碍、狂躁不安。

病　史：生来身体结实，不知道什么叫疾病。

家族病史：没有发现什么特别的遗传病，在同胞六人中，最小的八岁的弟弟也在昭和三十年（1955）五月开始患上了同样的中枢神经性疾病。

饮食习惯并没有发现异常。

目前症状：昭和三十一年（1956）七月十三日，患者感觉到两手的第二、三、四指发麻，十五日感觉嘴唇开始发麻，耳朵也不好使了。十八日开始穿鞋困难，走路失去平衡。与此同时开始出现语言障碍，有时会看着自己发抖的手指像得了舞蹈病一样不由自主地晃动起来。到了八月，行走开始困难，七日住进水俣市的白浜医院（传染病医院），但从入院的第二天起舞蹈病的症状就开始加重，同时全身颤抖、抽搐，有时还会发出像狗一样的叫声，变得狂躁且不可控制。服用了安眠药后，患者好像进入了睡眠状态，但四肢不由自主的抖动并没有停止。以上症状一直持续到二十六日左右。也许是因为一直没有进食的原因，患者整个身体明显衰弱，不由自主的抖动似乎缓和了很多。当月三十日正式转入本科。另外，患者发病以来体温一直正常，但从二十六日开始，体温一直徘徊在38℃左右。

住院时的症状：骨骼瘦小，营养极为不良，意识完全消失。脸上的容貌像老人一样，大约每隔一分钟就会因为痛苦而出现面部肌肉的僵直，同时张大嘴发出像狗一样的叫声，但无法讲话，四肢不由自主地摆动和抽搐，躯体向后僵直。体温38℃，脉搏105左右，肌肉松弛，反应不良，瞳孔缩小，同时对光的反应迟缓。结膜贫血，未见黄疸——（略）。

住院治疗的过程：住院后第二天开始鼻饲，截至三十一日，和住院当天一样四肢不由自主的抖动一直没有停止，但是到了九月一日，四肢的动作减少，肌肉的紧张感减弱，触碰四肢也没有反应了。体温39℃，脉搏122，呼吸次数33，身体状况整体开始恶化。第二天，也就是二日的凌晨两点，四肢又开始不可控地摆动，狂躁并且不断地发出号叫，在注射了苯巴比妥米那（镇静安眠剂）之后，上午十点左右逐渐镇静进入睡眠状态。到晚上十点，呼吸次数为56，脉搏120，血压70/60mmHg，第二天的凌晨三点三十五分，死亡。

死　旗

往海滨的方向望去，在黑魆魆的远方能够看到对面天草的各个岛屿。这一年，水俣的冬天少有地冷，凄厉的西风猛烈地吹过天草的岛屿和不知火海。

在风口下小山丘上的一间小屋里，仙助老人去世了（七十九岁，水俣市月浦人）。面向大海的村落的家家户户都门板紧闭，岸边连一艘船也看不到。

昭和四十年（1965）一月十五日，是水俣病发病以来的第十三个年头［昭和二十八年（1953）十二月被确认为第一号患者的沟口丰子于昭和三十一年（1956）三月十五日死亡］，并崎仙助老人是第八十六号患者，也是一百一十一名患者中的第三十九位病逝者。老人的死充分体现了他独立自尊的人生轨迹，在临终前身边只有一个看护了他一夜的、住在离他小屋不远处的四十三岁的二女儿。

水俣市立医院的水俣病特别病房楼的边上是一个遗体安置房，紧挨着遗体安置房的是解剖室，在那里我偶然遇到了市政府来的职员蓬氏，于是有机会偷窥到解剖室里发亮而松软的内脏切块。

那些内脏切块酷似好不容易被这片土地的人们接纳的烤内脏串的材料。他以前就在筑丰的废坑一带徘徊，对朝鲜料理有危耸的独特的见解。对与仙助老人的小屋隔着一条山谷的另一端的市营屠宰场，还有水俣川下游偏僻村落咚咚村的市营火葬场汽油窑的使用方法等，经常大胆地表述他那些自由奔放的新见解。然而就是这个胡须软软的政府职员却用特别幼稚的声音嘟囔道："今天中午饭我就不吃了。"

比起这个，更让我记忆犹新的情景是二十天前发生的事。

熊本大学医学部的巡诊人员来到水俣市的月浦和出月这两个部落。在由患者家属组成的互助会的会长家里，聚集了来自各地的十四五名居家患者（就是那些由于种种原因，发病以来无法住进水俣市立医院水俣病特别病房楼的患者，或者是还没治愈就主动出院的患者）。

在连防波堤都称不上的小山丘的山洼前，山本会长的家面向着大海，就像是谁拿了箱子放在那里一样，显得很威严。家门口摆放着脑波测定仪。

从大概有三个人才能抱得过来的巨大脑波测定仪中伸出几条像小尾巴一样的电线，拧在一起散落在榻榻米上。机器发出震动和声响，让年幼但眼睛还能看到的小患者们，一看到就立刻退后，躲到母亲的怀里了。

从脸上的表情可以看出，母亲们也都被眼前这个超大号的、有魔法似的机器吓着了，似乎大家都屏住了呼吸，身体不自觉地蜷缩着坐在那里，看一眼医生又看一眼机器，好像在比较着什么。

大概有十张榻榻米大小的屋子里[1]，五六个医生和社会福利机构的工作人员，再加上十几名患者和家属，把屋子挤得满满当当的。山本先生抱着火炉说道："很冷吧？一会儿脱掉衣服就更冷了。嗯，把这个炉子放在哪里好呢？"他一边挪动着火炉一边不时地用手按住生病一侧的眼睛。

也许是因为榻榻米底下通着风的缘故，尽管这么多人挤在屋子里，那天还是让人感到了几分寒冷。

---

[1] 九州地方的榻榻米一张为 1.8 平方米左右。

那种寒冷的感觉，有一部分也应该是来自摆放在人群中间的脑波测定仪周围的阴冷的空气。虽然这么多人只能挤在一起围坐着，但机器的周围却明显地被空出了一道，医生们都坐在空隙的另一边，部落的人们坐在这一边。

从幼儿到家庭主妇、年轻人，从壮年到老年人，几乎所有年龄层的人无一例外地表露出对脑波测定仪的恐惧，特别是幼小的患者和陪伴病人的家属们流露出来的表情更为明显。在这里，对脑波测定仪所抱有的畏惧感，与医生和福利机构职员们对患者努力表现出的亲切形成了鲜明的对照。这十几年来，有幸活下来的患者们带着各自不同的症状，接受了无数次的调查和检查，甚至能让人感觉到他们对身边健康而正常世界的一种厌恶感。人们脸上流露着一丝丝害羞和微笑，不管是幼儿、家庭主妇、年轻人还是老年患者，即使是没有医学知识的一般人也能发现他们的语言障碍、听觉障碍、四肢僵直、痴呆等症状。由于这些症状和障碍，医生们在做各种检查时会感到沟通的困难，有时患者听不清医生的问话，或者即使听明白了也无法用语言回答。这些都使整个检查进行得很慢。轮到仙助老人的时候，检查干脆就暂时停滞了。

对于轻度的语言和听力障碍患者，医生可能会对他们说"试着说一下'伊斯坦布尔'"，然后会一遍一遍地让病人重复。

有个年轻患者，看起来意识、感情、认知都好于其他人，但整个身体的动作却无论如何只能用慢来形容，他红着脸，无法摆脱的屈辱感使他的脸都变了形。

他不连贯地、像坏了的磁带一样地说着："伊——次——躺——已巴——罗。"（用拉得长长的、好像撒娇似的声音）。

几年来，他就是这样接受着各种类似这样的检查，忍耐着、煎熬着。不过他不这样回答，又能够做出怎样其他的回答呢？

医生们提问他回答，整个过程也就是两次呼吸的时间，但这对这个青年来讲，似乎他的全部人生都被压缩在这短暂的时间里。因为他的整个青春时代都承受着水俣病的折磨，就像人一生的苦难都被浓缩在这一时期。问答就像在一瞬间对他到现在的年轻人生做出否定或肯定一样。他的表情开始变得痛苦。他忍受着痛苦，开始发出不连贯的声音。看他的体格应该是一个熟练渔民，他一直没有住院，因为他是一家十口的顶梁柱。医生很难通过大概两次呼吸的时间去了解和探求患者的内心深处，这也是极为正常的。

"这次说一下，三百三十三。跟我说，三百三十三。"医生露出亲切的眼光说着。

"三百三子三。"这时边上的主妇患者念叨着。

随着对水俣病的了解，医生和患者间慢慢营造出了一种阳光的，甚至还有点儿羞涩的默契。这种默契看起来可以使医生和患者相互得到慰藉，这使得在他们之间传递着一种说不出的温暖。患者们甚至好像要表现出将他们的疾病和身体障碍用一种幽默的方式去看待的意愿。人们有时甚至干脆用笑声去对待那些障碍，如对那些拉长、撒娇似的发音，还有听不见的声音、走路东倒西歪的样子。患者们肯定从医生的人道主义精神和认真研究的态度中得到了很多安慰。在生我养我的水俣这片土地上，有很多人用像这样的方法招待和欢迎着来自远方的客人。

可是如果，假设有某个医生和患者接触的目的只是为了完成一篇新的研究论文，那么被患者们察觉到以后，身体有障碍的患者和医生之间的那种说不出的温暖便会立即消失，同时还会产生一种隔阂感，这时患者们原本拉长的声音也会变得像木棍或墙壁一样生硬而冰冷。

就是在这样的一群人中，仙助老人没有陪伴者，一个人来了。轮到他看病的时候，只见他挺直背，两手摊开放在膝盖上，用圆圆的、凹陷的眼睛注视着医生，长长的白眉毛在眼睛上映出一道很深的阴影，圆鼻子下的那张嘴紧紧地闭着。

年轻的母亲怀抱头向后仰着、几乎随时都要垂下来的先天性水俣病孩儿友子探出身来搭腔道："老爷子，老爷子，今天是一个人来的吗？"

接着又提高声音说道："医生，这位老爷子耳朵不太好使，话也说不太清哟。"

认真的年轻医生像优等生一样重新调整了一下坐姿，面对着老人用略高的声调问道："老—人—家—能—听—到—吗？"同时张大嘴巴做着口型。这时，房间里静了下来。

"跟我念一下，华—盛—顿。"

老人眨了一下在眉毛阴影中的眼睛，径直嘟囔道："你太大声喊我反倒听不清。"

"啊！"一直保持安静的主妇们喊道："今天好像能听到啊！"然后大家相视而笑。年轻医生也微笑了一下，换用正常的声调说道："跟着我念一下试试：华盛顿。"

在女人们的一片笑声中，仙助老人奇迹般地听到了医生的话。

扎在被哄睡的女孩儿头上的几根测定仪的针被拔了下来，老人仰面朝天躺下，于是那些针就插在了老人的稀疏白发下泛着光亮的头皮上，被胶布固定后，巨大的脑波测定仪开始发出微弱的机械震动声。

老人在那里泰然自若，一动不动。虽然他看起来的确是一位老人，但他的圆头、圆脸还有圆眼睛，甚至是整个身体都散发着幼稚和年轻的气息。

　　从挽着的裤腿下露出的黝黑黝黑的小腿，还有那和露在外面的皮肤完全不是一个颜色的厚实的脚掌心，都不难推测出老人常年从事劳动，耷垂在榻榻米上的有福的大耳垂儿是南九州地区常见的长寿者的特征。这样的老人肯定是到了九十岁都能穿上缝棉和服用针的针眼儿，到了一百岁还能凭感觉预测出海打鱼时天气的大能人。

　　像这样，仙助老人在外形怪异的测定仪下老老实实地仰面躺着，不管他看起来有多镇定自若，还是不得不说这画面有多么地不合情理、违反自然法则。不知为什么，这时映在我眼中的仙助老人，就像一个在接受死刑行刑的人。

　　医生们一直不断关慰着老人："老人家，冷吗？"老人一察觉到别人的关心就立刻大声地说："没事儿，没事儿。"从生下来一直到患上水俣病之前的七十四年的岁月里，老人从不记得自己得过什么病，也从未被让人敬畏的医生大人触碰过身体。仙助老人从来没有像其他老人一样喜欢唠叨自己那些值得骄傲的往事，但只有一次让全村人都记得——他的圆鼻子下露出鼻毛，严肃地板着脸说："我这辈子除了当兵时体检以外，就从来没看过医生。"

　　"要不是这个病，那老爷子肯定能活到一百岁。"女人们在谈到老人的死的时候，必然都会加上这么一句。

　　仙助老人全身发着异常的黑色亮光，那主要是因为他一生都讨厌泡澡。他经常对劝自己泡澡的女儿轻蔑地说："像你这样身体柔弱的我没见过。过去当兵和现在不一样，那时当兵的里面可没有像现在这样的垃圾和笨蛋，那时的士兵都是专门挑选出来能上战场拼命厮杀的。那时的士兵和现在的士兵不一样，没人会花那么长时间泡澡。身体会泡浮肿的。"

被挑选出来去打仗，指的是老人年轻时经历的日俄战争，那时虽然没有泡澡，但他一直都在睡觉地方的周围撒上大量跳蚤粉或DDT一类的杀虫药，之后才肯睡。他对于卫生的看法和看似怪异的生活准则是有他的原因和道理的，而他也一直试图努力坚守着这一切。

仙助老人一直被邻里们、儿子们、女儿们，还有村与村所形成的区域社会长期排斥，而正当人们几乎要把他忘记的时候，他却再一次被月浦地区村落的人们鲜明地保留在记忆之中。这是因为这个本应该乐享天年的老人患上了水俣病。

"听说仙助老爷子患上水俣病了！"

"真的吗？他也喜欢吃无盐（刚捞上来的无盐生鱼片）吧？"

人们回想起仙助老人每天都会买三合酒①，然后沿着铁道线去上面饭店的场景。每天几乎都是同一时刻——下午四点半出门，沿着铁道线边上的堤坝，夕阳散落下的大海衬托着芒草叶子，老人的身影和那风景融为一体。太久了，以至于人们都想不起来这光景是从什么时候开始的。人们想起老爷子曾经说过："无盐的生鱼片是最好的下酒菜。"

因为在海边，渔民们要是一直吃米饭那就可笑了。渔民们每天都会喝上三合烧酒，配着自己捕上来的鱼，愿意吃多少就吃多少。人生的荣华富贵有很多种，但对于渔民来说，恐怕最愿意享受的便是这一

---

① 1合＝180毫升。

时刻。

还有不少人会回想起其他更多的事情。

"唉，自从那个老爷子得了水俣病以来，真的是令人都搞不清每天的时间了。看样子得把我家的钟上上弦儿了。"

很少和村里或部落的住民们说话的老爷子，偶尔也低调地告诫大家：钟表到底是用来做什么的。

村里的人们直到前些日子为止，一发现仙助老人将七轮火炉①拿到他门前能看到海的宽敞地儿准备生火时，就会说："到老爷子喝茶的时间了。六点了。"于是都开始起床。在很久以前，还是仙助老人能出海捕鱼的时候，到了捕鱼的季节，天还没亮，就会从部落下面海岸的汹涌波浪声中传来轰隆隆的渔船的轰鸣声，被声音吵醒了的人就会说："快看，快看，仙助都已经出海了，已经五点了，还不起床！"

每天的生活只要跟着仙助老人就能够按部就班地进行，他比村落里老是晚一两个时辰才开始打着哈欠打鸣报时的公鸡，还有家里经常忘记上弦儿的时钟都要靠谱得多。

他身边总是放着一个老旧的闹钟，每天早上六点、中午十二点和下午六点，当家下面的新日窒水俣化肥厂的铃声响起来时，他就按时给闹表上弦儿。早上六点打水泡茶，中午十二点做饭吃饭，到了下午四点半就沿着铁道线去上面有各种小吃的店里喝酒，这对仙助老人来说是多么逍遥自在的一刻啊。

邻居的晚餐烤了多少条鱼，买了几块豆腐，死者的家里立了多少

---

① 一种土制的火炉，因煮东西用的炭的价格是七厘，而被称作七轮。

杆旗和花圈，以及这些大概要花多少钱，等等，在把地域社会连接在一起的农渔村共同体中，人们都是以这样的方式和自己所居住的周围社会实现连带和关心的。比如说，甚至连以前住在村边上观音堂的乞丐都能够一直坚定地存在于村内关系中，那么这个和邻居、村民甚至自己的亲人平常完全没有来往的土生土长的本地人，能够作为"全村之钟"生活下去也就并不稀奇了。

对于这样一个人生活的仙助老人，人们甚至会想："在过去，仙人都是过这样的生活吧。"不对，不知道是什么原因，或者是为了什么事，他需要放弃自己的正常生活，并且切断与别人的联系，一生保持远离世俗，并且，试图把这种生活当作一种高雅的品位。

明治二十年（1887）九月，仙助出生在熊本县最南端的水俣村，他一直到死也没有离开过这片土地。当时在萨摩和肥厚两藩交界的属于屯田兵①居住的这个村子里，大家都记得，在出阵前跳"棒舞"时，他可是个出了名的伴唱者。回想起来，从他不唱了以后，棒舞的味道就没有那么浓了。

　　　　近江国的

　　　　石山源氏

　　　　源氏女儿的名字叫

　　　　小艳

　　　　小艳七岁的时候出去玩

　　　　在回来的路上问

---

① 平时务农的士兵。

同伴的家人

有父母双亲

我为什么没有父亲

伴随着他悠扬的歌声，一群帅气的年轻人头上绑着白色头带，身上穿着白衣服，下面是带条纹的和式裤裙，手里拿着短刀或木棒，脚上穿着草鞋，在村里的道路上跳舞，然后消失在漫天的尘土和树木的绿色之中。

每个以字[1]为行政单位的地区，在那些喜欢供奉马头观音、惠比须神和大殿堂的村落里，仙助老人虽然是屯田村的富裕武士，但也算出身于有官气的家庭，不过上辈传下来的田地都让他这一代给喝光了，以致只能住在用船板围起来的小屋里度过晚年。因为给自己差不多十个子女都没有留下一片土地，所以他也不让任何一个子女来赡养他。即使这样，村子里的主妇们也没有把这个住在小屋里的仙助老人看作放荡、不务正业的人，这是有原因的。

十年前，妻子患上破伤风，其后五年卧床不起，他完全没有依靠子女们的帮助，一个人细心地照顾，直到她去世。这一切都深深地打动了村里的主妇们。

"和一般的酒鬼可不一样，他可是个连女人也赶不上的勤快人。早起就打水、做饭、洗衣服、打柴、出海捕鱼，还照顾病人。而且不光是照顾，还能一直照顾到最后。一般的女人也很难像他那样能做到这一切。如果要说谁是做丈夫的楷模，那肯定非老爷子莫属了。"

---

[1] 字，明治时期的行政单位，一般村相当于大字，村下面由部落等几个小字组成。

"感觉为一点点儿小事儿，他也会感谢对方。不管是用生活保护的钱还是水俣病的补助款，只要孩子们需要，他就会毫不犹豫地拿过去。不愧是以前这里的大户人家的后代，品位就是不一样。"

"老爷子，您这身板可是能活到一百岁的哦，腰用点儿劲儿。在没石头的路上突然摔倒了什么的，那肯定是水俣病。病还没有到眼睛上吧？还能看到东西吧？老爷子？"

"耳朵也不管用了？老爷子，老爷子，快起来吧，不能就这样躺在路旁啊。您要是不去医院看看的话，可能就会越来越严重，本来能活一百岁的，弄不好连八十岁都难保，整整亏了二十年啊。"

"你说什么？水俣病？这病祖先世世代代都没听说过。和现在那些军队里的垃圾和笨蛋不一样，我这身体可是被挑去上战场厮杀的，还得过善行功劳赏①的哦。去看医生简直是丢人现眼。"

"老爷子你要挺直腰，你看你看，这么好的烧酒都洒了，都让土地爷给喝去了。不会是眼睛出了什么问题吧？"

"水俣病，水俣病啊，可真能给人添麻烦。到了这个年纪可真是难以接受，从来没有看过医生，没想到却跟风染上了水俣病。这病从来没听说过，我怎么会得这样丢人现眼的病呢？水俣病应该是那些营养不良的人才得的吧？像我这样，早晚都享受着好吃的无盐鱼的人哪儿来的水俣病？"

但是到了七十岁那年，在送走了妻子以后，他的生活开始变得不尽如人意，他将自己封闭起来，不再去看望子女也不去其他任何人的家，也从未允许任何一个人来家中做客。每天吃着自己精心料理的鱼，

---

① 日本海军的善行章是山形的臂章，入营后的前三年期间无大过错并能够完成上级下达的任务者，可获得一线的善行章。善行章和特别善行章合计最多可得五线。

喝两三合的烧酒，开始感到醉意了以后就坐直身体，迷迷糊糊地读一些剑豪列传之类的小说或杂志什么的。

"真是件怪事儿！"有一天也不知道他是在和谁说："假设对面有三个人走过来，中间的人能真真地看到，两边的人脑袋要是不换着角度看的话就看不见了，但一直又觉得这和平常眼花的感觉不一样。"

眼睛到底还是开始出问题了，应该是水俣病。老爷子，您这都七十多了，卧床不起的妻子也照顾了，也送走了，之后就开始什么都放下吧，只享受这世间的福，其他啥也不用做了。就是因为要享受这烧酒才坚持着活下来了，这样才能忘掉所有的烦恼。

一般来说父母的家也就是孩子的家吧，但长大了的孩子们却觉得父母的家是别人的家。更不用说本来就是别人的家，我是不会去的，别人也不要来。不想让人一直照顾到死，于是只待在家里，只是在每天下午四点半准时出去买烧酒。你一个人生活却一点儿都不觉得没意思，不愧是讲究荣华、有品位的人。烧酒都让草给喝了，像你这晃晃悠悠的样子，要是没有孩子们的照料是没法生活下去的。

别看这个八十岁的老爷子，可还是位老学者。自己一个人一脸连话都懒得说的样子，开着灯，每晚喝着烧酒，也不唱歌，端端正正地坐着慢慢读书。嗯，应该怎么说呢？强者或武士的书？对，还有复仇的书。有荒木又右卫门、宫本武藏、高田马场的堀部安兵卫复仇记、柳生十兵卫，都是些武士的书。有时会开着灯一直到天亮。据说他是以前这里的大人物的后代，所以才会一直端坐着看书吧。

得了这个病以后，就不能痛痛快快地看书了。有时打开有插图的书，一直盯着看三分钟左右，虽然在看，但晃来晃去地会突然倒下去，最后干脆放弃，睡起觉来。

喂！老爷子，像以前一样，你那像表针一样的丝毫不乱的生活节奏已经变得没规律了。

有一个女儿住在离仙助老人的小屋旁边不远，当她估摸着父亲一个人的宴会差不多完了的时候会跑过去窥视，看到他正用不太灵活的身体将电灯泡拉下，然后端坐着，翻开带插画的荒木又右卫门还是谁的书，有时会两手按住双眼，然后突然向后倒去。他发病的时间是昭和三十五年（1960）十月上旬。

人们开始察觉到了生活中的微小变化，那感觉就像松开的发条一样逐渐散发开来，于是人们重新开始意识到，一个像上紧了的发条一样的仙助老人在整个村落生活中的存在。但是他已经再也无法完成村子里负责看守时间的任务了。

在我出生成长的这片土地上，那些除了喝酒再没有其他欲望的人有一种说辞："必须要喝点儿酒什么的，人死的时候才能看起来脸色要好一些，安详一些。"

我们无法知道一个有着八十年坎坷生涯的老人的心情轨迹。这位借着三合烧酒带来的醉意，畅读着剑侠小说的老人家，就在一天夜里，在他那还没有实现的、带有传奇色彩的幻想中，咣当一声向前倒去，脸色安详地、倚在那用破船板围起来的小屋的墙壁上，死去了。这难道不是他所期待的吗？带有传奇性？说不定那就是他的一个小小的愿望。

他额头上插着好几根脑波测定仪的针，在微小的电器震动声中，主妇们默默地关注着他那直伸着的黝黑的身体。老人几乎一直闭着眼睛，显得安然自若，只是又白又长的眉毛和脚心偶尔抖动、抽搐几下。

检查完后，仙助老人整理好衣服，恭恭敬敬地向这家的主人山本会长，还有医生、主妇们鞠了个躬，默默地向家的方向走去。

老人在玄关滑下木台阶时身子一歪，高傲而高大的背影突然向前倾了一下。这是水俣病特有的行走运动失调的症状。

紧挨着临时诊疗所，也就是山本患者互助会会长家的背后，沿着海岸线被连接起来的茂道、出月、月浦等这些部落，都属于水俣病集中高发地区。现在，沿海岸从鹿儿岛一直到熊本的国道三号线正在进行改造工程。他脚踩着路边被翻起来的快要掉入海中的泥土，朝着与国道三号线并行着的鹿儿岛本线的铁道方向走去。

那背影就好像是行走在逆行的、凹凸不平的传送带上一样，只见他认真努力地迈动着双腿，但让人感觉几乎没有怎么向前移动。

不知火海的冬天，在即将落下山的夕阳下，那是我最后一次看到老人的背影。

蓬松而鲜红的内脏碎块堆在解剖室里，灵车载着他的遗体沿着冰冷的水俣川河堤走远了。正在这时，河堤上涌过来一群穿着白色和服的姑娘，她们大声嬉笑着，风把她们的衣服吹得呼啦呼啦地响。这些姑娘刚从成人式上回来。

就在仙助老人死后二十天左右的二月七日，在出月部落的泥泞的国道三号线上，我无意中又遇到了一个葬礼。

那是荒木辰夫［明治三十一年（1898）出生］的葬礼。他于昭和三十年（1955）四月突然原因不明地开始出现狂躁症状，后来被送进了小川再生医院（精神科），直到死去，十年里再也没有回到过他家人的怀抱。他因特有的狂躁症状被诊断为水俣病，而且已经认不出前来探望的妻子和孩子，还一直向后退避。这深深刺伤了这个女人。丈夫不在，是她一个人拼命撑着这个家。

在还没修好的国道三号线上，日渐增多的一辆辆的大卡车发出隆隆的巨响，像是要将这悲凉的葬礼队伍挤垮一样，从后面飞驰而过。不断被掀起的泥水无情地飞溅到人们朴素的葬礼礼服的袖口和胸口上，还有逝者的牌位和捧着的供品上。

以前在我们这个地方，一般不管下雨还是下雪，葬礼时都会吹着笛、敲着钟、举着锦缎或是五颜六色的旗，即使是连一面旗都没有的比较低调的人家，也会在大路的中间慢慢地、静静地行进，这时路上的马车也好，各种汽车也好，都会在队伍后面耐心地跟成一队等待。之后出殡的人们又将葬礼礼服换成喜庆的和服，眼泪过后甚至会让人感到一丝丝的轻松、放晴的气氛，然后他们又继续穿过路边围观的人群向前行去。逝者中的大多数生前没有那么幸运，一般也没有什么成绩或成就，可一旦去世，就一定会通过葬礼的形式得到应有的尊重和敬爱。

现在是昭和四十年（1965）二月七日，日本国熊本县水俣市月出的渔夫，同时也是一位丈夫的荒木辰夫的葬礼队伍正在行进着，他是水俣病的第四十个死者。葬礼的队伍一边注意着给轰鸣而过的一辆辆大卡车让道，一边静静地、慢慢地朝着在海边挖好的墓地前进，有好几回甚至都差点被大卡车挤到路边的稻田里。

就在大卡车的车流中断的空隙，可以看到在阴影下有点儿发暗的道路前方的路边，一棵看不出雌雄的老银杏树高高地站着，从树根到树干，也不知道什么时候挂满了厚厚的泥巴。

在向远方延展着的南国冬天的暮色里，天空和树枝交织着，衬托出古树的美。我凝视着从枝叶间透露出来的天空，那美丽的颜色令我感到晕眩。

我突然想起了中国古代的戚夫人，还有那个吕后对戚夫人的所作所为。手脚被砍断、眼球被剜出、耳朵被剁掉，还用药将她药哑，最后把她叫作人彘让人投入厕中。对，就是那位最后以这样的方式死去的戚夫人。

患水俣病的死者大多数都死于非命，虽然他们本人并没有任何的过错，而整个过程却简直像公元前 2 世纪末汉代的戚夫人所遭受的一样残酷。吕后的所作所为都能够被记录在人类社会的历史中，那么即便我们这里是农村，但现代产业对我们这片土地以及栖息在这片土地上的生灵所犯下的，并且还在继续着的罪行，历史又会给出怎样的裁断呢？也许可以把这些都归结为垄断资本毫无限度榨取的一种行为和结果吧。在我的家乡，至今还徘徊着死灵和生灵！我能够理解他们各自的语言，所以我必须要调和我的泛灵论和先灵观，成为面向近代的巫师。

我的鞋后跟磨损了许多，在特卖柜台买的这双鞋没法跳过泥坑，汽车也没赶上。我住的草屋是从出月出发穿过水俣市内区才能到达的一个较为偏僻的地方，两个小时的距离只能一步一步地慢慢向前走。到了并崎仙助老人的小屋附近时，我突然感到一阵阵令人发抖的寒意。日落了，风起了，出现在眼前的新日窒素工厂的烟和灯火朝着水俣市内伸展过去，然后又转向大海。大海黑漆漆的。在这样的夜晚，仙助老人向下眺望夜景，也许他是把工厂看作一种文明的象征，并且十分满足地生活的吧。

钟表到底是用来做什么的？

这样说完，他合着工厂的铃声给他的闹钟上弦。闹钟可以说是他唯一的财产。

　　不能不说他的整个生涯是超合理主义的。但一想起他一生始终与害羞心境相伴，到头来却不得不把内脏碎块抛在解剖室而被人带到火葬场火化，就为这种反差痛心；还有，最后他不得不接受的这样的死法，也肯定是临死前不省人事的他无论如何也想不到的。

　　新日窒水俣工厂的有机水银，在他的晚年和死后，无疑都是让人无法忘却的存在。

　　水俣病是啥？那么丢人的病，为什么我会患上？

　　他经常这么念叨。对他来说，永远也不可能理解水俣病是什么，而实际上也没人能知道它是什么。事件的制造者不但制造出整个事件，并且还一直在隐瞒、无视、忘却，甚至抹杀人们的记忆。面对他们所必须承担的道义责任，以及视道义而不见的行为，仙助老人的那一句"看起来很丢人"真正代表了因此而不断死去的众多无名者的心声。

第二章　不知火海沿岸的渔民

船墓场

昭和三十四年（1959）十一月二日早晨，昨夜的残雨还在淅淅沥沥地飘零，经过水俣警察局前的水俣市立医院的柏油路上，大约三千名不知火海沿岸的渔民，源源不断地聚集而来。

水俣川贯穿着整个水俣市（五万人口），水俣桥是三座大桥中建得最好的一座，水俣警察局就位于水俣川下游的水俣桥旁边，在水俣警察局前大约两百米的坡路下方，就是水俣市立医院。

市立医院刚刚铺好的柏油路还很新，渔民们一个挨着一个地坐在潮湿发亮、崭新的柏油路的一侧，还不时偷偷地看着在自己眼前匆匆忙忙走过的市政府的职员、送外卖的人，还有那带窥视窗的警察局。但是在市民眼中映出的渔民们的身影，与曾经在这小小的乡下发生过的、声势浩大而秩序井然的反对《安保条约》的游行队伍（以新日窒工厂劳动者为主，由失业对策协会、教职员协会、市政府自治工会、电通公司、全国货币联合会、歌唱界、文学界等组成的水俣地区《安保条约》阻止联盟会议）的感觉非常不同，这支庞大的队伍与其说是游行队伍不如叫作大型请愿团也许更为贴切。

在沉寂地坐着的人们的身边竖着旗帜、草帘，上写着：

"把我们的海洋还给我们！"

"偿还我们的债务！"

"立即停止工厂的污水排放！"

其中也有一个在崭新的白布上写着"热烈欢迎国会议员团诸位！！"字样的条幅，充分显示出了走投无路的渔民们的心情。在旗帜的下方，有白发蹒跚的老渔夫，有刚刚长出头发的玩儿着玩具的少年渔民（他没有什么存在感，从日式的细筒裤外面的口袋中拿出弹弓，就是那种在树枝上系上橡皮筋、能弹出小石头的玩具，能吓唬吓唬鸟或者打打狗尾巴、狗鼻子什么的），还有不停地上下摇晃着背带中哭闹的婴儿的主妇，她偶尔还扭过头把吃着的糖用嘴喂给孩子。他们中有穿分趾日式布鞋的，也有穿橡胶面的草鞋的，但不管男女，大多数的人都是赤脚穿着木屐。

在船上按照传统大多是光着脚劳动的人们，都是为了"热烈欢迎国会议员团诸位"从各个海湾聚集而来，他们那随意的着装和赤脚的样子，即便是现在也能清晰地回忆起来。

有些人是走陆地，从鱼协的卡车上下来的，但大多数渔民是乘坐鱼协的船来的。船上插着许久都没有用过的大鱼旗，和鲤鱼旗一起飘扬着。在发动机的阵阵轰响中，船从工厂排水口所在地的水俣湾百间冲、九岛湾、水俣川川口的八幡湾等附近靠岸，这惊动了居住在港口附近的居民们。

港口附近的居民，似乎早已忘记了那里是渔船的入港口。人们已经多年没有听到这种发动机的声音了，现在终于想起了那里原来是渔船的入港口了。

不知火海沿岸的渔民们在要登岸时，看到被废弃了的属于水俣渔协的船只，那凄凉的模样让人感到心里格外地沉闷。

就像是无人居住的房子会加速老化一样，船主若是半年没有开船的话，不管是大船还是一个人垂钓的小船，恐怕马上就会失去它原有的生气和威严，进而风化。况且，从渔民们开始注意到水俣湾的各种各样变化到现在已经有六年了，也就是从夏天的那个鲻鱼捕捞、麸皮事件成为话题时开始，实际上已经整整三年无法下海作业了。

铺开的拖网松松垮垮地连在船头上，船板干燥得像要裂开一样，没有一艘船的样子能让人满意。其中新造的船的风化解体更为凄惨，船身甚至会在某天晚上哗啦一声地塌掉。

百间港也好，丸岛港也好，水俣川川口的八幡码头也好，现在都逐渐变成了被弃船只的墓场。

在不知火海沿岸渔协船队的航路上被激起的晨浪中，那些黑黝黝的基本上散了架、只剩些残骸的废弃船只缠绕着波浪，看着那些摇摇晃晃的被波浪推挤到航道两旁的船只，坚强的渔民们也禁不住地说：

"大清早儿的，就像从邪恶的噩梦中醒来似的。"

还有的说："真是让人后背流冷汗的船的墓场啊。"

"说不准不久以后，我们的船和港口也都会变成这样儿的。"

"说起来真够吓人的，尽量别往那边看，马上登陆吧。以前在水俣上岸时还真没有见过这样的场面。你还记得以前八幡祭或者是在祭奠为朝先生①的时候，滩上的同伴们相互号召组成船队，兴奋地穿绕整个

---

① 源为朝（1139—1170），源平时期的著名武将。

村子的样子吗？最后进港时，一直都是敲着大鼓拉着三弦琴，还要拉响汽笛。不过那是在水俣病出现之前呢……"

"我们也开始注意到了渔场的变化，聊起来据说是因为水俣的什么事儿。不知什么时候，港口就突然变成可怕的幽灵港了，真是让人灰心啊。心里乱得让我后背直冒虚汗，听说今天国会议员们是从东京特意来的，我们也就大老远地赶来了，至少也能造个声势。"虽然到了岸上，但很多人还仍在想："看这港就感觉像看到了我们自己的坟墓一样。"

不管有多早，在早晨的薄雾中，港口就应该会有立在船头上的人影，有人声，有橹响，有发动机的噪声，也就是说在朝霭中港口应该是充满生机的。但是水俣的港口、码头，却只有风化、解体了的废弃船只寂落落地随波漂荡。至于人迹，除了白天有些登上破船玩耍的孩子以外，是极少能见到的。

不知火海区域渔协的人们，想起了在水俣湾潮路前方的鹿儿岛县长岛的渔民们说过的事儿。长岛的渔民们在很久以前的渔闲时曾说过："只要把船放在百间港，不知什么原因船虫和牡蛎就都不会粘在上面了。"

长岛的渔民多是半农半渔，一到了农忙季节也自然就进了休海期。大概也就是从七八年前开始，他们特地划上船，把船排放在百间港。因为每到下次渔猎季节时，渔民们必做的事情就是要燎船底。那是为了去除附在船底的那些不长记性的牡蛎壳、藤壶虫什么的。被拽到岸上的船斜翻着，在船底架上柴火烧，但在烧掉船底粘着的东西时，还要防止烧掉船只。这听起来简单，但是实际做起来却很麻烦。

为了省事，他们特意把船放到百间港。因为只要把船放在百间港的"公司"的排水口附近，船底就总是会清清爽爽的，虫子、牡蛎什么的就都掉下去了。

我想起了麸皮事件，也就是代表着每年水俣夏天渔猎开始的鲻鱼捕捞时发生的那个麸皮事件。

在昭和二十七八年（1952、1953）的时候，以水俣市为中心，邻接芦北郡津奈木村、汤浦、佐敷，还有鹿儿岛县的出水、大口一带，那里碾米站中的糠，也就是脱麦后的那个麸皮不见了，这样的传闻开始在百姓之间像笑话一样地流传开来。

因为还是鸡的饲料，所以碾米站的老板们都抱怨道：

"到底是咋回事儿呢？这个夏天，大家连一条鲻鱼都没抓到。然后你说怎么着，渔船的老板们都争红了眼睛抢着买麸皮儿。脱麦后的麸皮儿不管到哪儿去找，一点儿都没有了。这倒是好事儿了，但到现在连一分钱都还没拿到，真是要命啊！"

在水俣的渔业里，最有特点的就要算入夏之初开始的鲻鱼捕捞了。

每年进入梅雨季节，从海水逐渐变浊的六月开始到十月末，在百间湾的恋路岛和靠鹿儿岛附近的茂道前的和尚半岛相连接的、靠近和尚半岛的"裸滩"周围，支着船篷的水俣渔协的船只，差不多有五十多艘，它们围成圆形，鲻鱼猎就这样开始了。不直接参加围猎的那些渔船就在周围浸下鲻鱼笼。

在捕捞鲻鱼时，事先要把麸皮用热水和好，再加入蜂蜜、蛹和油等调和好，再把鱼钩放进揉好的圆团内，做成诱饵。

笼子里也要放进精心调好的圆形鱼饵。

诱饵的做法每家都有每家的秘方。有了精心制作的诱饵，抽签决定钓鱼的地点，再加上个人的技术，这些都准备好了以后，渔民之间就展开了竞争，看看谁会成为这个夏季最好的捕捞手。

但不论下什么样的功夫投放糠诱饵，也根本无法把鲻鱼吸引过来。

一般一旦鲻鱼开始上钩时，一个人根本就忙不过来，经常是一家人连吃饭的时间都没有，一条一条接二连三地往上拽，手指节都快要被拉扯的鱼丝勒断了。

用笼子也是一样的。好的时候，在半径一米左右的金属笼里，你挤我压的塞得满满的全都是鱼，会让你一边笑得合不拢嘴一边还感叹怎么会进来这么多的鱼，因为这些鱼看起来简直和钱没什么两样。

但从那年开始，小规模的家庭用二十草袋，有的大船主家庭甚至用了四百到五百袋子的麸皮，却没有一丝收获。

不只是在水俣，津奈木的渔民们也诧异地说："今年的鲻鱼捕捞，除了麸皮的欠款，连夏季的伙食费都是借的钱。这种事儿，从父母那代开始就没听说过。鲻鱼都跑到别处去了吧……"

渔民们都把鲻鱼的减少与当时开始的全国性的渔业不振联系在一起，就像时事一样，偶尔也会掺杂着这个话题议论一番。

但是事态已经到了以用肉眼可以看到的速度在迅速恶化着。

不只是鲻鱼，虾、肫鲫、鲷鱼也在急剧减少。因渔业产量的骤然减少而焦躁不安的渔民们，各自东借西凑地换上了当时开始流行的尼龙渔网。但是因为没有了猫，在海滩上横行的老鼠们便开始美滋滋地啃噬渔民们借钱换上的尼龙网。

最近，我们村子里喜欢猫的老奶奶们经常聊到，在茂道、月亮湾附近，无论要来多少只猫都无法养活，都白要了。

修补渔网后出海前往捕鱼的渔场，是在以百间港为起点，连接明神、恋路岛、和尚半岛一线内侧的水俣湾里。撒网下水后，捞起时即使是空网也会很重，但没有那种鱼群在网里噼噼啪啪跳动的感觉。

网眼上粘满海底的黏状物，青褐色，带有刺鼻的强烈异臭。离百间工厂的排水口越近臭味越强烈，在海底就能闻到，覆盖整个海面。那时候的事情，渔民们至今还在谈论：

"那种臭味儿直让人打喷嚏，真让人受不了啊！"

芦北郡津奈木村的渔民们：

晚上出海，点着灯，也叫作夜渔猎。夜渔猎的晚上下海，一边戴着眼镜寻找，一边用矛扎。海底的鱼游的姿势都好奇怪，怎么说呢，有个叫"石见银山"的戏，那里面杀人的时候，小说里也写着，就是被毒药毒翻翻来覆去的那种，对对，翻来覆去辗转反侧。鱼撞到海底的沙子、岩石角上，总想把身体翻转过来结果又翻转过去。当时我就觉得真是好奇怪的游法啊。

你问谁都行，是渔民的话大家都见过。从百间的排水口开始，乱七八糟的颜色，黑的、红的、青的，不知是什么油的油块，像坐垫那么大的，漂过来，然后流向裸滩那边，你也只剩下打喷嚏了。

裸滩就是水俣湾涨落潮的口子，它穿过恋路岛与和尚半岛之间。那条海潮的潮路呢，轻飘飘地漂浮着伸向远方，而在潮路两旁，鱼就用那个姿势游着。要是拿矛刺一下那个油块的话就会溅到肩上呀、手上什么的。怎么说呢，火烧火燎的，被那个东西沾到的皮肤就像一晃就会掉下来似的，看着很恶心。那个东西一沾上，马上就要用没沾到油的海水洗掉。

隔几天也就是间隔一段时间，那个东西就会流出来的。嗯，是渔民的话，估计谁都见过。白天是看不到的，只有晚上捕鱼时才看得见。

那时候海的颜色，该怎么说呢，想起来都觉得毛骨悚然。到大海变成那样之前我们一直在出海。怎么说好呢，就是大海已经变成了一个发黏的海。到底那时候工厂在生产什么东西啊？开船时要冲破发黏的海水，船也因为那黏糊糊的东西而变得很重。那东西不但恶心还有东西流出来。我整个脑袋都空了，一点儿也搞不懂啊。那样的东西，如果大学的老师早些来取样检查就好了。事后诸葛啊！

公司如果立刻把排出的水让熊本大学化验，就不会这样了吧？！排水口还派人看守，防范做得还挺严的，不过要是我的话想偷就能偷。但是，连漂流的地方都派人看守着，那肯定是有什么秘密的吧。

哎，那会儿我经常去到百间港，所以对那边还比较熟悉。过界了？没错，当然是偷偷地捕鱼，要保密哟。没法子啊，这边的海里一点儿鱼也没有，走投无路了。那边有工厂排水，鱼也不来，鱼群更看不见。那时水俣的人也是什么也捕不到的。

周围的猫也翻滚地跳着舞，真让人吃惊啊。那里的鱼也有变化了，不能游了，到后来就死了，之后马上就是人也发生了变化。其中沙丁鱼什么的最是严重。

从那以后就不去那里了，我们部落死去的那个老大，是个在厮杀中怎么都打不死的异常悍勇的人。十一月二口游行时，是那个老大站在最前面，攀过公司的大门，跳进里面把门打开的。游行队伍能够进公司多亏了那个筱原保。老大到最后只会说"啊，啊"，变成了不会说话的婴儿一样，不到两周就死了。很受打击啊！突然就死了，真让人伤心啊！即使死了也不安心啊——老婆孩子怎么办啊？我这边卖渔网、卖船，即使做建筑工地的小工，也要活下去的啊。已经不可能再捕鱼了，这儿也没有能赚钱的工作。只能看一看对岸那边，真让人着急啊，让人着急。

是的，游行的时候站在最前列，找谁？当然是找公司啦，我既不是水俣人，也没受到过公司的照顾，我是为了死去的老大。

就像前面所写的那样，水俣湾的情况是：水俣渔协的捕鱼量从昭和二十五年（1950）到二十八年（1953）为年四十八万九千八百公斤，但在三十年（1955）减少到原数三分之一的十八万三千七百公斤，三十一年（1956）更是急剧减少到了十一万一千九百公斤。

从粘到渔网上的黏状物的情况来看，渔民们推测海湾内的沉淀物至少有三米厚，后来的国会调查团也说沉淀物有三米。这时候，海湾内的死鱼也好活鱼也好，浮上来的就更多了。与此同时，月浦那里的猫会跳着舞死去的传言，也开始纷纷传到市民的耳朵里。

水俣湾海底潜藏着的异变，也开始完全一模一样地出现在了岸边的陆地上，沿岸各渔村已经开始出现水俣病了。

最早发现水俣病的，就如本书开始时所记述的那样，是居住在水俣市的新日窒公司附属医院院长细川一博士。

关于水俣病的发病情况和细川博士的介绍，富田八朗在现代技术史研究会的杂志《技术史研究》（第二十八号）上的《水俣病》中的记述比较贴切。现引用如下：

细川氏在那之前利用了几年的时间，与熊本大学的河北教授共同就当地散发的、属于一种立克次氏体病的线性热进行了免疫学研究和整理。当然他也熟悉当地日常普通的疾病。之后在昭和二十九年（1954），最初的水俣病患者在新日窒医院住院并且死亡时，病历上记载着的症状是到那时为止不曾遇到过的。随后在三十年（1955）又发现了一名患者，也同样进行了记录。三十一年（1956）五月一日，当又有四名患者来到新日窒医院时，他马上感到了事态的严重性，虽然此病的症状有一部分与日本脑炎相似，而且熊本县也是脊髓灰质炎的多发地带。为了从卫生学的角度考虑对策方案，他与保健所取得了联系。从此后新日窒医院与保健所保持了长期友好的合作关系。

昭和三十一年（1956）五月二十八日，保健所、医师协会、市政府、市立医院、新日窒医院等五个机构联合组建了对策委员会。在委员会调查各个开业医生的旧病历的同时，以细川博士为首的新日窒医院内科的年轻医生们一面看护着患者，一面在患者的居住地月浦、出月、汤堂地区开始了实地调查，并在之后几个月的时间里进行了缜密细致的调查，甚至做出了这个地区的所有人口的年龄构成表。在调查期间，发现了越来越多的居住在家里的新患者，事态变得越来越严重了。

在水俣病的发生及扩大过程中，作为医生和学者，细川氏凭借他那高尚而有魄力的人格，将这项意义非凡的调查研究一直继续了下去，这与附属医院所在的本家新日窒肥料工厂所持的态度形成了鲜明的对比，时至今日这一切甚至都具有了划时代的意义。

当时调查结果显示，已经确认的患者人数是昭和二十八年（1953）一名、二十九年（1954）十二名、三十年（1955）九名、三十一年（1956）三十二名（之后三十一年度又接着出现了十一名），总计五十四名。很多家庭里都有人开始发病。在带着疑问的同时，当时对这些症状大都诊断为中风、舞蹈病、新式疾病、精神失常、绊倒病等。那时的死亡人数已达十七人。

患者们共同的症状是，开始时手脚尖儿发麻握不住东西，不能行走，一走就会摔倒，不能说话，说话时只能一个字一个字地拉长音，嗲声嗲气的。舌头也发麻，没有味觉，无法吞咽。眼睛渐渐看不见，耳朵听不见。还有的人手脚颤抖、全身痉挛时两三个大男人也压不住。自己不能吃饭、不能排泄等。患者们的样子异常悲惨。在这个时候，接手对策委员会的熊本大学医院院长的胜木司马之副教授，用充满痛苦的语言描述了当时给患者看病时的印象："那是一些除了海伦·凯勒的三重苦，还要加上无法治愈的第四重苦的人们。"

即使病情稳定能够逃脱死亡的患者，也会在身体或精神上留下残疾。

在患者集中的村落里，一家接着一家不停地有人患病、举行葬礼和进行消毒，还时有穿着白大褂的医生出入，如此等等，都让人感到惶恐。各种各样的流言喧嚣而起，然而很不幸的是，这些流言却在不久后得到了印证。

本来是在以水俣湾百间港附近作为渔场的渔村里集中性出现的水俣病患者，在昭和三十三年（1958）工厂把水俣川河口的排水口变更到八幡地区之后，在距离川口附近的八幡津以北很远的芦北郡津奈木村也开始出现了水俣病，这标志着患病区域扩大了。从水俣川河口往北的芦北郡沿岸，以前就有许多在水俣川泛滥期打捞从上游漂过来的漂浮物的路线。以水俣渔协和新日窒工厂，还有水俣鲜鱼劳动组合为主的纷争，也成为包括对岸的天草在内的不知火海沿岸一带渔协的问题。昭和三十二年（1957）四月组建的以熊本大学医学部为中心的教育部科学研究所水俣病综合研究班，在昭和三十四年（1959）七月的中期报告中，关于本病的原因是这样阐述的："在水俣湾捕捞的鱼类和贝类中含有的一种有机水银是其主要原因。"报告指出新日窒水俣肥料工厂没有净化装置而排放多种有毒污水，污染了海湾，然而这一报告也直接导致了不知火海沿岸全域渔民生活的窘迫。

报告发表之后，水俣市内的鲜鱼贩卖劳动组合立即声明："坚决不卖水俣渔民捕的鱼！"这个声明给渔民们的生活带来了沉重打击。失去了渔场又不断有病人出现的渔民们选出了代表，接连向新日窒工厂提出赔偿要求。工厂方面否认熊本大学的说法，坚持认为水俣病与工厂排放的污水无关，一直无视渔民的要求，当然也无视病人的存在。

鲜鱼零售劳动组合发出的声明出现了令人讽刺的结果。市民们对贴有"本店的鱼都是远洋产的"告示的商店反而感到恐惧，不敢靠近。罐头、肉的价格上涨马上成为主妇们的话题。

当时还有渔业劳动组合和鲜鱼贩卖劳动组合的游行队伍一时冲动动了手的谣言。

他们用内海捕不到的金枪鱼生鱼片来招待熊本来的客人，可是担心得水俣病，没有人吃。这样的事情如同悲喜剧一样被大家传播着。就这样，不只是水俣附近的町村，而是不知火海沿岸全地域居民的蛋白质来源以及渔民的生存权等都受到了威胁，水俣病的问题终于作为一个社会性问题浮出水面了。

特别是隶属于水俣渔协的渔民们的家中持续不断地出现病人，这使得他们的生活变得极度窘迫。渔网卖了，渔船卖了，不仅家家都在借债，连当天吃的米和面都无法保证的家庭也越来越多了。从昭和二十八年（1953）末公布发现第一个病人开始，已经过去六年了，上述的情况一直被弃之不顾。

这一年，昭和三十四年（1959）八月的大潮中，本应该生活在海里礁石中的黑鲷、竹荚鱼、鲻鱼、鲈鱼等各类鱼，却都慌不择路地游到我家门前水俣川支流的河水里，这是从未发生过的事情。

兴奋地在涨落潮的间隙戏水的孩子们，很轻松地就可以用两手捉到鱼。但在河口大桥附近也出现了很多鱼，它们有不少异样地肚皮朝上漂游着或死去，母亲们听到或看到后都非常害怕，让孩子们赶紧把捉到的鱼扔掉。在河对面的渔村八幡舟津，已经出现了第六十九、七十、七十一、七十二位水俣病病人。开始看到远处的茂道、汤堂、月浦等地有猫跳舞的事情，原来还半开玩笑地谈论着，目睹了刚刚搬到八幡大桥附近的新日室工厂排水口前的异臭，看到在排水口附近漂浮的鱼群，还有码头附近舟津渔民的发病，我们部落也感到了切肤的恐惧。舟津所有的病人都来这儿卖过鱼，和村子里的人也都是熟识的。

八幡大桥附近的潮水落下之后，在从水俣川河口开始延展的海滩上，布满了开着口儿死去的贝类，贝肉腐烂的味道和排水口的异臭混合在一起，飘荡在整个海面上。

我们村子里新日室的员工们，在八幡排水口设置之前曾说："排水口要搬到这里来了，这边的海也危险了，都不要出海了。公司的实验也是猫都打着滚儿死了的。"又对家人补充道："保密哟。"秘密这个东西倒是很容易传出来的，村里人都知道了。再加上鱼和贝类就死在眼前，喜欢赶海的农民们也突然不再赶海了。就连乌鸦也睁着眼睛死在海边。

前年在八幡大桥排水口附近架的大桥，这会儿，却因来看新桥和

"奇鱼病"的人们而热闹起来。

人们看着眼前流下来的工厂废水，一边捏着鼻子一边用手指着，皱着眉头眺望着从河面到河底那厚厚的一层乱翻乱滚或漂浮着的露出白色肚皮的大鱼和无数小鱼的鱼群。

把下颚垫在大桥的栏杆上，站成一溜的人们的话题大多是这样的：

因为公司、附属医院要用两三千日元买一只用来做水俣病实验的猫，所以马上就出现了以此赚钱的人。他乘着夜色，捉野猫甚至偷家养的猫，装进麻袋卖了也就算了，甚至连自己老婆的猫都卖了，媳妇大人正在朝他要补偿金呢。

所有的居民，都像被什么沉重的空气压迫着一样。即便是现在，人们也是在忍受着那种从极深的内部开始被撕裂般的紧张。

昭和三十四年（1959）十一月二日

十一月二日早晨，一场倾盆大雨过后，水俣的朝霞还残留着些许热度。我听到在远方，有种不像声音的喊叫声传向微红的天空。我突然感觉到全身发热，像有血脉在逆流，就从家里冲了出来。

浓淡交错的天空一会儿阴一会儿晴。

从后排的渔民们，也就是坐在市立医院门前的人群那里突然传来无法形容的欢迎声。寂静庞大的游行队伍人群的脸上立刻充满喜色，大概是在十一点前后吧。

"国会议员们来啦——"

人们兴奋地相互耳语着。我也跟着大家一起跑。能够看见"国会议员团一行"实际上是极其困难的，再怎么说他们都是被两千多人或者被说成四千多人的、众多的渔民团、报道团、围观的人群围起来的。挤进像森林一样林立的人群，我终于挤到前面了。

请愿、游行有各种各样的形式，将以何种形式被接受，我想必须要认真地看到最后。

那时，我从人们的背后，使劲再使劲地踮起脚尖，目睹了这一切。但现在想想，给我留下深刻印象的，不是不知火海沿岸渔协的人们，而是水俣病患者家庭互助会的代表们。

不知火海沿岸渔协（八代、芦北、天草各渔协）的大型游行队伍，把水俣病患者家庭互助会代表和国会派遣议员团的十六名代表以及其他的县议员、水俣市有关人员等十层二十层地包围守护着。

从事情的发展来看，我在那天也明白了，向"国会议员团一行"请愿的，不只是不知火海沿岸渔协的人们，有着同样的想法的，还有水俣病患者家庭互助会。

水俣病患者家庭互助会代表渡边荣藏非常紧张，面容憔悴地来到国会议员团的面前，首先恭敬地摘掉缠在半白的、剪成五分头头上的渔民风的缠头布，随后，站在他后面的其他的患者家庭互助会的成员也学着他的样子，摘掉了游行用的缠头布，然后把各人手中攥着的各种各样的旗帜也都放到了地上。

这些举动似乎瞬间被填满了水俣市立医院门前广场的不知火海沿岸渔协的庞大的游行队伍感应到了，于是这儿啊那儿的人们都开始摘掉缠头布，吧嗒吧嗒地放下草旗。

在一片寂静中，从渡边之后站出来的是身材矮小的中年主妇中冈沙月，她不时停顿的朗读，给我留下了极其深刻的印象。大致内容是：

  ……像父亲和母亲（议员团中有一位巾帼堤鹤代）一样的国会议员们，我们在很久以前认为你们是国家的父亲、母亲，平时很难见到，在这里能够向你们陈情请愿，我深感荣幸。

  ……孩子因为水俣病离世……丈夫捕捞不到鱼，即使捕到也没有人买，也不能去偷东西。我把它当作自己的不幸，忍耐到现在，但我们的生活已经无法维系。我们已经无法相信任何人了……

  但是，因为是你们——国会议员来了，我们就有救了。请你们大发慈悲，无论如何救救我们……

能够看到用摘掉的缠头布擦着眼睛的老渔民们不停地点头赞同着她的话。人们的衣服、鞋子，还有比什么都重要的是他们的表情和身体，这一切都深深地传递着他们的心情。

  平时应该习惯了"陈情"的国会议员调查团成员也不由得深深地低下头，肃然地说："对你们平和的行动表示敬意，一定会为不辜负你们的期待而努力！"

  请愿团代表，还有周围规模更加庞大的渔民团也高高地举起旗帜，面对着国会议员调查团感谢着他们，然后用尽全力为实现请愿高呼着万岁。

  我拼命地、认真仔细地记着这一天的事情。

  接受了渔民团请愿的国会议员调查团，在这之后在水俣市立医院二楼的会议室里，向水俣市当局就水俣病的发生、经过以及当局的应对措施等方面进行了提问。

海军中将退役后就任我们水俣市第四任市长的是中村止氏。不仅眼前这些被晒黑的、消瘦的、眼睛深陷的渔民们，就在此时此刻，就在这个二楼会议室旁边的水俣病特别病房楼里，还住着失去身体自由，控制不住全身痉挛而跌落床下，即使挤压咽喉、活动嘴唇也无法发出声音的患者。这些直到死亡也无法说出自己想法的患者们，他们正用指甲抓挠着崭新的病房的墙壁，用像犬吠一样的喊叫声来代替心中的呐喊。面对这些人，要想为他们说出心中所想，市长的表现是远远不够的。

哎，但是，不仅是市长，恐怕就连水俣市民都没有意识到，水俣病事件的表皮正在被静静地剥开，而且在不断地扩散。前年，也就是昭和三十三年（1958）二月，中村止氏打败社会党候选人桥本彦七氏就任第四任市长，但在任期中病倒，所以这届政府被称为"助理市长政府"。仔细想想，他也是水俣病很大的一个受害者。

严肃地并排坐着的国会议员调查团提出的问题，基本上都是诘问。

这是一起在世界上也绝无仅有、前所未闻的大规模有机水银中毒事件。现在处于旋涡之中的水俣市长，失魂落魄地坐在照相机的阵列之中，声音嘶哑。

虽说已不是明治时代，但作为从喜欢军人的乡土中诞生的一位前海军中将，毫无疑问，中村氏是相当出色的。

但是退役后，成为"东京新兴洗衣机厂下属公司的社长"的中村氏，在水俣市长选举时作为革新派候选人桥本彦七的对立面，由自民党的诸公推荐，有些突然地成了市长。虽然一切都很顺利，但因为水俣病事件，他却变得处境凄惨。且不说被世人揶揄为"机器人氏"，这时我们的水俣市长，尽管有着乡土军人出身这样锐气充盈的经历的中将阁下，也可怜憔悴地生出了皱纹，像缺了另一半儿的天皇、天后玩偶①一样，直挺着又细了一圈的颈背，萧然孤绝地立在那里。

被害民众，或者说水俣病患者们所陷入的惨境和心情，此时无疑全都在水俣市长中村止氏身上表现了出来。听不清楚他嘟嘟囔囔地在说着些什么，从他那不断吧嗒吧嗒眨着眼睛的脸上，可以看出他已经丧失了用语言表达的能力。会场里记者们也进来了，在人群的喧嚣中，唯独市长坐着的椅子附近就像突然沉入了深海一样寂静。他的自言自语就像从沉幽幽的海底漂浮起来的一串水泡。而此时的他，不也正在慢慢地从底层、从最大多数无权力的下层百姓中被分化和游离出来了吗？

在承接民意这一点上，一边是地方行政部门，另一边是国会，这次会面给人的印象本应该是对立的两个机构的会面，但我在这个会场上只能够看到国家权力对无权力的贫民。这种构图不停地交织重叠在我的脑海中。

要是平时的话，这位很适合紧领黑色哗叽衣服、忠诚老实充满神圣气息的像村长一样身材矮小的绅士，作为有五万人口的水俣市的第四任市长，无疑会坦然自若地处理日常工作的。

但面对国会议员调查团的一簇接一簇的质问，水俣市长显得思路不清，最后甚至连话也答不上来了。当然作为辅助者，市当局的相关人员还是能够说出一些实际情况的。换一个角度来看，市长如此的反应充分地说明了，面对从未有过的大规模有机水银中毒事件，这场对于水俣市来说具有历史意义的会见不仅充满了漏洞，还充斥着各种困惑、混乱和苦恼。

---

① 日本的传统木偶饰件，天皇、天后为一对儿。

现在想起来感到很遗憾的是，也许是因为当时原因不明，直到昭和三十一年（1956）四月才正式公开宣布存在这种罕见病，而在此之前，病人、渔民的状况都一直没有受到重视。实际上，疾病是在昭和二十八年（1953）末发生的。

有人说月浦出现了怪病。渐渐地、渐渐地，到了昭和三十一年（1956）患者达到了五十四人。这么多病人。这也太奇怪了！出大事儿了！于是又开会又设立对策委员会什么的，这可真成大事件了。刚开始时有的议员还在说笑话。可能是因为这里面有猫的原因吧，怎么说呢，就是说一定是有什么东西在作祟。于是卫生科把猫一个接一个地收容起来，说是要送到熊本大学去。我还凑上去看了呢。

滴溜溜、滴溜溜地转着跳舞，它们就像喝醉了酒，脚步摇摇晃晃的。渐渐地，跳不动了，最后就用鼻尖儿，只用鼻尖儿倒立着跳。用鼻尖儿蹭着地面，所以这只也好那只也好，所有猫的鼻尖儿的皮都脱了，一晃一晃的。

太让人惊悚了，于是我也到当地去看了看。那地方还真是那样。当然人也像传说的那样。原因就是鱼喽，大家都觉得最有可能的就是它。都是渔民家里，接连不断地出现这种疾病。原因不明，吃药、打针也没用，据说医院也没有办法。这可就严重了，于是立刻设立了对策委员会。

首先，患者家庭，怎么说好呢，底层家庭较多，即使不是，但也都因此失去了主要劳动力。也有的一家有三四个人患病的。市里就必须实施生活保护，第一个人得到了很好的福利，可是到昭和三十三年（1958）时就开始超过了七十人。

只靠我们水俣自己已经无能为力了，必须要向中央政府或县里说明情况，争取援助，到最后这是我们全体议员的意愿，这时都不分是保守派还是革新派了。大家都觉得这可真成大事儿了。到最后无路可走了，于是，在昭和三十二年（1957），第一届对策委员会成员们就凑了钱上东京去了，也就是去厚生省上访。

但是到了厚生省，那里没人知道这里。就说是水俣，那么水俣又在什么地方呢？只好说那里是在九州偏僻的农村，要拿出地图来才能说明白。而且即使是在水俣，也只是其中的一部分地区吧，人家肯定还会问月浦、汤堂、茂道在哪儿。完全无法沟通啊。即便是问个路，也都被发着鼻音的东京腔"啊？是吗？是吗？"地打发了。

最开始，不习惯大都市的农村人，就连在哪里向谁问都不知道。也许应该先去县里就好了，但是病人接连不断地出现，恐怕他们也做不了主。大家一激动，火烧屁股一样地直接越过县里，跑到厚生省附近转来转去。

在后来由县里进行后续处理的时候，对于没有经过县里这件事，县里表露出不愉快。因为县里早就从熊本大学那里知道了水俣病的事情，应该先进行行政指导的。要是他们当时有这个意愿就好了，因为就连县对策委员会也是应了我们的要求才好不容易成立的。

第一届成员虽然去了东京但没有任何成果。大家想再去疑难病对策委员会试试，于是在昭和三十四年（1959）三月换成了难病委，我是那时的成员之一。自民党的滕川氏是委员长，我是社会党的，是副的。

到厚生省后，厚生省说："我们的工作是防止食用有毒的鱼类，你们大概是在昭和三十一年（1956）就开始知道吃鱼会异变的吧，所以凡在这之前涉及鱼类买卖的事情都是归农林部管辖的。"我们说："像这样的毒鱼，不，其实我们也不知道到底是什么，只知道有工厂在排放污水，不要让它排放了，请禁止他们排放，这应该是由厚生省的环境卫生科负责的。""那部分已经归通产省管辖了。"结果不管去哪里，一会儿说是农林省，一会儿又说是通产省，比如要问个水俣病的研究经费吧，就又换成了文部省。这样折腾来折腾去的，结果那笔钱最后却是在大藏省①领取的。我们这些不熟悉情况的乡下人呀，就在这五个部门之间来回奔走，被踢来踢去的。

后来，我们就一直考虑着怎样做最好，最后决定去找国会议员，但又犹豫是找社会党好呢还是找自民党好？因为他们和我们乡下的市议员不同。还有，应该是去参议院呢还是众议院？去哪里能够最快地有结果呢？等等。

这时正逢森中先生（熊本县选出的参议院议员）不知因何事返乡，于是就去请他到当地看看。森中先生来看过后，感觉到了事态的严重性，说这种事情好像是由参议院来解决的，但又好像有很多事难决断，结果我们等了很长的时间。

不管怎么样，后来决定首先要让熊本县选出来的所有国会议员都来看看，拉关系的事儿很是辛苦的哟。其实那还真是挺麻烦的，因为议员分保守派、革新派……唉，那些都不说了，最后还终于拜托议员们请来了各部门的局长级的领导们，请大家来到众议院会馆，在那里终于第一次介绍了在水俣发生的真实情况。

之后，局长们也像对事态有了把握，这样那样地讨论了起来。既然这样，就决定正式由包括厚生省、通产省、经济企划厅在内的各部门组成一个政府的调查机关。而对于我们来讲，不管你们在嘴上怎么

---

① 相当于中国的财政部。

说，只要能来水俣就好。我们觉得不管怎样只要能来一下、看一下，当看到病人们那个样子时，是人的话谁都不会无动于衷放手不管的。能给的钱就会给一些。所以这样也好那样也好，我们只是希望能够先来这里看看。

结果来了后，他们也大为震惊。他们十一月一日来到熊本，先由县里的对策委员会介绍情况，接着二日来到这里。那可真是大骚动啊。市长呢，脑袋还是稍微有点儿笨。在熊本看到调查团对县里的态度，我们这些从水俣去的人就非常担心。县里会把他好好教训一顿吧，会责问他到现在为止都在做些什么。

哎呀明天，好不容易做到这种程度，都到水俣来了，如果给调查团留下不好的印象，到今天的努力就变成泡影了。他们都是专家不好对付，形势很严峻啊。因这方面的错误而使他们回去了的话，那么至今所有的辛苦就都泡汤了。大家患得患失、坐立不安的。

必须得做好。市长恐怕还要给调查团做向导，这样肯定不行。市长也顾不得那么多了，在下着倾盆大雨的夜晚急急忙忙赶回水俣，立刻叫醒渡边市政助理，他那时是总务部长。渡边也一直在担心地等待着，就问市长有什么指示。"不，我还没说呢。那样不行。他们不好对付啊。到了明天，作为市长必须拿出精彩的欢迎致辞才行，所以我们首先要琢磨一下水俣市的欢迎致辞。"意识到了这一点，两个人就开始拼了命般地起草起欢迎辞来，写完时都已经天亮了。"弄得不成样子的话就是水俣的耻辱了。那些人都是从政府来的，这是水俣从没有遇到过的事情啊！"

将任务分派给了其他相关人员，十一月二日早晨终于迎来了调查团。

一开始，会见是安排在市政府进行的，可能后来又觉得市立医院门前的广场更好些吧，于是就变更了一下。可正好那时，不知火海沿岸的渔民们正在从警察局前到市立医院前，长长地成排坐着。

真令人震撼啊！那么多的渔民，各自拿着旗帜聚到这里来。

从天草的什么地方来的都有。调查团要来的事情，那时应该还没有告诉渔民们。什么时候、怎么传递的消息才使大家聚集到这里的呢？我们都参加过反安保的游行，但是气氛到后来就变了。嗯，一开始时还老实地坐着，后来就演变成了那样的骚动……

出身农民的社会党市议员广田愿氏是这样回忆的。旧水俣川还在市立医院的下面流淌时，广田的家就在下游河滩处，那是一所土筑白墙的、很结实的房子。现在也是土筑白墙，但是经过岁月的侵蚀，草也深了，墙皮也脱落了。走进光秃秃的土地面的房间里，可以看到一个磨得亮亮的地炉。

广田氏穿着窄小的西装，翻高坡骑自行车时的样子，真的就像是一个平头老百姓。这个社会党农民议员刚刚当上市议员时，穿着种地的衣服和胶皮底布鞋子就去开会了，大家都很喜欢他。

担着粪桶去地里的途中——啊，坏了，今天是市里开会的日子——突然想起来。坏了坏了，想着天气好，只顾着南瓜地了，把市里开会的事儿就给忘记了……然后马上放下粪桶，洗手，边在腰上擦手边赶路。市里开会的日子正好在农忙期间。

国会议员调查团到来的前夜，"明天让市长代表水俣致盛大的欢迎辞……"他和渡边总务部长这样想时——他有一种村里水门看守人的感觉，一边在马上要崩塌的防波堤上奔跑着，一边注视着轰隆隆暴涨着的水即将溢出河面的那一刻，无疑会感到有一种战栗充斥着他的身体。如果能把握好关键的一瞬间落闸的话，泛滥的浊水将被激流巨大的引力所吞没，那么，水也好，田也好，乡中都将安然无恙。

他的回忆虽然一点儿也不像《浪花曲》[①]，但我却被感染着、聆听着，因为从中我感到了一种一旦有什么事情发生，百姓们便会有立即齐心祈祷和共同战斗的决心。

作为市议会的议员，他当然毫不松懈地一直关心着自己的票数，就如同关心自己种的菜的市场价格一样。因为他首先是一个农民，那是他参与政治的基石，这些我是理解的。

水俣是一个什么地方？

九州，熊本县的最南端。中间隔着不知火海可以看到对面的天草和岛原，让明治时期的人来说，这片土地的风俗与其说是来自从东京、博多、熊本等地传过来的中央文化，不如说是从古时候就通过岛原、长崎，接受着中国南方及"南蛮"（泰国、菲律宾等国）文化的影响。

因为与鹿儿岛县相邻，所以在听天气预报时，听了鹿儿岛地区、熊本地区、人吉地区的情况，就可以大概知道我们这里的天气了。幕藩体制时期，进入萨摩藩时检查得非常严格。即使在那时，萨肥藩境内的农民和商人们，也会偷偷穿过小道儿自由地出入，留下很多自由经商、联姻、信教的痕迹。

在延喜时代的法律条文中（延喜五年——公历905年），初次记载水俣建立了车站。

根据天明三年（1783）古川古松轩的《西游杂记》记：

---

① 一种三弦伴奏的民间说唱歌曲。

从萨摩米之津到肥后的水俣有三里半路[1]，在此之间双方设立了国界的标识。水俣到鹿儿岛地标牌要经过三十六町道，距离有二十六里三十町，到熊本地标牌有二十五里二町九间的距离。肥后侯的市镇衙门在一个叫作袋村的地方。

对来往的人来说，萨摩的衙门对旅行的人的审查很是严格。然而有小道儿、近路，肥后的水俣、佐敷的商人去萨摩时大家都拣小路走。

水俣比起求麻郡和几谷川来说，离北流落合更近些。大概每个村子都有一个由门徒宗建起来的不错的寺庙。

这个季节没有下雨，水井也几乎干涸了，于是几十个村子共同祈雨。

听当地人说，要用人做祭品向龙神献祭才可以。因为是很难得见到的事情，所以想去看看。到了那里一看，见在海岸上盖了个小屋子，用稻草做成一丈长的女人的形状，给她穿上用纸做成的大大的袖子的衣裳，画上红色的图案，用染黑的苎麻做成头发，乱乱地梳在后面。村干部、神官、巫女、观众，这个那个有几百人，站在他们前面的神官面朝大海，从老旧的柜子里取出一卷书物，开始高声吟唱。

那篇祭文没有段落，是用假名书写的古文。

在那之后，敲着大鼓，大家一起唱道：

向龙神、龙王和所有的神祈祷，请平息所有的风浪

向您祭献神代[2]的公主，请赐降雨水，请赐降雨水

---

① 过去日本的长度单位分别为寸、尺、丈、间、町、里。一里约等于4公里。

② 岛原地区的豪族神代氏。

不降雨的话，草木枯萎，人类也会灭绝

收下公主吧，收下公主吧。

就像这样，直到下雨为止一直唱颂着以上的内容，下雨后就把稻草人放进海水里。

在高声吟念上边的歌词时，旁边的人打着拍子附和着。在当地人的传说中，两百年前，把几十个村庄的女孩儿聚集起来，让她们抓阄，抓到的人会被像稻草人那样沉到海里。

偏僻地区因为会有各种各样的仪式，像上面的祭文一样一直传下来的听不懂的部分就会有很多。因为很难记录下来，我就不停地向当地人询问，不过还是因为太快了跟不上，还担心如此古雅的求雨仪式要是听漏了、看漏了的话会心存遗憾。恐怕会被人笑话了，在这里就不赘笔了。

文政元年（1818），赖山阳[①]登上了水俣的龟岭峡。

一岭蟠四国。瞰视万山低。雄拔者五六。

指点自不迷。樱岳在吾后。依依未份携。阿苏在吾面。

迎笑如相俟。温出与雾峤。

俯仰东又西。何图九国秀。

在龟岭峡附近出土了许多绳文陶器和石器。

---

① 江户时代后期历史家、思想家、汉诗人、文人、艺术家、阳明学者。著有《日本外史》《日本政记》等。

打开水俣市政要览，就像固定在扉页上一样的是德富苏峰[①]、德富庐花兄弟和日窒肥料公司的创始者野口遵的照片。

明治言论界的巨魁德富苏峰在晚年时眼睛开始看不清晰了，他送给了故乡的小学一首诗：

> 矢苔山天空的颜色
> 月浦湾波涛的声音
> 纯粹而清澈的水俣之
> 必须坚守的做人之道
> 延喜时代被世人知
> 昭和时代名震世间

纯粹而清澈的水俣——（水俣第一小学的校歌中的）水俣是单纯、清澈的，譬如说我们昭和初期的幼童，还不知道什么是裤子、什么是裙子，都穿着到膝盖的空心棉袄，高高抬起腿，扛着木头棒，边行进边唱着日窒水俣工厂的厂歌（中村安次作词、古贺政男作曲）：

> 光明照耀矢城的山
> 映着不知火海
> 工厂的瓦顶延绵不绝
> 青烟笼罩着的城镇的上空
> 我们的名字是精锐　水俣工厂

[①] 日本著名的作家、记者、历史学家和评论家，被誉为继福泽谕吉之后日本近代第二大思想家。

歌词中"青烟笼罩着的城镇的上空"这一部分，甚至在幼小心灵的记忆中都会留下一种晴朗清爽的新兴之感。

不管是以怎样的形式，对德富苏峰创作的水俣第一小学的校歌和水俣工厂的厂歌不得不说带有乡思之情的乡绅们，就像正好让他们同时出现在市政要览的扉页上一样，一定是有意无意地把本地出身的德富苏峰和日本日窒肥料公司创始人野口遵——这个从东京来到这个二千七百户、一万五千人的水俣村的人联系在一起，自然而然地实现了他们自己早有的梦想。

明治四十一年（1908），野口遵的日窒初来水俣村的契机是这样的：战前，被称为新兴集团的企业是按照野口遵的日窒系、鲇川义介的日产系、森矗昶的昭电系、中野有礼的日曹系、大河内正敏的理研系等顺序排列、发展的。村里唯一的产物食盐，因为专卖制度的实施正临近毁灭之时，因工厂的设立而复苏的村中的头头们，在土地收购之余，心情舒畅地进行了围棋比赛。年轻的冠军是三十五六岁的、东京帝国大学电气工学科毕业的"和制塞西尔·罗兹"（松永安左门评价）式的人物，作为有些肥胖的出世大明神，即使是现在他也会很耀眼。很是怀念。

工厂的青烟使众多的家庭做着富裕乡村兴起的梦也不奇怪。

用经济学术语来讲也可以叫作"寄生于劳动阶级的资本"，我们农村市民派一直欢迎着这个栖生在同一片土壤上的共同体的新成员。

村民们的共同体意识就是不停地对多家工厂进行招商，虽然没能实现，但到现在还都难以割舍对新兴产业都市的梦想，把熊本县的这种落后意识当作三太郎峰①那边发生的事情注视着。而水俣的横井小楠

---

① 位于水俣市和八代市之间。

实学党直系的德富淇水、德富苏峰以及风格略异的庐花父子，还有其他那些身为家系的创始人的出类拔萃的明治时代日本的精英们，他们一边认为与他们的出身最为密切相关的土地风俗才是正统的意识，却又亲手培植了一个日本化学界中与众不同的类集团企业日窒公司。这样的先进意识现在却变成了一种无法实现的保守情怀。

现在，在日常生活中，每当提起水俣村桃源乡的世代精英们的时候，在"苏峰先生、庐花先生、顺子先生（竹崎顺子）"等值得骄傲的历史人物中，很明显地眯起眼睛、带着亲切而熟悉的语调说到的"阿遵先生——"指的就是野口遵氏。

不言而喻，大家族的共同体意识与日窒依靠自身力量的企业意识是两种不同的东西。

另一方面，明治四十年（1907）村预算是二万一千一百四十六日元。在水俣乡土史年表（寺本哲往著）中，水俣病公开成为社会问题的昭和三十六年（1961），市政要览上的市年度收入预算的四亿八千一百三十六万日元中，税收收入为两亿一千零六十万，其中日窒员工的收入所得税约占两千万，法人市民税日窒部分是一千八百万，固定资产税约六千万，电气天然气税一千四百八十万，城市计划税二百八十万，只是与日窒相关的部分就共计一亿一千五百六十万日元。以此可以看出，事实上于昭和二十四年（1949）市制开始的水俣市的经济基础是与日窒息息相关的。

其他的，如产业类别人口中的制造业四千四百六十人中，日窒员工占三千七百人；其余的制造业从业人员中的80%，是日窒的转包工厂和关联企业的职工。水俣市的全部人口不到五万人。

昭和三十六年（1961）的市政要览中，渔业水产就业人口减少到只剩一百五十九人，都属于独钓、拖网、鱿鱼筐、刺网一类的沿岸渔业。在水俣病出现之前，有三百一十八个家庭从事渔业工作，捕鱼量的锐减和自己停业，使从事渔业的家庭减少到一百六十八户，减少了一半。说到捕鱼量，昭和二十五年（1950）到二十八年（1953）平均为十二万二千四百六十贯①，此后每年都在递减，到渔民暴动前一年的昭和三十三年（1958），竟已减少到不足十分之一的一万零五百九十五贯了。

当泥巴投向天空时

昭和三十四年（1959）十一月二日，在国会议员调查团与水俣市当局的见面会上，根据现场对事件所做的描述等内容，调查团必须要对整个情况做出判断了。

当见面会接近结束时，我听到有人——大概是新闻记者说的："不知火海区域的渔民们要在水俣工厂正门前的广场上举行总动员大会！"

市立医院前的广场旁边的草地上还弥漫着湿气，渔民们坐在上面，刚刚吃过铝饭盒装的盒饭和饭团，中间也有带着微微酒气、脸颊微醺的渔民。

因为在那之后发生了乱闯工厂事件，于是日后有了"带有酒气的渔民引发暴乱"的说法，也引出了"极为不严肃"的带有责备的新闻。而我，即使现在也不那样认为。我也看见渔民中确实有喝过酒的，但是石匠、马夫、赶牛车的人、农民还有渔民，不管是工作还是休息的

---

① 明治时期的重量单位，一贯为 3.75 千克。

时候，自古以来就有"喝一杯解乏"的传统。而且开船去其他的地方时，在那里遇到熟悉的面馆或者菜单上最好的饭菜也只不过是蛋包饭的小饭馆，更可以喝一杯烧酒，逗逗女老板，有谁还会不喝的呢？去水俣迎接"国会议员调查团一行"时，也夹杂着这些刚刚回来的人吧。

上午请愿时，国会议员团也向渔民们深深地低下了头，说出了"让你们受了许多苦，对到目前为止的和平的请愿行动表示敬意！我们回到国会后，一定竭尽全力，请大家放心！"这样的话来。

感到就像一直以来的辛苦得到了回报一样——那么多的议员来了，并且发誓了。自从无法捕鱼以来，难得地捏着一点点儿零钱来到水俣，作为请愿后的庆贺，给孩子买些糖，干一杯热闹一下，再在工厂正门前来个请愿什么的吧。我们和劳动者不同，也不是罢工，今天是第一次也是最后一次，让水俣的众人们看一看也鼓鼓干劲，像游行那样排队走走吧。

就那样看着眼角流露着笑意的渔民们，我的心也变得柔和了。

游行队伍的前头是由年轻人构成的，年轻的渔民们意识到远处市民们的视线，十分羞涩地大声吆喝着同伴，躯体互相碰撞着。列队出发后，身体弱的、用婴儿背带背着孩子的主妇、老年渔夫们自然就变成了队尾。有一位给人感觉像"老爹"的上了年纪的渔民，戴着卷成发带的缠头布。非常不幸，他的木屐的鼻绳断了，他只好穿着一只木屐走，最后干脆变成光着脚走，两只手拿着木屐走在队伍的最后面。游行队伍的脚步声，因人们穿着各种各样的鞋，与工会的游行队伍的嚓嚓嚓的鞋声完全不同，是非常有趣的脚步声。这个声音，显然引起了行人、市内商店街的人们的兴趣。在汇集的视线中，大家脸上浮着羞色，进行着这个极具特色的大规模的行动。

游行队伍穿过六角街、新闻路，队尾在昭和町的电报电话局前。走到这里，右前方就是错落的居民区，新日窒水俣肥料工厂隐约可见。如果推测队伍的长度，它的前端应该已经到工厂的正门前了。快到昭和町的时候，听到前列的青年们情绪激昂的嗨哟嗨哟的喊声。而我被有些落后的背着婴儿的主妇所吸引，不由得相互对视微笑。我走在和游行队伍有着少许距离的市民的队伍中。

　　可就在这时，从右前方居民区的后面，隔着湿地环绕着的工厂排水沟，好像是从被它隔开的工厂内，远远地传来了吵吵的、不是很清楚的响声，这使我停住了脚步。队尾的人们和我，在正要停下脚步的时候，听到了像是人喊叫的声音，又像是敲击金属物的声音，还像是东西摔破的声音，总之是无法形容的一种声音。我们向游行队伍的前方跑去。

　　跑了不到二百米的时候，右手边的视野突然开阔起来了，能够看见新日窒水俣肥料工厂的油罐群，正在发着可怕的响声。道路那边，右侧和工厂相邻的是水俣第二小学，它的前面经过新日窒工厂组合的办公室，与道路相连。来到这条路上，如果跳过咕咚咕咚泛着污秽浑浊的红色、绿色废水的工厂排水沟，那里就是工厂内的草地了，能够看到一簇簇的配电线和油罐。

　　来到这里，一瞬间我就明白了事情的大半。原来以为是声音上的错觉，现在却是用眼睛看到了。小学生们跑出来，来到了路上。人们在奔跑。

　　男女员工陆陆续续地逃到草地的这边来了。

　　渔民们从左手的正门闯进去了。捡起石头，扔向办公室的窗户。这是多么剧烈的破坏声啊！叫喊着，从窗户跳进去。从窗子里面飞出椅子，还有桌子，举起它投进排水沟里。办公室旁边的自行车也被扔了。

"这群畜生！这群畜生！"

"这样的脏水沟！"

"滚出去！"

"滚出去啊！"渔民们怒号着。愤怒异常，愤怒得脸红红的，或者青紫的。

员工们来到草地的这边凑到一起，有战战兢兢地站着的，有抱着头蹲着的。没有跳过水沟的员工们，惊恐地被夹在排水沟和赶来的市民的人墙之间。

工厂周围的道路，挤满了听到了声音赶来的市民。

只能用"砸烂"一词来形容了。他们打坏窗户，拿着窗框砸椅子、砸桌子、砸自行车，还一边追赶着工厂的人，一边怒喊着："让代表出来！不对，让最大的头头儿出来！"

但并没有追打逃跑的员工。

"旁观者"也变得兴奋起来。我看见渔民们把电传机、沙发什么的扔到了水沟里。

"干得好！"

一齐欢呼的也许是鱼店的人。

没有背带也把小孩子背到背上，手里拉着大些的，年轻的母亲挣扎着不让孩子掉进水沟里，人们拥挤着。窗框横飞、桌子破碎的声音中，能听到"啊——老公的奖金减少了、奖金少了！住手！"的喊叫声。她们一定是日窒员工的妻子。

冲进工厂里的好像是那些羞涩的先头部队，队伍的后半部还留在门外。他们虽然非常愤怒，但还是把行动控制在一定的范围内。

比如在工厂的正门，不知是昨天还是今天早晨，有设置的崭新的铁条网。渔民们的怒火都在这个铁网、工厂排水沟，还有代表工厂利润的计算器、账本等东西上集中爆发。年轻人们踩掉发出咯吱声的木屐，光着脚，然后用那光着的脚拼命踩着地，并把泥都刮拢到一起（因为没有石头了）。偶尔也瞄一下被一团团缠在一起的配电线环绕着的塔和巨大的油罐，但没有靠近那里。

说是水俣工厂正门前，不如说是在鹿儿岛干线水俣车站的站前广场，不知火海沿岸渔协组合的三千多人，今天，向国会议员调查团请愿之后，应该召开总动员大会，向水俣工厂负责人提出见面的要求，并递交请愿书的。

渔民们从上午的请愿来看，觉得情况有了一定的进展。

在那几天之前，水俣渔协成员闯进过工厂，所以正当不知火海渔协到达正门广场时，看到的是工厂正在加固铁丝网，并且关上大门，一副不愿会见的样子。这种情景极大地刺激了前排的人们，臂力过人的人激动地攀过铁门，从里面把大门打开。他们的心、他们的生活都已经陷入了不能再受到任何刺激的境地。

在推倒了排水口周围的饭店和大众咖啡馆的后窗、房顶，还有房屋之间的湿地和洼地上的栅栏之后，不断增加的人群还爬上了电线杆和青铜枝杈。

这时正是工厂旁边第二小学低年级学生放学的时间。

"哎……学生们快回去！学生们快回去！会被踩死的！"年轻的鱼店小哥，双手挥动着打卷的缠头布，瞪着眼睛呼喊着。从排水沟的最前方不停地传来愤怒的"不要推，不要推，掉下去啦……"的声音，每当这时群众都开始攒动，同时还嘲笑着、怂恿着、大声欢呼着或者害怕着。发现屋顶上的摄影师时，渔民们一边喊着"哟，照相机，照相机，公司的走狗，条子，揍他！"一边扔石头打。群众和渔民的兴奋没能持续多久，群众渐渐地一点一点地变成了观众。

群众好像察觉到了里面的渔民们的心情一样。一旦挤进正门附近的主要办公室、特殊研究室、门卫室、配电室等，摔坏手边的计算机、电传机之后，渔民们看起来好像也不知道应该做什么了。从后门逃晚了的员工们，应该是知道渔民们害怕，不会深入，就都躲进了精密工厂的里面和配电线的深处。因为大家都说一旦爆炸，如此巨大的油罐群足够让人相信传说中的十里八方都会被吹飞，所以渔民们没敢进入其中。越过沿着工厂场地边缘设置的排水口处的金属网，隔着大约三米宽的水沟，渔民们的动作就像在古代圆形剧场中，被观众看得一清二楚的。渐渐无事可做了的渔民们的身影，就像被赶进袋子里的老鼠一样。

在骚乱中，主要街道、车站前的马路，也就是在众人拥挤的背后的道路上，驶过了载有"国会议员调查团一行"的出租车队。他们将在百间港乘船，环绕水俣湾调查湾内的情况，并访问"奇病部落"，然后去汤儿温泉。

我在大约不到一小时前，刚刚看到水俣市立医院前感人的请愿场面，现在却目睹车队没有一点声音地悄悄穿过爆发了流血动乱的现场，那种异常惊诧的感觉至今仍停留在心底。渔民们自己伤害了自己，然后是疲累，眼里充满着孤独。

下午两点半，天空有些微微阴暗，云彩碎碎地悬挂在空中。

全副武装的县武警机动队迅速到达，武装人员身着统一的青黑色的警服。从卡车中嗖嗖跳下来的武装人员，当冲进穿着因为刚才的激斗而被拽坏了半个肩的汗衫或者剪成一半的棉竖条衣服的渔民当中时，看起来就像一个黑色的染色体一样。

渔民的数量虽然占有绝对的优势，但戴着钢盔、拿着警棍向前压进的机动队的样子令人胆寒。渔民们显然动摇了。过于害怕的渔民们，围在一台好像是通信用的小吉普车周围，车子被拽得晃晃荡荡的，车上的机动队员被甩了下来，车子被掀翻了。那是第一次出现在市民面前的机动队的形象。

这就是在反对修改《警职法》①的示威游行和反对安保②的示威游行时，示威游行队伍中的人们悠闲地相互谈论着的"听说正在哪里训练着呢"的那个机动队，他们穿着青黑色的服装第一次从装甲车上下来，出现在市民的面前。

水俣骚动的背景（十一月四日《熊本日日新闻》）

众议院的水俣病调查团到达水俣市的第二天，大约两千名的不知火海岸的渔民和三百名警察在新日室工厂发生冲突，渔民和警察都流血了。问题出现在渔民和工厂的关系上，难道真的无法避免这种极严重的事态的发生吗？（M）

○……在漆黑的工厂之中，能听到令人恐惧的渔民的喊声和怒叫声，无数的石头砸向警察。这是这天渔民的第二波攻击。头被打破了的警官一边呻吟一边跑到几个记者的面前。"局长被打

---

① 《警察官职务执行法》的简称。
② 《日本国和美利坚合众国共同合作及安全保障条约》的简称。

了"　"救护班在哪里？"一直交杂着这样的呼喊声。随着"冲进去！"的命令，挥动着橡胶棍子的警官队冲进了渔民当中。前面的渔民被棍子打倒、被踹翻。一时间那里变成了修罗地狱。怎么会变成这样！这个责任该由谁来承担？！

○……这天早晨，由几十条船组成的船队在百间港靠岸，天草、芦北、八代等不知火海沿岸的渔民大约两千人登陆，在水俣市民医院前高呼"万岁"迎接国会调查团。村上县渔联会长、冈全渔联专务等人陈情请愿，那时松田铁藏团长（自民党）是这样讲的："对于至今没有采取过激行动的大家表示敬意，我们会回应你们的真诚的！"但是松田团长所说的"老实的渔民"在那之后，向厂方开始了激烈的攻击（第一波）。工厂的一位职工愤怒地说："无秩序的暴徒！"

两名渔民被抓捕了。第二波是渔民为了夺回被抓捕的人，和警察的乱斗。

○……渔民们的计划应该是，通过大规模的示威游行，使渔民的困苦状态给调查团留下深刻的印象。游行在水俣车站前举行了总动员大会，并向西田厂长递交决议声明后立即结束就好了。可是，向调查团请愿之后，中午时喝了些酒的渔民把动员大会撂到一边，大约半数的一千人从正门闯进工厂，破坏了正门附近的门卫室和办公楼里的厂长室、会议室、电话交换室、计算机房等。他们借着冲劲又闯到东门那里，特殊研究室和配电室也遭到了破坏。损失高达一千万日元。

对于渔民不顾动员大会闯进工厂这件事，渔民领袖竹崎芦北渔业会长说："根本没有时间制止的。"

警察方面则认为："这不会是请愿队伍隐蔽的作战计划吧？"无论行动是偶然的还是有计划性的，水俣骚动的一个原因只能说是领导者的统率力不足。

○……但是问题的本质还在其他方面。可以说，水俣病对策的问题至今仍无人问津也是导致如此事态的一个原因吧。一号那天，在熊本议会大会堂举行的众议院议员调查团和相关人员听证会上，调查团严厉地追究了地方政府怠慢的态度。寺本知事就任后，第一次去水俣病现地考察竟然是在调查团来水俣的前一天。而且在听证会上，水俣市中村市长对于工厂在水俣市所占的重要位置及患者家庭长期辍学儿童的基本情况等，也没能进行足够的说明。作为调查团成员之一回到熊本的原通产省大臣[①]坂田感叹道："对这个问题，相关的各部委都在敬而远之啊……大家都抛弃了渔民们，至少谁都没有认真对待！"这样说过分了吗？可以说二号的不幸事件是因为这样的行政当局的不作为、无对策造成的。第二天晚上，在旅馆里听说这件事情的调查团露出了"果然是该发生的还真的发生了"的表情。

○……负责收拾残局的荒木和田中两位县议员对渔民代表说："近期不要召开动员大会！"但是，在没有给渔民生活支柱之

---

① 相当于中国的商务部部长。

前，不幸事件还会不断发生，渔民还是会流血的吧？！这天，有几十名渔民、六十多名警察，还有三名厂方人员都流了血……

县警察今天决定处理方针（十一月四日《朝日新闻》）

对于二号的水俣事件，在水俣署内设立了警备本部，从四号早晨开始对工厂内外进行了现场勘察之后，高桥县警备部长、柿山水俣署长等交换了意见，起草了报告。四号早晨，决定由上原警察本部部长、高桥警备部长牵头进行调查。

县警备课的意见是，用暴力行为不法侵入建筑物、损坏财产、妨碍执行公务等罪名进行搜查、举证。问题是作为证据，县警察本部使用的8cm、16cm的摄像机、照相机，都被石头砸坏了，谁也不知道这些会起多少作用。

犯了妨碍执行公务罪的人应作为一般的现行犯逮捕，但岩下水俣署次长在劝说渔民时被打伤下颌骨，受了二十天的重伤，却没有逮捕犯人。"最先考虑的是不使事态恶化，所以只好吞下了眼泪。"有这样说的警察，同时在内部也有"应该把他们都逮捕"的意见。

这天的暴乱时站在队伍的前面、攀过大门从里面打开门的芦北郡津奈木筱原保，在那之后一周左右出现了严重的水俣病症状，一个多月后死亡。

渔民们开始公开地说"想抱着炸药和工厂一起灭亡"。也有阵内职工宿舍区（工厂干部居住区，在水俣市被称为上流社会）的夫人们害怕渔民的袭击准备逃走的传言。

十一月四日晚上，在水俣市公会堂里召开了新日窒员工大会。发起人是鬼塚义定、五岛春天和村越典夫，传单发得到处都是。

"反对暴力！"

"保护工厂免遭暴力！"

以这个为主题，挤满了市民会馆的员工们明显带着不安，被害者不是我们自己吗？在前天的骚动中，被狂暴的渔民们打了、自行车被扔到排水沟里、丢失办公桌里的贵重物品的员工们纷纷登上了讲台。

"至今为止，除去工厂以外，我们还以个人的身份看望患者并送慰问金，却仍遭到暴力袭击，从现在起我们会为了工厂不惜付出一切代价！"

每当遇到这样的发言，掌声就会响彻会场。

为交涉补偿金而来的水俣病患者互助会的人，坐在被腊月的寒风吹冰了的工厂大门前的沥青路上铺着的凉席上，工厂向她们忠实地转达了这次员工大会的决议。借给患者互助会的组合的帐篷，也要毫无理由地收回。静坐的多为女性的互助会成员，她们抱着帐篷走向冬季的水俣川，一边流着泪一边把帐篷洗干净还了回去。

这时，新日窒员工组合正在因年末的奖金而与工厂斗争，他们要求的金额对一般的组合成员是保密的，理由是如果泄露，在与患者互助会和渔联商谈补偿要求时会变得不利。出于同样的理由，厂方也对回答的金额保密。这之后的新日窒劳使协议——对水俣病、对渔民的对策——迈出了坚实的第一步。员工大会的主导者们，日后也成为昭和三十七年（1962）薪酬稳定大讨论的第二组合的领导者。

昭和三十四年（1959）接近尾声时，厂方安装了排水净化装置，并邀请记者参加了盛大的完工仪式。

工厂干部喝下用杯子盛起的净化槽里的水，渔民们则嘲笑这种举动。有机水银是水溶性的，即通过沉淀固体残渣式的净化槽，把澄清后的水排到海水中，但那些看起来清澈的水中仍溶有有机水银，这一点工厂的技术部不会不知道。后来才明白完工仪式是欺骗舆论的应急措施。

十二月下旬，工厂决定向不知火海沿岸的三十六个渔协发放一次性补偿金三千五百万日元和为帮助生活自立而融来的六千五百万日元。但是要从中扣除十一月二日闯入工厂的损坏补偿金一千万日元。

对于水俣病患者互助会的五十九个家庭，补偿标准是：死亡慰问金三十二万日元，成年患者一年十万日元，未成年患者一年三万日元，从患病日开始支付；同时签订"今后即使知道水俣病与水俣工厂的排水有关，也一律不要求追加补偿"的契约。

大人的命十万日元。

儿童的命三万日元。

死者的命三十万日元。

从那以后，我念佛时都要念上这几句。

第三章　雪女记闻

五　月

水俣市立医院水俣病特别病房楼 X 号室

坂上雪　大正三年（1914）十二月一日生

入院时的情况

　　昭和三十年（1955）五月十日发病，手、嘴唇、嘴周围有麻痹感；颤抖；言语障碍，说话有明显的断续和起伏性。行走障碍，呈狂躁状态。营养、骨骼属中度，生来身体健康，不知疾病为何物。表情呈无欲状，不断重复地做出舞蹈病的动作；视野狭窄，能看到正面，看不到侧面。存在知觉障碍，有触觉和痛觉上的钝麻。

　　昭和三十四年（1959）五月下旬，其实有一些迟了，我作为一个市民第一次去探望水俣病患者。来到的是坂上雪（第三十七号患者，水俣市月浦人）和护理她的丈夫坂上茂平所在的病房。窗外所能看到的地方处处让人感到炫目，游丝渺渺升起。从二楼病房的窗户可以看到笼罩在<u>丝丝水汽</u>中吐放着浓浓精气的新绿的山野、蜿蜒流淌的水俣川、河滩、正在成熟的麦田，还有那头顶着紫花儿的绿油油的蚕豆田。五月的水俣是芳香的季节。

在走向她病房的途中，我单方面地遇到了几个病人。单方面，是指他们和她们中有几个人已经失去了意识，或者即使勉强有些意识，也已无法对进入了自己的肉体和灵魂中的死亡做出拒绝的反应了。死亡已近在眼前，人们睁着瞳孔涣散的双眼，就好像目不转睛地在盯着要吞噬自己的死亡一样。濒死的人们还在那儿呼吸着的样子，就如同他们永远停留在困惑、不知进退、无法理解的时刻。

例如，神川先部落、鹿儿岛县出水市米津镇的渔民釜鹤松［第八十二号患者，明治三十六年（1903）生，昭和三十五年（1960）十月十三日死亡］也在正在接近死亡的人之中。他从床上摔了下来，仰面躺在地上。

他的长相是非常标准的渔民脸。高耸的鼻梁，棱角分明的脸颊，一双发出锐利眼神的丹凤眼。在他时不时因痉挛而抽动的脸颊上，还留有些许健康的颜色。但是他的两只胳膊和两条腿，就像流木被冲到陆地上，被激浪削剩到只有年轮芯。即使这样，仅剩骨头的胳膊和腿，也被海风吹灼过的皮肤紧紧地包裹着。脸上的皮肤也还没有失去海潮的味道。死亡正违背他的意志渐渐到来，但还可以一眼看出他那浅黑色的、紧致的皮肤还没有完全干瘪下去。

崭新的水俣病特别病房楼二楼的走廊里，即使有透进来的燃烧般的初夏的光芒，也如同散发着腥臭的洞窟一样。那也许是因为有人发出的无法形容的"叫喊声"。

"某种有机水银"的作用可以夺去人的声音或使其失去语言功能。医学记录上是这样描写的："像犬吠样的叫声。"那些人也确实是像记载的那样，如同临终前竭尽全力般的嘶喊声隔着走廊从不同的房间或高或低地传出，充斥着整个病房楼，让人觉得水俣病病房楼就像泛着腥臭的洞窟。

我无法走过釜鹤松的病房而不停留。他仰躺着，细微的表情中都透着的冷峻的风采，并不是一下子就能看出来的。

在要走过他半开着门的病房时，我感到有什么黑漆漆的生物的气息吹过脚面，不由自主地停下了脚步。

那是个半开着门的单人病房，有两只闪着锐光的眼睛从病房的地板上扑面而来，盯着我。随后我看到了像屏风一样戳在他凹陷进去的肋骨上的漫画书。小小的、儿童杂志增刊赠送的漫画书，像废墟一样掉下来落在他的肋骨上，这无比奇妙的景象映进我的视野，我马上就明白是怎么回事了。

胳膊肘和关节像被锯下的枯木一样，他用这样的两条胳膊，按着便携版的小小的破旧的漫画书。那书好像用手指一弹就马上能落到像断崖一样凹下去的心窝这边似的，但仍摇摇晃晃地杵着。他的眼睛还昭示着些许的精悍，从那小小的屏风后边射过来的锐利的视线，虽然充满敌意地看向我，但当肋骨上那小小的漫画书"啪"的一声倒下时，他的敌意也随之立刻消散了。他的眼睛变成了就像不会说话的小鹿、山羊那样无所适从又有些悲哀的颜色。

明治三十六年（1903）生人，被硬扎扎的络腮胡须包裹着的脸颊、中高等的个子的、带有渔民风貌的釜鹤松，那会儿实际上已经完全不能说话了。在他身上一点点出现的实际情况是因摄取水俣湾内被"某种有机水银"污染的鱼介类而引发的中枢神经系统的疾病。这种大规模的中毒事件，浅而言之只就在他身上发生的事情而言，他真的理解不了。自己为什么得了生来就没有听说过的水俣病，不，应该说是自己现在得了这种叫作水俣病的疾病而且正在逐步走向死亡，能够理解这个事实吗？

他无疑也明白一定是发生了什么不寻常的事情，知道自己正在陷入一种无法改变的状态之中。从船上摔下来，又从被搬到的医院的床上跌下来，即使是在这微微出汗的初夏的五月，从床上跌落下来而仰躺在地上，是与睡在船板上截然不同的无法令人愉快的心情。毫无疑问，他对自己陷入的这种状态感到羞耻，感到愤怒。他表达的与其说是痛苦不如说是愤怒。对于来看望自己的、见都没有见过的陌生的健康的我，他极其自然地、本能地摆出了对假想敌的姿态。

他对来自健康世界的一切窥视，一定是在愤怒的同时也感到厌烦。不是这样的话，他就不会把那么小小的、没有任何用处的漫画书，当作遮身战壕一样立在空落落的胸上。他不可能是在读漫画，因为他的视力同语言一样已经失去了功能。他只是下意识地，只要是还没有死，就会聚集起残留的生物本能，与入侵者相向。他的的确确是在用充满厌恶的、恐惧的、什么也看不到的眼睛注视着我。立在肋骨上面的漫画书，就如同他生涯中耸立的桅杆，代表着他还留有的尊严。在面临死亡的他所拥有的尊严面前，我——在他那像是看厌烦东西一样的目光下——甚至都应该被侮辱。实际上，从他那变得像小兔子、小鱼一样的悲哀的、无防备样的存在，以及在他恐惧的要向后躲藏的瞳孔深处，我感到了那若有若无的淡淡的轻蔑。

我带着小小的使命感，抱着直视事件、必须将之记录下来的盲目冲动，默默地关心着在昭和二十八年（1953）末发生的水俣病事件。

到昭和三十四年（1959）五月我去水俣市立医院水俣病特别病房楼探访为止，新日窒水俣肥料公司还一次都没有来这个病房楼探视过（直到之后的昭和四十年四月）。这个企业极为消极和令人不快的地方最终都变成了"某种有机水银"的形式，紧紧附着在患者们的"小脑颗粒细胞"和"大脑皮层"之中，使人们"掉队"或"消失"，也就是说，即使它已经成为人们走向死亡或后天残疾的介质，也从来没有在人们的正面出现过。它悄悄地潜伏在人们最为安心的日常生活中，弥散于垂钓鲻鱼时、在晴朗海上钓章鱼之时和摇曳着萤火虫的夜晚里，同人们的食物、神圣的鱼类一起深深地潜入人们的体内。

对于正在逐渐接近死亡的鹿儿岛县米津的渔民釜鹤松来说，正在代替他一点点脱落的小脑颗粒细胞的甲基甲硫汞，不管它的化学结构是 $CH_3\text{-}Hg\text{-}S\text{-}CH_3$，还是 $CH_3\text{-}Hg\text{-}S\text{-}Hg\text{-}CH_3$，虽说老渔夫釜鹤松完全不懂，也已经看不见了，但把他变成这个样子的罪魁祸首到底是什么，必须在他眼前现出原形。而且，前面所说的有机水银和其他作为"有机水银学说的辅助说明资料"的各种各样的有毒重金属，这时也仍然还在不断地从新日窒水俣工厂流向水俣湾。只要罪魁祸首还不在他面前出现，那么在他病房前路过的健康的人、无关的人，也就是说除他之外的就算是再渺小的人，包括我在内，都必须直面他充满告发意味的眼神。

"请安息吧"这类的话，常常都是生者自欺欺人时使用的。

正在走向死亡的釜鹤松此时的眼睛，正是魂魄弥留在这个世上而无法安详地往生的眼睛。

那时我只是住在水俣川下游河畔的一个贫穷的家庭主妇，幻想着越南、爪哇和唐朝、天竺，对着天空低吟诗词，与对着同样的天空吹泡泡的小螃蟹们为伴。如果只是过着眺望不知火海退潮后的海滩这样的生活的话，我心情略微有些沉重地想，就如同这个国家其他的女性一样，也能活个七八十年才走完生涯的吧。

这天，我为自己生而为人心生厌恶，无法忍受。釜鹤松那悲哀的，像山羊、像鱼一样的眼睛，还有那仿佛是一节漂流的枯木似的身影，以及那绝对无法往生的灵魂，就在这一天，全部移栖到了我的体内。

下一个单人病房里躺着的第八十四号患者于昭和三十七年（1962）四月十九日死亡。他基本上已经没有什么意识了，只有大腿骨、踝骨、膝盖处的褥疮还有些肉色的地方，留有艳艳的桃粉色。他的房间里还崭新的墙壁上的抓痕，是已经死去的芦北县津奈木村的舟场藤吉——昭和三十四年（1959）十二月死亡——用指甲挠墙时留下来的。这样的水俣病病房楼是死者的病房楼。

透过门，看着孤零零低头呆坐着、穿着围裙的陪护的人们（她们是患者的母亲、妻子或者姐姐、妹妹），我来到了坂上雪的病房。这个特别病房楼完全从当地盛夏即临的季节滑落了。

这里所有的东西都在摇晃。床在摇，天花板在摇，地在摇，门在摇，窗户也在摇，摇晃着的窗外的热浪让人感到晕眩。她，坂上雪，意识清醒了，却因痉挛，全身还在不停地颤抖。从那不知是白昼还是黑夜的痉挛开始，连接着以她为起点的熟悉的森罗万象，鱼、人、天空、窗户也离开她的视点和身体，她感到悲伤而想一点点儿地去靠近它们。

在连绵不绝的轻颤中，她仍想象着自己健康时候的样子，努力地做出可人的笑容。就要超过四十岁的瘦弱衰老的她，沁人心脾的亲近人的笑容，却总是从唇角开始消失。她给来探望她的人一种天性自然和诚实的感觉。有时她癫痫发作被看作由严重痉挛引起的，但那是她表现自然性情的主要动作，是与她的心所不同的行动。

"我、我、嘴、嘴、转—不—过—来。好—好、听—着。海—上、真、的、是—好、啊！"

她的字词之间拖得很长，是像幼儿那样断断续续的、撒娇样的说话方式。她用纠缠在一起的口舌说，她不是生来就这样说话的，而是因为水俣病，对用这种很难和人沟通的方式说话她感到遗憾和羞耻。她无可奈何地倾诉着，她是后来才变成这个样子的，真是太丢人了，但她说得一点儿都没有错。

我呢，从身体变成这个样子开始，老头子（指其丈夫）就可怜了。来看望我的人带来的礼品都给老头子。我的嘴也抖，什么都掉，吃不了。就都给老头子。也要老头子照顾呢。我是后来再嫁给现在这个老头子的，从天草来的。

我嫁过来还不到三年，就得了这样的怪病。好遗憾啊！我自己连和服的前襟也对不齐。手和身体总是会这样抖吗？我脑子里一直在说，不要自己抖。所以老头子啊，说"没办法只能我来当女人了"，于是帮我穿好了衣服。"我把衬裤（男式）脱了给你穿吧。"然后我说："这、这下老、老头子真、真的、不、不得不、变成、女、女人了、啊。"以前的身体啊。那是父母给的能劳动能吃饭的身体啊。从没有生过病。我呀，以前手也好，脚也好，不管哪里都是结结实实的。

海上真好。海上是真的好啊！我呢，无论怎样都想再回到以前那样健康的身体，自己划船。现在，我是真的没出息呢。变成了连月事都无法自己收拾的女人了……

是熊大的老师给我看病的哟。大学的老师说我脑子得了怪病，变成和神经病人一样了。完全不懂。我也拜托过他至少让每个月的例假不要来了。却说不能停，停了的话，身体只会更差。我都不能自己洗卫生带了呀。真是羞愧啊。

我以前很能干，手、脚都有劲儿。因为能干，经常被夸奖。我连睡觉的时候都在想工作的事情。

现在是种麦子的时候了吧？麦子不播种不行，但感觉也是要施肥的时期了吧？马上就是鳎鱼的捕获期了吧？待在病床上，脑子里也东想西想的。

我不干活的话，家用就不够。我觉得自己的身体渐渐就要离开这个世界了。握不住东西。自己的手连东西都握不住。我还是什么老头子的帮手哇，就连最重要的儿子都抱不了了。那也是没办法的啊，我连吃饭的碗都拿不起来，筷子也抓不住啊。脚也感觉不出来是走在地上的，是浮在空中的。不安啊！就像只有我一个人被从这个世界上给拖走了。我好孤独，怎样的孤独啊，你是不会明白的。只是老是想着我的老头子，也就这个人是我唯一的依靠啊。想用自己的手和脚劳动。

海上真好。老公划着船桨，我划着侧橹。

现在这个时候一般是去捞出乌鱼篓、章鱼筐。还有鳎鱼，还有那些家伙，那些个鱼、章鱼，都非常可爱。从四月到十月，狮子岛海上的风筝啊——

双桨船是夫妻船。到离开浅滩之前，小雪拿着侧橹弯着腰嘎吱嘎吱地划着。到岸边的岩石变成石头变成沙，沙子浸在海水中，与海水交融在一起时，茂平用力地划起双桨。小雪追赶似的划着侧橹。两个人有条不紊地交替着使船前行。

也许因为不知火海是咽喉之地，经常波涛滚滚，即使海浪忽高忽低，被小雪的橹抚上也变得温顺了，大海悠闲地操纵着船只。

小雪和前妻有哪里相像，茂平想到。沉默的男人即使这样想也没有说出来。他沉默不说话的时候基本都是心情不错的时候。小雪刚嫁过来时，茂平的新船下海。渔民们哄闹道，看，茂平好事连连，船是新的，老婆也是新的！他紧闭着嘴连笑都没笑一下。了解他性情的人们用满意的眼神看着他。

两个人到目前为止夫妇运都不太好，一个死了前夫一个死了前妻，由渔网店的老板做媒，在海滩上举行了仪式。小雪刚四十岁，茂平近五十岁。

茂平的新船是难得划起来很轻的船。她对海有种本能的熟悉，知道哪里有鱼群。引着茂平划过去，拉开深处茂密的海草看向里面。

"哎—哎，我今天也来啦！"

和鱼打着招呼。只有老渔民才会这样对鱼说话，天草女的小雪的语调中含有格外明朗的感情。

大海和小雪融为一体操纵着船，茂平不可思议地回到了童年纯净的心怀。

现在回想起那会儿，百间海的鱼可真多啊。我比水俣的渔民都更知道哪里有鱼。出了海我就说你不要担心，我把舵，你只要拉好帆，我就会带你去好地方。我从三岁开始就在船上生活，这里就像我家的院子。而且财神爷不是说了吗，载有女人的船会幸运。这风吹得真好，带我们去想去的地方。看，马上到了。

她总是这样眯眯着眼睛自说自话。虽然茂平只是用鼻子连声音都算不上地轻轻地哼着、应着，但两个人就是这样也能沟通的夫妻。

他们也不过多地打鱼，每天过着悠闲的渔猎生活。

船上的生活真的很快乐。

乌贼那家伙很是乖张，一被抓到，它马上就噗噗噗地喷墨，章鱼呢，章鱼那家伙呢真是张牙舞爪的。

拎起鱼篓吧，它爪子紧紧地抓着篓底，用上面的眼睛盯着外面看，就是不出来。喂，你这家伙，都到船上了你还不出来！快点出来！就是不出来，拽也不出来。哐哐哐地敲篓底也没用。没办法，只好用小捞网的把手捅它的屁股，它终于出来了。结果，它逃跑得那叫快！八条腿竟然也不打结，飞快地划动着，嗖嗖嗖地跑了。我也像要把船弄翻了似的追着，千辛万苦地把它抓进鱼篓里接着划船。结果它又爬出鱼篓，正襟危坐地待在鱼篓上面。嘿，你这家伙既然到我们船上，就是我家的人了，不好好待着，还到处乱看！不要闹别扭啦！

我们吃的鱼、海里的东西也是有烦恼的。那时候的海上生活真的是愉快啊！

船，也卖了……

在大学医院的时候，一刮风下雨，就想起船的事情来。那是我嫁过来的时候，老公挂起鲤鱼旗放下水的船啊。就和我的孩子一样。我是怎样地爱惜着那条船的啊。船头、船身都刷得干干净净的，章鱼篓也挂起来了。在下次的捕鱼季节前，把牡蛎壳一个一个地敲掉，小心谨慎地不让她粘上海垢。把她拽到岩石洞里，不让她淋到雨。是鱼篓它们的家啊，就要弄得清清爽爽的。渔民们都很爱护工具，船有神祇守护，每一件工具也都有灵魂。要尊重它们，连鱼竿就是小女孩也不能跨迈的。

那样珍惜的船，就因为我得了这样的怪病，也卖了。对我来说呀，这比什么都让人难受。

我想回到海上去。

我现在不能用自己的手脚养活自己，我对不起教导我要自力更生的先祖啊。

像我这样，有这种痉挛的人，以前，叫作愤怒的人。可就连以前愤怒的人也不会像我这样颤抖的哦。

我很羞愧啊。握不住筷子，拿不住饭碗，嘴也咔嗒咔嗒地合不上。看护的人喂我吃饭，那可真是大工程啊，几次几次的，好不容易饭放进嘴里，米粒飞出来了，汤流出来了。可怜呀可怜，反正也吃不出味道。米饭掉出来，觉得很是浪费。三顿饭变成一顿也可以啊。就像玩儿似的喂我吃呗。

不对！很怪啊，越想越怪。我前几天有了个伟大的发明。你，听说过人趴着吃饭的吗？就是四肢着地。

我呀，前几天试着一个人喝汤了。因为我掉饭掉得太厉害了，把看护的人给气跑了。我突然想到，就偷偷地往四周看，还是觉得不好意思。然后就这样用手拄着地，撅起屁股，趴着。用嘴叼着碗。

不用手，用嘴叼着碗直接喝，能吃到一点。觉得有些怪，也有些高兴，还有些不光彩。把门关上，从现在开始趴着吃饭吧。啊哈哈，怪人吧？人类的智慧很是奇怪，被逼急了的话，什么都会想到。

我刚住进大学医院那会儿精神有些不大对劲儿。也许真的是精神错乱。那时的事情，现在想想很是不正常。大学医院院内有个高高的挖防火用水时挖出的土堆。我曾经整个晚上都待在那里。那是怎样的心情啊，非常非常地悲凉，世界咔嗒咔嗒地崩坏掉了，我一动不动地蹲在那里。到早上的时候我跟跟跄跄地走进那个水里，大家都围了过来，轰动一时。那么地不可思议。那是怎样的心情啊。现在想想真的是极其寒冷的一个晚上。

我刚住院的时候，医院让我流产了。那会儿的事儿也不太对劲儿。

外面已经变暗。晚饭有条鱼。那是我刚刚被做了流产手术之后，突然觉得是我死去的胎儿变成那条鱼回来了。血立时冲上头顶，那时的感觉真的是很怪。

他们没有给我看胎儿。说是脑子有残疾。

我嫁过三次人，男人运不好，孩子运也不好，生了就死，养了就夭折。这次得了怪病，说是要以大人的身体为重，用器械将手脚似乎还能动的胎儿夹了出去。真是抱歉啊，羞愧得无以复加。呆呆地望着那条鱼，如同是在看着自己的胎儿。

不尽快了结的话，胎儿可怜。就那样地被放在盘子上，还沾着我的血，好可怜呢。不了结的话，最后就是女人的耻辱。

我努力地去拿那个盘子，一紧张痉挛也就变得严重起来。盘子和筷子咔嗒咔嗒地响。用筷子把鱼戳下去。一个人在那里骚动着。让我的孩子、那个胎儿从晚饭里逃出去了。

不来这里吗？到妈妈这里来呀！

还没有来得及这样想时，痉挛就变得剧烈起来，晚饭从床上滚落下去。即使这样我也没有放弃。我砰的一声坐到床下面的地上四处找，鱼在床后腿的墙角处。哎呀鱼！这样想时，就又想到了我的孩子。脑子里一下子就只剩下要抱孩子了。想要抓住它，可是这样的痉挛，两只手都很难合上。然后两手一合终于逮到了。

不许你逃，现在就吃了你。

这时我想起两只手有十个手指头，就用那十个手指头紧紧地抓住它，忍不住了，塞进嘴里吃掉。那条鱼黏糊糊的腥臭腥臭的。不知为啥，在吃喜欢的鱼时，感觉就像是在吃那个胎儿一样。这个怪病吃不出味儿却能闻到味儿。这种感觉一上来脑袋就不对劲儿了。惨哪，我盯着张开的手指。

我自己什么也做不了。我迫切地想要自己的身体。我现在的身体就是别人的身体。

我没有什么喜欢吃的东西，就是喜欢抽烟。在大学医院里这就像和他们无关似的，说对脑袋不好不许我吸烟。所以老公也就躲在外面藏起来吸烟。

那是好歹能够走了，出去做诊查的时候。

走廊上有个烟头。

我马上想到，这个可以抽呀。啊呀那个高兴啊！

哇，那里有个烟头哟，太好了！太好了！好，就这样一直走就可以了。这样想着，确定目标，虽然只能跌跌撞撞地走。想停下来结果却摇摇摆摆的。即使这样，我也紧盯着，好，到那里只有三寻①，一直向前走不要走偏。

一边想着一边想迈步，晃晃悠悠的两条腿就像别在一起抬不起来。啊——虽然是自己的腿却不听自己的话。我不耐烦了，火一下子冲到头顶。这时，那个痉挛来了，那个能把人抽翻的痉挛来了。

哎呀，那种痉挛，那叫凄惨，真是凄惨哪！

大脑自己还没有命令呢，脚却突然噜噜噜地往前跑了，连想要停下来的时间都没有。

就这样突然地跑了起来越过烟头。完了，那个痉挛又来了，一边这样想着，一边开始画圈。停一下下！终于转向后面，想向后面走，结果腿不听话。

老、老、老公——！要摔、摔、倒！老公从后面撑住了我。身体朝后面绷紧。然后就那样倒着跑起来，摔倒时又完全翻过来倒下去。结果这次连倒下去的时间都没有。又开始了痉挛，弹起来奔出去。我在学校的运动会时，都没有这样跳转着跑过。自己的腿不听指挥，像傻瓜一样这儿跑一下、那儿跑一下。

以烟头为中心，自己停不下来，别的人也无法让我停下来。绕着圈跑个不停。在那里的人也非常吃惊，说这本人得多累啊！？眼泪出来了。呼吸也跟不上了。然后，痉挛"啪"地一下停住了，腿也僵直了。随后，又可以喘气了。我探头探脑的，唉？烟头哪儿去了？终于翕动着嘴唇说，老——公，想要那个烟。听我这样一说，老公哭了，如果喜欢的话，趁现在都给你。从那

---

① 古日本的计量单位，1寻＝8尺。

以后，就让我抽一点儿烟了。其实也就是一天只让我抽不到三分之一根。

熊本医学会杂志［第31卷第一附册，昭和三十二年（1957）一月］

对猫的观察

本症状发生的同时，水俣地区的猫也出现了相同的现象，引发当地居民的关注。本年度此现象激增，现在此地基本上看不到猫了。据居民所言，猫跳舞、转圈跑，然后跳进海里，呈现出极其引人深思的症状。吾等调查之始，此地域岂止是生病的猫，就连健康的猫基本上也都看不到。在保健所的支持下，我们才得以对一只生后一年左右的猫进行观察。那只猫行动缓慢，行走时左摇右晃缺乏协调性；下台阶时踏空，可以考虑原因之一是眼睛看不见；把鱼拿到它的面前，它会绕着鱼闻来闻去的，说明嗅觉还存在；把猫食放在盘子里给它时，也可以看到它咬盘子的情况；除发作以外不叫；耳朵好像听不见，在它耳边拍手它没什么反应。

有趣的是，刺激嗅觉的话，就会出现下述痉挛发作的状态。我们把鱼放到它的鼻子前晃，几次之后，会诱发痉挛。但是喂它鱼并不发病，与其说刺激了嗅觉，不如说也许是刺激了它想要吃鱼的强烈愿望。而且发作和发作之间，需要一定的时间，发作之后马上让它闻鱼味儿，也不会发病。另外，嗅觉刺激以外也偶尔会发病。

发作时，猫会出现其特有的姿势。也就是说，四处找鱼时会突然停止，坐着时会站起来，右迈步时抬左后腿。同时流涎严重，也会出现咀嚼的现象。随后开始打晃儿，可以看出发作的顿挫，接着用另一侧的后腿做轻轻的踢地运动。前爪抓着地不动，因为要用后爪踢地面，就像人倒立那样，身体悬着。吾辈将之唤作倒立运动。两三次的倒立运动之后，痉挛遍及全身，猫横倒在地，四肢乱舞。如果是倒在右侧，左腿呈强直性痉挛，右腿间歇性痉挛；如果是相反方向倒下，痉挛中会翻转两三次。有时不做倒立运动，只是抽搐。

全身痉挛大约持续三十秒到一分钟，之后猫会跳起来，绕圈跑。这时跑起来就不知道停下，如果是狭小的房间，撞到墙才会改变方向继续跑，冲向另一侧的墙。这种状态应该是在水俣地区被说成往海里跳的情况。这种运动非常剧烈，我们用手都制止不住。跑完这一分钟左右，一边用怪声叫着，一边无差别地转圈走。这时的走路姿势也是失调性的。而且这时流涎也较明显。走三十秒左右后，安心似的坐下。以上整个的发作全过程是五分钟左右。本例观察一日，猫不意溺水而亡。

后来我想到那个住肺病患者的病房楼去玩儿。

开始时我们被带去的二期肺病患者的病房楼，就连那些黑暗中的肺病患者们都讨厌我们。他们说从水俣来了得怪病的人啦，传染呀。所以路过我们病房楼前的肺病患者们，用手捂着嘴，不喘气地飞跑过去。你们的病才传染呢！开始的时候很生气，谁也不是喜欢才得这种怪病的，也用不着显出这么厌恶吧？用手指点着说怪病、怪病的。

后来呢，也和那些人交好了，我想抽烟时就去要。

我呢，不是一直像跳舞那样有不停的小抽搐的吗？

所以，我就这样吧嗒吧嗒地甩着袖子，跌跌撞撞地走在大学医院的走廊上。

你、你、好——

我，跳着舞，看到的人都给我烟。

真的，悲伤得想跳舞。就这样在那里转着圈儿。歪斜着身子。

大家咯咯地笑着、拍着手说，你跳得真好，真是优雅，就是为舞而生的呀。

你跳到这里来的话，就给你烟。不要像喝醉了那样走，你不能走直吗？

哎哎，这样"啊——"，给你烟抽，不要掉了噢。

我自己的手不好使，仍旧吧嗒吧嗒地甩着袖子，张着嘴"啊——"着跳过去。让他把烟放到我嘴里，然后一口接一口地吸起来，吸完烟后就在那里转。人们哈哈大笑，肺病病房楼的人们，站成一排，就像鸡那样伸着脖子，闹闹哄哄的。我成了非常有名的人。

大学医院是在一个很偏僻的地方。樟树的枝杈在飞快地蔓延，草也在疯长。这里是以前的旧城址，是高出熊本街道的一块空地。下面熊本市的街道很是热闹，只有那里的旧城址，夜晚时化身成怪物，高高的樟树舞动着茂密的枝叶，森森的、孤独寂寞的地方。噢，想起来了，那里是叫作藤崎台的空地。

你，是不是觉得大学的医院就应该是很不错的地方？那里呀，那个藤崎台的医院啊，是个简陋的建筑物，还不如我们家附近的小学校漂亮。在那样的空地中歪扭的医院里，我们这样得了各种怪病的人作为"研究用患者"，就像珍稀物种样地被放了进来。就我们来说，虽然抱着一线能够治愈的希望，但还没治好，却感到就像被关在牢笼里一样。我身体健康的时候也唱歌，也跳舞，还和附近的孩子们一起大声地嬉闹，喜欢让气氛热热闹闹的。我呢，现在身体已经变成这样了，就给自己、给大家做个奉献服务，跳个舞吧。

到了晚上，一下子就变得冷清了。

大家都被放回床上休息了。夜里即使被子掉下去了，病房里也都是些手不好使的人，自己捡不起来，给别人也盖不了。也有说不了话的人。如果被子掉下去了就只能那样忍着，一边微微抽搐着，一边睁大眼睛躺着。孤单，就只有这种心情。

像被打捞到岸上的鱼，死心了，噙着眼泪，直挺挺地躺着。夜里自己掉到床下，护士累得睡着了的时候，就只能用那种姿势躺在地上哟。

晚上想得最多的还是海上的事情。海上最好！

春天进入夏天后海里也开着各种各样的花。我们的大海有怎样的一种美啊！

海里也有有名的地方。如碗鼻、如裸滩、如黑海峡、如狮子岛。

如果转一圈儿的话，即使是我们这样已经熟悉了的鼻子，也会闻到要进入夏季的海滨溢满着的热气蒸腾的大海的味道，与工厂的臭味完全不同。

海水也是流动的。在海水流淌的前方，藤蒌、海葵、水松的花朵在绚丽地摇曳着。

鱼也觉得美吧。海葵开着绚丽的菊花，水松挂在海里的崖上，枝叶一层一层地铺成阶梯。

羊栖菜的枝头开满了像雪、竹柏样的花。海藻仿佛竹林一般。

海底的景色和陆地上一样，也有春天，也有夏天，也有秋天，也有冬天。我想呢，海底一定有龙宫。也许像梦幻般美丽。我绝对不会厌烦大海的。

不论是怎样的小岛，都一定会有清水从岛底的岩石中涌出来。在淡水与汹涌的海潮合流处的岩石上，婀娜的石莼蔓延在早春之中。在海香四溢的海滨，带着浓浓春色的石莼，躺在岩石上沐浴着退潮后的阳光的味道，真的是让人怀念啊。

在那样的日子里，咔哧咔哧地剥下许多石莼来，连同下面粘着的牡蛎一起带回去。用这个做料，放少许酱油，热乎乎地喝喝看……对于都市的人们来说，不知道这有多奢华吧。轻轻地吹着石莼、喝着烫舌头的汤才会觉得春天到了。

我的身体有两条腿，用这两条腿支撑着身体站着；我也有两只胳膊，用自己的这双手划船、摘石莼。我哭泣。想再一次——去大海。

再做一回人

大概是天草的女人都重情吧。茂平的渔网店老板说，从给小雪做媒到她生病为止，他们在一起只生活了不到三年的时间。到把女儿们嫁出去之前很长的时间里，忠厚的茂平都没有再娶，也是因为对方不愿意到下家带孩子。小雪性格好，能干，长相也比渔民的老婆们漂亮，没个人也无法划船出海，就娶了她，老板这样说。

那个小雪吃过晚饭，拿着针线，不时地转一下脑袋，隔一会儿就揉一下眼睛。小雪的眼前，就如同松针般地从村里的山上看海里的小沙丁鱼群一样在飞舞。她抱着洗过的衣物从村里的泉水处回来时，湿淋淋的衣物经常吧嗒吧嗒地掉下来，而她自己却不知道衣服掉了。

人渐渐变得沉默了，像是在思考着什么。五月里起章鱼篓时，小雪边一个一个地将它们分开边说：

"老公，我，最近，不知道怎么回事儿，总是没劲儿。就是这个篓，拼命想要，把它拎出来，可不知道怎么回事儿，却总是抓不到绳子，胳膊，也用不上力气。妇科也没什么毛病，怎么了呢？"

茂平感到了她的不安。

"太累了吧？那，慢慢弄。"

小雪沉默了一会儿。

"绞盘，就买一个吧。我的胳膊，从前段时间开始，就不太好用了。你一个人，也拽不了网。把我嫁过来时带来的船上用的工具卖了，够买绞盘了吧？"

茂平厚实的胸膛悸动了一下，两个人都没有再说话。村里的人都在说从小雪嫁过来这两三年开始，鱼量减少了。茂平也放弃了自己的渔场，随着天草长大的小雪的橹变换着捕鱼的地方。

从坐落在村子高台处的渔网店的老板家里传出"哦吼——有鱼群喽！"这种久违了的叫喊声。从高台的石墙上一看海湾的颜色，就能看到在海浪的阴影处，乱哄哄地飞跃跳窜的黑背鳀和沙丁鱼的鱼群。

只要看到有那样颜色的鱼"堆"在海湾时，无论是早晨还是晚上，和螺号一起响起的老板的喊声，就会回荡在村前的海湾中。

"哦吼——有鱼群喽！"

拖着渔网的渔民们不论男女都从家里跑出来，一边呼叫着一边出发，村里到处都是出海的船。在小鱼的鱼群把海面染上颜色时，随之而来的是潜行在海水深处追着小鱼而来的带鱼和斑鰶的大群。老年人和孩子们也来到停船的地方。傍晚时出去撒大网的船们，追赶着鱼群一起起网。船一边轱辘轱辘地收网，一边驱赶着鱼群。划船的人、准备工具的人、掌舵的人，用灯打着信号相呼应的渔民们的声音变成了一个。

一、二。

一、二。

声音越来越急促，在从暗暗的海的各个角落倒涌过来的飞沫之中，大家动作一致。网里的鱼也随之跳跃着。包括一匹一匹鱼的头和尾跳跃的情况，渔民们根据渔网的重量就知道了。因为大海一直都是有生气的。但是现在很少能听到村子里有"有鱼群喽"的喊声了。

猫们开始以奇怪的方式死去。村里的猫们死了，不管从哪里抱来的，给它喂鱼，好好养着，只要开始跳那个舞，就一定会死去。

在猫死之后悄悄出现的是与"中风"相似的病人，差不多隔一家有一个。如果是中风的话应该只是老人得病，可病人是能拉动定置网的，或者是自豪地说一顿能吃一升生鱼片的年轻人，或者是怀孕八个月的止的年轻的媳妇、学龄前儿童。止的媳妇经常和小雪一起在泉水那里洗衣服。

哎呀，这次怀孕腿有些怪怪的，一只脚总是绊另一只脚，让人感到丢脸的是经常跌倒，是脚气吧？还有洗衣服时手指尖也弯不了。那个媳妇这样说。说话非常快的人，现在却变得慢了，这样想着抬头一看，止的媳妇也没有修饰自己，无精打采呆呵呵的，映在水里就只有眼睛是赫然睁着的。这个媳妇不会也是中风了吧。以前是那么劲头十足、讲规矩的媳妇……在这之前，小雪对茂平说。

"我也是中风……吧？"小雪说。

从没有体会过的不安压迫着茂平，两个人也不知是谁先开始的，从在一起后第一次在船上这么长时间发着呆。

"你如果生病了，比起买绞盘，应该先看医生的。"

两个人起锚时，茂平说。

村里的医院说没有什么不好的地方，有些营养不良，吃些长胖的东西看看。两个人还说到手脚有些发麻，常常磕磕绊绊是大家都有的症状，也许是梅雨之前的雨特别冷，而且因为最近还经常听说从美国、中国降落些放射能这种东西，怎么预防都不为过。嘴四周的肌肉有些钝涨，小雪说话费劲儿，用手指触摸嘴唇，手指和嘴唇都感觉不太明显，心中极其不安。

茂平一个人把船划出了海湾，从船上下来回到陆地上后，又在养鱼池中选了些漂亮的鱼回来，代替懒得动的小雪从厨房拿出水桶走了出去，把鱼按在菜板上，开始刮还在蹦动的鱼的鱼鳞。水缸里也换上新的凉水淋好的生鱼片，烧开盐水煮章鱼，用两手捧着盐水下面的火炉里面烤好的黄花鱼的头和尾，吹掉上面落的柴火灰，走出厨房。

"给你鱼，吃吧！"

茂平说。应该是很有弹性的生鱼片却微妙地向远处逃离不好使的舌头，小雪一边做出很是高兴的表情，一边咕咚咕咚地吞咽着口中那布头样的枯燥的东西。

在种土豆的时候，有时蹲在垄地里站不起来，即使三伏天都不会有那么多的汗水从太阳穴处涌出来。

揉着脚脖子，揉着小腿，揉着大腿，拖着颤抖的双腿的她，最后连针灸都去试了。也有去城里医院的人，但如果又被医院说成是营养不良的话，她就会感到很对不起老公了。而且老公的收入从自己不能上船开始，基本上就没有什么了。

得病这种事儿，最多不过是刚嫁过来的冬天得了个流行性腮腺炎什么的，还猜想着是不是要到更年期了，开始神经痛或者得了脚气。在针灸院，和用因神经痛而青肿着的两个膝盖站着弯曲腰身的婆婆，还有患有乳瘤的年轻的妈妈变得熟识后，互相交流着病情。

"冬天的时候，针灸使身体热乎乎的，挺好的。今年的夏天也已经，比以往，热得厉害了呀。"

婆婆们说。看着一直在颤抖的小雪，一起针灸的人们说：

"你是不是也得了月浦的新型病了呀？"

早晚不吃一升生鱼片的还叫渔民吗？说这话的豪迈的渔网店老板益人，清晨提着装有斑鳜的网兜下船时，咦，左手有些发麻，笑着说也许得了月浦的新型病了。把网兜放到厨房里，为招待从出水来的商量儿子婚事的客人，准备喝酒用的鱼。接待宴应该是在十二点多结束的，早上总是起得很早的益人，没有出来吃早饭。妻子拉开毛毯一看，他只有眼睛半睁半闭的，无论怎么晃怎么叫，就像鲑鱼一样，嘴一开一合的，只能发出啊、啊、啊的声音。

接着，就要娶媳妇的儿子和妻子，也立刻都变得不能动了。益人家的三口人都变成"研究用患者"，被带到了熊本大学的医院。益人二十多天里就那么样张着发不出声音的嘴病着，什么话也没有留下来就死了，在说是中风的话也太早了些的四十五岁。

没有猫的村庄里，每家都是老鼠为患。

说是厨房，大部分都是没有窗户的、地面是土的仓房，水缸悄悄地待在角落里，水缸的阴影处放着粘着鱼鳞的水桶，碗架也羞涩地探在外面，老鼠们毫不客气地爬上红土做的灶台，跑过铁锅，蹿上水缸沿儿，跳上吊钩，然后进到吊篮里。吊篮里，装有煮好的土豆、剩下的馒头点心等东西。老鼠们从那样的厨房里马上就可以跑到石坎道上。横穿过月色朦胧的道路，越过石墙，钻进船里，啃咬鱼竿的线和放到高处很少用到的网。在深夜里哗哗啦啦拍打的波涛声中，从拴在石墙上的那些船上传来咔哧哧咔哧哧的啃咬声。船带着长长的绳索摇曳着，老鼠们逃走了。

对海水中的糠饵不屑一顾的鲻鱼、黑鲷等大型鱼，摇摇晃晃地游到岸边。在玩水的小孩子们，边嘎嘎嘎地叫，边在波涛的间隙中抱起那些鱼。鲻鱼也好黑鲷也好，被捉到的话，就会张开背部和胸部的鱼鳍，微微地、一抽一抽地抖动。

铺着厚厚的尘土的国道三号线，蜿蜒在海岸线旁。月浦也好，茂道、汤堂也好，都悄悄地迎来了夏天。孩子们厌倦了还没能力驾驭的渔猎就会跑去海边。在岩缝里、海边涌出泉水的泉眼处捉小鱼吃的水鸟们，鸟喙浸在水里，呼呼地喘息着却无法飞起来。孩子们捡起来时，鸟儿的脖子软软地耷拉下来，睁着哀哀的眼睛死去了。从鹿儿岛县出水镇津前田附近到水俣湾的海岸，茂道、汤堂、月浦、百间、明神、梅户、丸岛、大回湾、水俣川河口处的八幡舟津、日当、大崎鼻、汤子等地到处都落有这样死去的鸟儿的残骸，沙中的贝类也每天每天地张着贝壳，被太阳一晒，海边就飘浮着那些尸骸的恶臭。

渔网撒进大海，就有黏黏的东西粘在渔网上，重重的，那种重量和鱼群的重量是不同的。以工厂的排水口为中心，从恋路岛到袋湾、茂道湾，延伸到对面的明神崎，渔场的底部都有会粘到渔网上的厚厚的糊状沉淀物。如果捯重网的话，那些沉淀物就会弄浊海水漂浮上来，臭气熏天。渔民们就像被臭气追赶一般洗好没有捞到多少鱼的网后回去。从高处看海，大海是粘满暗绿色的、沉甸甸的大海。看看，大海不是大海的颜色哟，村里的人们站在坡路上这样说。年轻人张大了眼睛划着船，去寻找最臭的地方，回来后说这里也臭、那里也臭。

立夏时，村里的针灸院笼罩在艾草的烟雾中，趴在烟雾下的人中，新型病的患者增多了。红土的梯田也好，稀稀拉拉的针叶树的林道也好，整个村子都像被烘干了一样。坡道上茂平背着小雪坐在两轮的拖车上，从后背到胳膊、腿上都灸着点着火的艾草的小雪，突然发出唔唔唔的呻吟声跳将起来用惊人的力气挣脱掉大吃一惊的人们的拼命按压，她疯跑过针灸院的栅栏，从边上跌倒，晕了过去。

小雪、止的媳妇、网元的小女儿等十人左右，被带到距离这里两个海角的海边城市的传染病医院没多久，就来了穿着白大褂的熊本大学医院的大夫和市政府的人，他们用了一天的时间对村子进行了诊查和调查，问了生活习惯，其中也问到了饮食，没有对轻度的"中风"症状的人进行特别调查。

昭和四十年（1965）五月三十日

熊本大学医学部病理学教授武内忠男的研究室

米盛九雄的萎缩性小脑的横断面，如同在八音盒的玻璃槽中，就像海里的植物那样随意地伸展着。面对着淡淡的暗褐色珊瑚枝样的脑断面，如同掀开了沉重的无法移动的深海。

米盛的小脑荒废到让人感叹他的生命竟然能撑到现在的程度，大脑半球——大脑半球如蜂窝状或网状，实质——实质上基本都被吸收了。小脑显著萎缩，灰质层变得极薄。但脑干、脊髓较完好。

只是例外的是，亚急性的山下病例，右侧的镜核基本上消失了。与研究这样病症的研究小组一起做了初期的解剖检查的，是一个镜核伤害严重的样本。开始时认为是锰中毒症，但在之后的解剖检查中没有一例是那样的症状，现在已否定是锰中毒了。

病理学武内教授的名言是：

"病理学是以死亡为起点的哟。"

病理学是以死亡为起点的哟。

米盛九雄，昭和二十七年（1952）十月七日生，患者编号十八，昭和三十年（1955）七月十九日发病，死亡日期为昭和三十四年（1959）七月二十四日，家长姓名米盛盛藏，职业木匠，家庭住址熊本县水俣市出月，水俣病认定时间为昭和三十一年（1956）十二月一日。

水俣市政府卫生科水俣病患者死亡名簿上，这样记载着这个七岁少年的生涯履历。短暂、单纯、清晰，与水槽中淡褐色植物样的小脑很是相宜。

那天，我在武内教授的允许下，观看了一个女体的解剖。

——大学医院的医学部是个可怕的地方。
这里有个大大的菜板，做饭人用的菜板。

说这话的是渔妇坂上雪。

我以前认为无论是何种死法，无法说话的死者，或者说那具尸体就只是块了无个性的材料罢了。从死亡的那个瞬间开始，死者就变成了物品，应该为回归自然、回归泥土而迅速开始腐化。病理学的解剖对死者来说，是有意识地进行的一种格外酷烈的解体。观看那个分解过程对于我来说，是尝试与水俣病的死者进行对话的一个仪式，但那也只不过是迈向死者们的通道上的一步而已。

手在身后紧紧握着小小的绿色铅笔和小记事本。解剖台上躺着从肋骨的正上方到耻骨边缘被切开的女体，在那明艳的厚厚的横断面里，存蓄着很多脂肪。被剥开到两肋的呆呆的乳房，和极度轻松自在地向空中飘浮溢出的小肠。暗紫色的肺被沉甸甸地取出来。她纤细的四肢微微摊开，一双眼睛也被白色的纱布轻轻地盖着。手半握着。她完全把自己交给了执刀的医生。随着内脏被拿出来，不知不觉间变空的腹腔中渗满了鲜血，穿着白大褂的执刀医生中的一人，会时不时地用一个带柄的白色杯子，静静地把血舀出来。

她的内脏被医生认真地用秤称量、用尺子测量。能够听到医生们的拖鞋声，在水泥的解剖台周围沙沙地响。

"看，现在是心脏。"

就像在海底看着那样，武内教授紧盯着我的脸说道。碧绿的、宽广的、深邃的大海在摇曳。我还能够坚持。

那是戴着橡胶手套的一位医生，单手托着她的心脏，要用手术刀切的时候。我从头看到尾。她的心室被切开时，有礼貌地涌出最后一股血，一种忧郁的悲伤轰然扑向了我。死难道就是，对曾经活着的她的、全部的生活内容的一次认真测量的行为吗？

——我死后也要解剖的哟。

渔妇坂上雪的声音。

大学医院的医学部是个可怕的地方……

人类是巨大菜板上的鱼肉。

如果没有得这样的怪病，也就不用做那样的展示物了。难得来到熊本，却成了稀罕的展品。假若一直能在月浦捕鱼，熊本也是不错的都市了。

我去看了解剖，在熊本的大学医院里。

第一次看解剖时——唉，那是一个受了重伤的人——头皮都掀开了，红色的肠子还是青色的肠子都涌出来了，非常瘦的人，好可怜呀，怎么就跌倒了呢。真的是的，第一次看到伤得这么重的人，一边这么想着一边盯着看。

那天在医院也无聊，反正也是在别的地方，穿着破烂的衣服，就这样痉挛着跳着去，路上丢掉羞怯，即使被看到的人笑话，但一想到能够走路不用人帮忙就去了，就这样，拧着腰，歪歪扭扭地走着。大学医院，真大啊！

　　摇摇晃晃的，打算自己好好走，结果走到不该去的地方了。穿过斑斑驳驳的草地，竟然走到这么偏僻的地方来了。这样想着，看到草地中矗立着一个箱子样的房子。真是个孤寂的地方。

　　房子有窗户。一边猜想着这是什么地方，一边趴到窗户上看。人被放到菜板上手术着呢。肠子被重新放到这里又被重新放到那里。哇，这可真是惊人的手术。我透过窗户盯着看。想起来时发现一起来的小美不见了。咦？刚才还在这里呢。四处一看，小美在前面远处正抓着大樟树的树根，低声地叫着"阿—姨，阿—姨"。

　　阿姨，刚才那个是解剖室吧？小美说。一直嗝、嗝的。我什么也不知道，虽然一直看到最后，但后来就不舒服了，反正吃饭也吃不出什么味道，觉得吃了也会吐，那天晚上就什么也没有吃。解剖室真是个孤独的地方啊。瘦到现在这样，看后觉得好可怜，反正，那是死了的防波堤旁边的益人。不觉得是相同的人类。不知为什么非常臭。能闻到呀，心中冷冰冰的，就像在生与死的界限上出入一样。肠子是红色还是青色都是过去的事情，但不知为何却有一种很是奇妙的感怀。现在的话是看不下去的。

　　我的脑袋变蠢了，竟然能够平静地看完解剖。我也让解剖，如果能够换掉这个充满有机水银毒气的愚蠢的脑袋，换个清楚的脑子，下次重生，变个聪明的脑袋生下来。

　　哎呀好怪，又想起来了。

我在大学医院长长的走廊上，拽着给我用纸做的好多船。看我太过可怜，护士就给我用纸做了许多大舢板，用线系上，拽着长长的线，船上放着护士给的糖、点心，她们给我装了好多。

我划着那个船，在大学医院的走廊上。

一、二。

一、二。

唱着拉网的号子，划着船走。

载着自己的灵魂。

人死后还会再生为人吗？我还是不想托生为其他的东西，还想托生为人。我想再一次和老公一起在海上划船。我用侧橹划，老公用尾橹划，两只橹。成为渔民的新娘，从天草来。

我真的好想再做一次人。

第四章 天之鱼

九龙权限殿下

回到昭和三十九年（1964）初秋——

我再三地看着应该是由"凹间"改造过来的少年江津野杢① 太郎〔九岁，昭和三十年（1955）十一月生〕的家（水俣市八洼溑）。

叫作"凹间"的地方，基本上是在家的最里边。如果装修过的话，正是从厨房开始，一步就能跨到的江津野家的墙壁前，四张榻榻米大小的、一张比一张低的像阶梯一样的洼地，说叫凹间是不会有错的。不对，都没有考虑这些的时间，站在厨房那里，壁橱也好，神殿也好，佛坛也好，一目了然。

我被一种虔诚的气氛所包裹。

"在今年初夏的梅雨季节里，神架后面的墙烂掉了。我觉得大家坐得不舒服，就重新换过了。脊柱就像砰砰砰地给敲开了洞一样，夏天虽到了却还是冷飕飕的。"

爷爷和奶奶轮流着，眯着眼睛膜拜自己家供奉的神祇。

---

① 音 jiāng。

在有门但没有叫作窗户这种东西的家中，这一天在格外汹涌的潮水声里海神的鳞宫——那当然与桃叶珊瑚琉璃碧瓦那样的罗曼蒂克完全不同——呈现出的景观是，刚刚被海蛆吃过的破船的船板，被隆重地装到了这个家神架后面的墙壁上，替换了泛着青色波纹的化纤板。

挨着神架的整整一坪①的墙都没有修整，也是这个八张榻榻米大小的家的全部亮源。虽然墙壁是时髦的化纤波纹板的，但因曾被拖到山腰朽坏的船只上长满了苔藓，很快就自然而然地与能保护龙骨的江津野家漫长的岁月融在一起，放射着摇曳般波纹的青光，就像透到海底的光线，与放在入口厨房处的古旧的大水缸、滚落在院子里的坏掉的鲻鱼笼以及类似鲻鱼笼反射的光线混淆在一起，不开电灯的屋里——这个家里唯一的灯泡，总是垂在家人们的餐厅里——也散发着不可思议的光亮。

从厨房进来的两张榻榻米大小的地方，是家人们的餐厅。那里放着爷爷自己做的餐桌，即使有明显的凹凸不平，但因为在那里放得久了，还是有一种安定感存在的。餐桌的一侧放着令人怀念的有着吊钩的铁锅，餐桌上放着爷爷的烟草盒、三合的宝烧酒②瓶、被当作筷笼的杯子，还有边口掉了瓷的有历史的汤碗。那些没有棱线的小工具、木棍儿，即使是随便放的，如果拿走其中的任何一个，不管是放在哪里都不会有存在价值的厨房用具，在波形的青色的光线中，都显得异常地柔和。

在最初拜访这家的秋天里，就感觉到这家的神架与一般的韵味

① 日本的计量单位，1 坪＝3.33 平方米。
② 一种日本的烧酒。

不同。当近视和多少有些散光的我迈进这个家的门槛时，眨眼之间，在这昏暗的小屋里，就在自己的眼前，发现了在用船板改成的墙上横搭着个一间① 大小的架子，墙和架子大概是遮挡煤烟用的，架子上面还摆着一列不知道是什么形状的、黑乎乎的神物。只有那些东西之间煤烟少些，那里摆着两个濑户的白色花瓶，花瓶里插着刚刚换过的杨桐枝和野菊花。横搭着的一间大小的架子是这家的神架，除此之外在这个家里没有看到类似佛坛的东西，这个神架无疑也起到了佛坛的作用。

看起来就知道没有多久可活的老夫妇有一个独生子（村里的人管他叫清人小子），任谁都可以看出——"那个样子多半也是水俣病了吧，看他那个姿势和说话，就中风来说也太年轻了些"。因为其本人症候的出现要远早于公布的水俣病发生的时间，不，更是因为一家出现几个得怪病的，拿着上头发放的生活保护费会更加抬不起头来，所以他拒绝接受诊断。这个儿子还有一个逃走的媳妇，她生下了三个孙子——其中的杢太郎是连排泄都无法自理的先天性水俣病，共计六口人。这就是江津野一家。

"唉，那个清人小子呀，在这之前是个模范青年，挑着柴火从山上下来时，腰挺得直直的，跑着下来哟。江津野老爷子有个好儿子啊。划船什么的，那叫个快！在海浪里划橹，腰一弓一弓的，清人一个人就可以把船划得飞快。那家伙能成为一个好渔民的呀！在现在的年轻人中是少见的。可惜呀，也是那个怪病。好好的一个男

---

① 约1.818米。

人，毁了！"

　　老夫妇的这位三十多岁的宝贝儿子，只在名义上是江津野家户主，对所有的一切事物都保持一定距离地生活着。他说话时有着水俣病特有的大舌头。他大概讨厌这种不是生来就有的毛病，所以省去了语言这种东西，取而代之的是大多数的时候带着微笑和人接触。高高大大的帅气的他，脸上带着些许弱弱的、殷勤而恭谨的笑容，一而再再而三地鞠着躬，对方总是不知不觉地被卷进他的节奏之中。

　　对爷爷他无疑是顺从的。他的老婆，扔下他和老夫妇还有三个男孩子跑了以后，马上就与别的男人结婚了。就这样的老婆的事情也好，包括杢太郎在内的三个孩子的事情也好，打鱼的事情也好，与市政府交涉生活保护费的事情也好，晚上烧酒买几升的事情也好，全部都交由爷爷做主。

　　爷爷管理家中的所有事宜。他把钱包、上面发的生活保护费，本着"绝不浪费一厘钱"的精神管理着。爷爷的眼睛任谁看都知道重于一般的老花眼。他的两只眼睛白浊浊的，他走路的姿势，也总是更像在黑夜里就差没有拄着拐杖走路那样了。因为经常流眼泪呀出眼屎呀，所以有一只手总是捏着一条就像是煮过的和式手帕。在交孙子们学校的费用、买运动会的饭盒，还有让孙子买酱油或者大酱时，他从腹带下面掏出奶奶用布做的钱袋，极其困难地从里面拿出钱来。

　　每当此时，家人们就辛苦地、长时间地看着，等着爷爷一边在脖颈、在头上、在脸上不停地用手帕擦着汗或者眼泪，一边用颤抖的手费劲儿地拿出纸币和零钱。

　　终于拿出一张百元纸币，然后对着清人说：

　　"你今天也喝一杯吧？偶尔也要喝一下。那今晚儿就买瓶三合的宝烧酒吧。"

向着已经小学一年级的孙子伸出手。

"多少钱来着？一瓶三合的话，战前是一升一元的……"

"爷爷，一瓶三合的是一百二十元。"

"是呀是呀，是一百二十元呀！那会儿上等的烧酒一升才一元二十钱。真是变成让人无法容忍的时代了，涨了三百倍。豆腐用五钱就可以买到，现在贵了几百倍了吧？！"

四年级的大孙子稍稍拧着脖子笑着说五钱？听都没有听说过。奶奶说哎呀就拿出一百二十元吧，再加上豆腐钱二十五元，怎么样？

肩负着一家生计的爷爷是很能干的——但是对现在钱的价值的剧变却是无法不介意的，有时会突然想起战前的物价，就向去买东西的孙子发泄心中的不满。

到三十五岁时不知为何变得不举、成为鳏夫的独生子和比爷爷年纪大的奶奶，还有三个孙子，都从心底里依靠爷爷活着。

就像这一带有着虔诚信仰的老人们来他家拜访时那样，我第一次来到这个家的那个秋天，看到这家的神架和佛坛，首先对着这个方向行礼。

老夫妇把我唤作"姐姐"。

被两个人用带着天草的口音叫作姐姐时，就像找回了忘记了本心的自己，对这一家抱着深厚的亲切感。我支支吾吾地试着问了一直没有说得出的事情。

"嗯，奶奶，九龙权限殿下……"

"嗨嗨。"

"上次来时和我说的神，到底是个什么样的神呢？"

"呵呵，那个是龙神。你拜一拜吧。"

"那真是太感谢啦。合掌拜祭的话会受到惩罚吗？"

"什么？"

两个坐直腰的人齐声说。

"那个姐姐，这是能使人心神安宁的神。"

奶奶这样说，爷爷也接着用天草话说：

"奶奶，就让她拜吧。"

奶奶把竖条棉布的短袄的下摆往上对齐，放下皱皱巴巴的藏青色的围裙，站在那个"神殿"之前。

透过她垂着散乱的旧式发髻的矮小的背影看，"神殿"泛着的青色的光很是庄严。

没想到化纤板变亮了。在这个神殿照射出的光线中，一眼就可以看出这个家的生活状况，衣柜、壁柜或者类似的家具什么的一样也找不到，却有神架的景观，厨房里的水缸、倒在门口的铁丝鲻鱼笼、粘着鱼鳞的鱼篓等统统都表明了这是我们所称的生活的原始形态。而且，在这种生活状态下的这个家，一定还藏有即使现在也没有表达出来的神韵。

神架上供奉着诸神和杨桐枝，还有花瓶、小小的五谷神牌坊、照片、纸做的缝纫箱等。而且在这个礼拜坛旁边，挂着就像用旧了的帘幕样的家人们破烂的和服、男孩子们的帽子、布包等，这也是没有母亲的家里的整理方法。化纤板的墙壁被各种各样的东西占据着，如同彩色玻璃般的有趣。

显灵的诸神

九龙权限殿下

财神殿下

火神殿下

天照皇太神宫殿下

五谷神殿下

五谷神殿下小小的牌坊

以前被爷爷的网捞起

因为实在是太像人了

被作为自己和子孙的护身符的海滩上的石头

祖先的排位

不记得是哪个神社的护身符

犯人还有慈悲的大神

积攒起来的来自四国巡礼者们的礼物

那个照片是幸子，唉，

幸子是生下孙子们的母亲的名字

那个幸子的照片

不会再回到这个家了——

石头啊

石头是幸子来到这个家之前流产的孩子们

不论是死了还是生了下来都是我家孙子们的兄弟

不祭拜的话就不会成佛轮回

在奶奶短暂的参拜期间，爷爷如此说明着。她伸直手掌、张开双臂说着"九龙权限殿下"拜倒下去，扬起的煤尘吹落到我的手上，夹带的黑乎乎的和纸就像载着她的神祇那样。和纸上有斑驳的墨迹和红色官印。奶奶不可思议地盯着满是煤尘的和纸中轻轻地落在我手掌上的神物。

"啊，这是——"

"是的，这是龙鳞。"

"龙的——"

"是的，我们只是在画上见过龙，它能从海里飞上天空，好像还长着犄角。"

那是个宽六毫米、长三厘米左右的椭圆形、有些厚度的乳褐色的东西，也不是云母，说确实是什么的鳞是不会有错的。

"渔民们也都见过无数的鱼和鱼鳞。但没有这样的鳞，这是龙鳞。比鬼、比蛇都强悍，是带有神性的生物。那个龙鳞，是祖先传下来的。从天草来水俣时，没有房子，也没有船，父母说带着这个神物去的话，幸运之神也会降临，我就说带走，是幸运之神。经常帮我平复抽搐。是吧，奶奶？"

"是啊，痉挛也好些了。儿子也是，孙子也是。三个人痉挛的时候，没少得到这个神的眷顾。"

"这个神是正直的。对治不好的孩子也不欺骗，就说治不好。小杢呢，小杢痉挛发作的时候就说治不好。一点儿都不会动的哟。"

"怎么能治好呢，这是水俣病呀。这种病呢，就是连神仙也不知道的病。不可能知道的，这可是世界上第一次发现的病呢。这是以前的神呀。以前，不可能有这种病的嘛。"

"咦，姐姐，你仔细看看那个神，啊呀，在动呢吧？！"

我手掌中的像云母样的，不是鱼鳞，也不是常见的轻薄的蛇的蜕皮，有些硬度的椭圆形的一片"龙鳞"，真的是在视线中轻微地颤动着。

"啊呀，姐姐！

"快看快看哪。喏喏，你真是运气好的人啊！喏喏，九龙权限殿下在动哟！不要握！伸直看。啊呀，弯了，弯了！哇哦，这样的人真的很少哟。嗯，姐姐你真的是运气好的人呢。都说如果是在运气好的人的手掌上的话，九龙权限殿下，就会扑扑地飞起来，真的呀，就要飞起来了。"

大概是夹在我体内经常有的过敏性发烧的体温和这个家里缓缓上升的湿气之间，我掌中可怜的龙鳞，无疑只是出现了单纯的物理反应，如同豆类对略微的地热也会出现反应一样，单薄而细小的身体自己弯卷起来，轻轻地翻过身去。

"呀，姐姐，你真的是大运气的人哪。像你这样的人真的是很少哟。很快，一定，会有好事儿出现。这个神祇是从不说谎的。"

比水俣市区海拔高的八浥部落的秋天，笼罩着缠绕在一起的水稻和麦穗的香味，被老夫妇的精灵信仰拥抱着，光泽远遁的我的脸颊上，那时现出了潮红，充斥着幸福。

"真的，这个神是站在那个人的角度去考虑的。那就是，变成这样一直卷曲着。

"能像姐姐这样就好了。我家的小杢犯痉挛的时候，龙鳞直挺挺的，连弯都不弯。不像这个时候这样弯曲而是直挺挺的，那就没办法了。怎么拜都没用……不出所料，烧也退了，第二天开始，手也是，脚也是，就那么弯着，变成了不能说话的人了。就只是小杢，就连这个神也摇头。

"啊，太惊人，太惊人了。姐姐你呀真的是得神眷顾。运气真好呀……"

活着的人也供到神架上加以祭拜的话，就会和神成为一体。那个，是小杢他们妈妈的照片。像小杢这样的孩子，眼睁睁地放着不管了，我们没有几年活头了，离家出走的儿媳妇，也就是个大女孩儿。

她是我老婆的侄女。也不知道是造了什么孽了，那个侄女家有九口人，却有四个人得了水俣病。

这张照片里叫幸子的女人，想想也是个不幸的女人。她嫁我们清水之前是八代的农家佣工，在当农家佣工时和一个不和父亲一个姓①的人弄大了肚子。就我们来说，她是妈妈的侄女，我们都感到不平。肚子大了的话，不管是什么原因都是女方受罪。生下来也好，流产也好，无论怎么做，那个父亲都没有钱。所以我出面去和农家的东家谈判……

佣工很是辛苦。生了就麻烦了，让她受伤的东家说是被女方给骗了。不止一次、两次被打伤，回来后就是哭。虽然有男人时觉得挺好的，但女人的伤就只有遇到真心喜欢的男人时才能治愈。她说回自己父母的家也挺难受的时候，我就说来我家吧。把孩子流掉后在我家将养期间，不知怎么就和清人有了。

已经这样了，只好成就好事，让他们在一起。这就是她成为我家儿媳妇的原因了。

刚进门时两个人的感情非常好，两个人都是身无分文的贫穷人士，两人相爱是比什么都幸福的事情，可就因为一点儿小事儿，奶奶就和

---

① 指不知道生身父亲是谁的人。

幸子吵了起来……

在婆婆和媳妇的磕磕绊绊的日子里，奶奶一不小心就说到，幸子，你父母只是让你吃苦，还让你当佣工，遇到事儿的时候也不出面，你出嫁时连床被子也没有买。

由这开始，侄女和婶婶的婆媳关系变恶劣了。幸子向父母学了婆婆说的话，又演变成父母之间的争吵，最后终于离开了家。这期间，幸子家的妹妹得了莫名其妙的水俣病，弟弟也得了，父母也得了。为了给我家施加压力而回娘家的幸子，只好去酒吧工作了。这样就真的是分开了。真的一个接一个地这家那家地出现了水俣病，这世上就像变成黄灯时那样纷乱不堪。任谁都无可奈何。无论那个人是去酒吧，还是回娘家，又或者是还留在我家，不管是哪种情况，都需要身体健康的人工作赚钱。

鱼是一点儿也打不到了。幸子家也是渔民。那也够他们头疼的了。在酒吧遇到了特别心仪的男人了吧，就嫁给他了。

我曾经背着小杢去请求她回来，她说不回去。

她就我知道的就有九个孩子。在这不易的世间生活的女人呢！？别的女人三世四世的生活她一次过着。你是怎样的一个弃我家的孙子于不顾逃走的女人呢！？不要想妈妈！即使是神架上的神让你想。

她现在即便在这个家，丈夫阳痿，小杢也要卧床一生，留在这里也没意思吧。想想真是个不幸的女人。已经回不来了。嫁过去已经生了三个孩子了。不能让她回来，那不行。那边的，嫁过去的那边情理上也说不过去。

再说，姐姐，没有哪个晚上是不想的：奶奶和爷爷死了的话，我家的这三个孙子，会变成什么样呢？

小杢是中间的那个孩子。自己的身体自己不能收拾干净。厕所呢，一个人不能去。一生，都要哥哥和弟弟照顾。哥哥也就是比他大两岁，才十一岁。爸爸也……那家伙也得的是水俣病。就因为受了一点儿伤，脚也是，腰也是，胳膊也不好使了。原先我就觉得是水俣病。他比普通人能多干一倍的活，年轻的时候。现在变成没用的身体了。

到现在就不能说是水俣病了。上面发生活保护费……现在说是水俣病的话，就变成是想要钱的了。

现在，不管怎样，爷爷奶奶活着的时候怎样都好。有力气的时候能抱着他去厕所，也能换尿布，还能喂饭。姐姐，可怜哪……

小杢这家伙，不会说话，但灵魂比一般人强大一倍。耳朵也好使。什么都能听清楚。什么都能听清楚，但就是自己不会说话。

虽然有生活保护费，但是不够的部分还是要靠出海。我顶半个人儿，这孩子的爸爸也顶半个人儿，两个半个人备船、出海。就只能留小杢看家。这样随着时间的流过，他就变得湿漉漉的，淹着了。说起臭不臭的，他本人最是可怜。对小杢来说最难受的就是换尿垫的事情。那是最难挨的吧。肚子饿还能忍受，大小便的话即使现在有人帮忙，可是之后就没人帮换了。我、奶奶、爸爸，都是只顶半个人的人，东倒西歪地去出海啊。

小杢在等着呢，即使想要快点儿回去，可就只是回到陆地上，就需要那么多的时间。

淹了还是没淹，一看表情就知道。无可奈何的表情。可怜啊。还在尽量顾虑不给别人添麻烦。即使对亲人也在客气着。冬天湿淋淋时，他就冻得发青。我们这个爷爷奶奶死了的话谁来给他换啊？——就是亲兄弟，帮换尿布时也是婴儿的时候吧，或是要死了的时候吧？哥哥也好，弟弟也好，都要娶老婆的。那时，他不会成为麻烦吗？到那时不管怎样活着，我们都不在了。看，我的眼睛，已经这样浑浊了，已经基本上看不清了。我拼命睁大这双眼睛，就像之前那样，如果大巴来的话，就那样背着他去医院。背的话，比起腰也弯、人也缩了的我，小杢虽然瘦但腿长，就得拖着他走。他虚岁已经十岁了。

我也活不了多久了。活不了多久了。我不是惜命，我是为小杢想要活的。不是的，姐姐，虽有报应这种说法，但最好是在来接爷爷奶奶之前先来接走小杢。寿命这个东西是生来就定好了的，葬了这个孩子以后，在同一个墓穴中，我们进去后会抱着他。会是那样的吧，姐姐。

小杢啊。你是听得到的，那就好好听着！你呢，你是没有叫作妈妈的这样的人的！

你呀，得的是连九龙权限殿下都不知道的水俣病啊！

生下这样的你就扔下不管的妈妈，不要把她当作妈了！她已经是无关的人了。是别的孩子的妈了！

小杢啊，忍耐！忍耐啊！！

爷爷和奶奶都是一只脚迈进棺材里的人了，可就是放不下啊，不想去那边的世界。怎么办好啊，小杢哟！

就只是不要再想妈妈的事儿了。越想你越难受呀。

忘了！忘了，小杢！

把你妈妈的照片放到神架上。拜拜吧，拜拜！忍耐！让你生成这样的身体。

供在神架上，你妈妈她就是神了。就不存在于这个世上了！看，看看，我家的神架多热闹。排成一排的神们。拜拜那些神吧，不会一点儿用都没有的。

你呢，在这个世上有，在那个世上也有哥哥、姐姐啊。虽然是来到我们家之前的，但都是你妈妈同一个肚子生出来的孩子。虽然生下就成佛①了。这里的佛们，对你来说都是兄弟啊。

也有石头的神祇。

那个石头是爷爷用网从海里打上来的神祇。因为实在是太像人了，爷爷在海滨就跪倒参拜了，为了自己也为了你们，让它成为我们家的保护神，请到家里后马上敬上烧酒，已经有了自己的灵魂了。右边的石头也要当作神来拜。

爷爷死了的话，想着爷爷来拜。知道吗小杢？你虽然生来就是这样的身体，但是灵魂，和周围的孩子们比是天壤之别，你的灵魂更加深邃。不要哭，小杢。爷爷想哭。

小杢哟，如果你能说句话的话，爷爷的心，也就敞亮了。不能说吗……哪怕就一句。

这是什么报应啊，姐姐。

我，因为父母穷才离开天草的家来水俣，在还没有百间港的时候就来了。

水俣有了碳化物的公司，百间突然间变成了港口，因为只有梅户港一个港口是不够用的。百间港的护岸工程需要劳力的事儿传到了天

---

① 成佛，暗指死了。

草，想在水俣生活我就过来了。如果被雇用的话就可以存钱买船、娶老婆，家里代代都是做渔民的，港口扩大的话居民也会增多，居民多了渔民的生活无疑也错不了。

我是家里的第三个男孩，不能继承家业。如果是在水俣，和父母所在的浦岛的距离也就是海浪拍完这边儿再拍那边儿的事儿。

想在从父母所在的岛上能看到的水俣生活，就在十六岁的时候当了劳力来到水俣。水俣有了公司，港口也扩大了，也有被遥远的美国和古巴的矿场招走的，突然去外国，最后在哪里饿死的都不知道。也有成功后回来的，那样的人一百人中也就有一个。在父母生活的岛屿眼前的水俣也可能发展起来。不会非常成功，但可以买条小船，盖个小房子，娶个老婆生几个孩子，教教孩子们钓鱼，就像其他人那样地生活。这样想着，成了水俣百间的护岸工程的劳力，也可以说是被揍过来的。

那时水俣的百间，现在国道的下面都是岩石，潮水一直冲到路边。没有什么港口，那叫个荒凉，就是一般的海滨。从现在的那个公司的排水口附近开始，朝公司那个方向，到水俣车站为止都是潮水进出的芦苇荡。

现在的排水口当时是个小水闸。百间也就有四五户人家吧。

在那样的百间的岩石和松树下面，盖有护岸工程劳力住的简易工房。是那种有半边屋顶的窝棚。那半个房顶看起来也比父母家的结实，柱子、板子也没有用刨子刨光，新修的。

好嘞，攒钱造船，找个老婆，就是半个屋顶的窝棚也好，有个家，然后衣锦还乡让父母高兴。百间港建好后，又有了水俣市。

姐姐，我这算成功吗？七十岁了，就像你看到的过着这样的生活，一生中没有什么值得自豪的事儿，有时为了方便也撒点儿小谎，没有偷过东西也没有骗过人，做强盗、杀人等坏事一次也没做过。不给人添麻烦，信仰虔诚地生活着。为什么在就要来接我时，必须受这样的难呢？

如果念南无阿弥陀佛的佛号的话，佛祖就一定会带我们去极乐净土，忘记这世上的所有痛苦。姐姐，我们夫妇念南无阿弥陀佛，把小杢扔在这个世上，只有我们自己，净身去极乐世界的话，我不去。

小杢爸爸也是水俣病。那家伙年轻的时候，也是把劳动的好手。现在连那时的一半都不如。身体废了。父子两个都是水俣病，只能说世事无常。清人是在村公所登记的户主，是个大人了。我就这么一个儿子，看到他变成现在这个样子，就知道一定是水俣病。即使想续弦，家里变成这个样儿，姑娘瞥都不会瞥一下的吧。绝不会有姑娘来的。

大孙子今年四年级。如果俺死了，家里的这些人得变成啥样啊？

姐姐，这个小杢就是佛呢。

这家伙对家里的人从来没忤逆过。不会说话，不能自己吃饭，一个人也去不了厕所。即便如此，但眼睛能看，耳朵比别人好使一倍，灵魂深邃无底。哪怕就算有一次不听话、厌烦或闹别扭都好，但是，为了让家人不担心，他总是像佛祖那样面带笑容。如果不是这样的话，在我们看不到的地方，他那浓浓的充满悲伤的眼睛就总是在发呆。可他却从没有说过什么。在想什么呢？我快疯了。

啊呀小杢，爷爷呀难得喝酒，醉啦。

小杢哟。

这里，蹭过来，滚过来，滚一下！

这家伙，姐姐，最近用不好使的手，拿出钉子和锤子，学木匠。我们从海里回来看到的是他躺在工具箱的旁边，用弯曲的手握着钉子和锤子。横躺着，脖子像小乌龟那样伸着，是要钉钉子吧？用卷尺般的胳膊哟。十次也就打中一次的吧？手指上有血包，特别认真地练习了的吧？

来了来了，小杢。

到这儿来，到爷爷的腿这儿来，自己爬上来试试。

哎哟哎哟，手指和胳膊肘都擦伤了，出血了。今天干了好多事儿啊，你也是。哎，清人，富山产的红药水还有吧？拿过来。

比起别人家供的神祇和佛祖，小杢哟，你才是最好的佛啊。爷爷呢，也拜你。你别想那么多。

姐姐，你抱抱他看。很轻的。这是用木头做的佛。这是会流口水的佛。呵呵呵，觉得怪吗小杢？爷爷醉了。去姐姐那儿吗，噢，让她抱抱你吧。

海　石

少年与我心意相通。

他"卷尺"般纤细而青白的胳膊放在单薄的胸前，总是因冻僵而弯曲的手掌叠放在左胸上，仰头躺在爷爷敞开的两膝之间。少年为了不让自己的身体从说说话脑袋就耷拉下来睡着的爷爷挽着的胳膊和膝盖之间滑下来，微微地弓着后背挪动着。不如说，他是在这样哄着爷爷的。

在爷爷那样睡着时，杢太郎少年总是用眼睛和我交谈。爷爷借着酒劲儿有些粗鲁，说着去姐姐那里吗？哎，让她抱抱，在他用手抓起少年的身体要抛过来时，这个少年的目光和我的目光对视上，那只有木佛那样重量的身体，已经换了地方，来到了我的怀中。家里自始至终一直看着我们的其他人中，少年年幼的哥哥和弟弟张着大嘴笑倒了，三兄弟的父亲清人也露出笑容，伸直腰拽开只有灯泡的电灯。阖家欢乐的夜晚到来了。

奶奶把有些破碎了的豆腐切好放到餐桌上，然后又把煮好的章鱼切成片装到大盘子里，随后又拿出泛着淡淡黄色的腌萝卜。两个孙子跪站起来叮叮当当地开始摆小碟子。弟弟揭开锅盖，把饭盛到餐桌下面的猫盘里，又挑出五六块煮章鱼放到饭上，顺便淋上了汁儿。

奶奶一边看着，一边用舌头咂咂咂地打着响，敲着猫的脑袋对猫说："嗨嗨，咪……这个才是你的饭呢。你就吃你自己的份儿，不要往我们的桌上蹭……"

于是乎，爷爷马上睁开眼睛："不要抠抠搜搜的，再给咪咪些吃的。猫这种东西如果肚子饱的话，是不会来抢人盘子里的东西的。"这样说教道。

即便他一边抱着杢太郎摇晃着一边不停地流着眼泪，江津野家的晚饭，也在这个七十岁的顶梁柱爷爷乐呵呵地喝了三合烧酒微醉的情景下，温馨四溢。身体健康的两兄弟笑着用筷子夹着菜，往嘴里扒着饭，替换着给杢太郎少年的嘴里喂去掉鱼刺的鱼肉呀、豆腐呀什么的，很是忙碌。咪咪也一脸满足地舔着前爪，然后爬到奶奶的腿上，打着哈欠埋下下颌。

只要爷爷有现在这样的气力和体力，行使着家长的权力，在今后的时日中，这一家毫无疑问地也会像今天一样地过着日子。即使爷爷也许会在今夜突然死亡。

姐姐，俺喝多了。好久没有品尝烧酒的甜味了。好舒服啊！俺虽然从上面拿生活保护费，但也在努力地出海。俺是用自己劳动的钱买的酒，俺这酒喝得心安理得。为了这个活在这世上。

喏，姐姐。

水俣病是贫穷的渔民才会得的。也就是米不够吃、营养失调的人才会得的。大家都这么说，俺真是感到丢脸啊。

但是想想看，像俺这样，穷尽一生也就一条小舢板、一个老婆，俺把这个老婆当作自己的女儿一样——像大明神那样崇拜——然后有了一个儿子，之后福如海至，又有了三个孙子。家也像你看到的这样，漏雨的话虽没有第二天马上就修理的钱，但是总会修好的，如你所见是这样生活过来的。正如大师所说，如果不与人攀比的话，生活就不应该有什么不满意的。没有比渔民更好的职业了。

对像俺这样的睁眼瞎，也就是大字不识一个的人，俺想在这世上没有比这个再好的工作了。大海狂暴时俺们不去。家有几亩地，那里有自家庭院般的大海，鱼也是什么时候去都有。

俺只是在天草和水俣之间来回行走，再大的世界就是成为百间护岸工程的劳力时和其他国家的人接触过，再就只是听人说过都市的生活。东京那个地方是车比人多，都排在道路上了。人也多，楼也多，阳光都照不进去。结果，在那里生活的人呀，都瘦瘦的长成蘑菇那样了。

姐姐，东京的人哪，生活得很是可怜的啊！听说东京的圆筒状鱼糕都是用烂鱼做的，就是做熟了也会吃坏肚子的。

这样的话，在东京生活的人们，是一辈子不知道真正的鱼的味道，也晒不到太阳，过着没滋味的生活，结束一生的。在俺们看来，东京人过的是人的日子吗？还听说有卖上色的鲷鱼、鲭鱼这种事儿呢。

和那些比起来，俺们这些渔民过的不是国王般的日子吗？

有时，在星期天会有些都市的人坐车来海边，花很多的钱住旅馆、租船钓鱼。不管多少钱也包艘船钓鱼。

那当然是呀，海上多好啊！

如果是在海上，那就是俺一个人的天下。

钓鱼的时候，自己就是王。花钱也去啊。

坐在船上，就是做着梦鱼也会挂网。冬天寒冷的时候倒是不会这样。

在船上吃鱼，那是最美味的。

把小铁锅装到船上，炭炉也放上，再放一只碗和一个碟子，大酱和酱油也要放上。而且姐姐，也不要忘记带烧酒。

从前，鲷鱼是国王才能吃到的，但那却是俺们渔民平时吃的。想想看，说明俺们的舌头就是国王的舌头。

在海还没有变浑浊时，梅雨前夏季刚开始的时候，鱼不停地吃鱼饵，也有不知不觉一直吃到天亮的时候。

啊哈！昨晚就像有大财神爷保佑俺们的船似的呀！老婆噢，财神爷在帮你哟，大丰收！鱼还是太多了，连船都被海浪卷着走了。那么来风吧，在这里吹起来吧，这样就可以扬帆顺风回去了。

这样的早晨，总是能看见油帆。

在不知火海的夕阳下，海面就像流油了一样平静无浪，也没有一丝的风。这样的时候，即使扬起风帆也不能一气回去了。嘿嘿，这会儿就是喝烧酒的时刻啦。

为了一起风就可以马上扬起帆，要把帆绳松好。

老婆，你做米饭，我弄生鱼片。老婆就用海水淘米。

用美妙的潮水煮的饭，是怎样地好吃，姐姐你吃过吗？啊呀，那叫个好吃啊。带着海草的颜色，有着些许海潮的味道。

老婆做饭俺捕鱼。俺从钓到的鱼里选出一条最喜欢的去鳞，在船舷边的海水里噼噼啪啪地洗干净。鲷鱼也好小杂鱼也好，肥的也好瘦的也好，样子好坏都是次要的。无论肥的还是瘦的，都有它好吃的时候。就鲷鱼来说也是，比起肥肥的来，从头到尾七八寸大小的更合俺的口味。刮鳞去内脏，刀和菜板都用船舷处的水洗好，之后就不能再洗了。剃完鱼刺卸成三片后，再洗的话就会没味儿的。

然后装好一大盘鲷鱼的生鱼片，在蒸饭的时候，老婆，先喝一杯吧，先给老婆斟上。

姐姐，鱼是老天给的礼物。老天的礼物不要钱，我们只拿必要的部分，够那天生活的。

哪里还可以找到比这更奢侈的事情呢？

寒冷中，在还没有到烧灼般炎热的初夏的清晨里，海上，水俣和岛原还笼罩在雾气之中，太阳散着七色晕光在晨雾中升起。繁忙的一夜过去了，清晨充满活力。

老婆哟，这样看天空的话，天空越看越大。

天空一直广阔到大唐、天竺吧。如果这条船就这样顺流而下的话，会漂到南洋、吕宋岛的吧，就这样顺流而去的话，大唐也好，天竺也好，就去吧。

现在俺虽然只是在一艘船上，但却是极乐世界。

这样说着，在天与海之间漂流着，昨夜的疲劳就会溜出来，迷迷糊糊地犯困。

这时，一阵凉风吹来。

哎，老婆，醒醒。刮西风了，扬帆！只要刮起西风，船自己就可以从不知火海驶向恋路岛。枕着胳膊鼻子朝天躺着，把着舵，沿着海上的航路驶去，船就会回到我们村庄的海滨。

奶奶，那时候，年轻的时候真是好哇。

哎姐姐，俺们夫妻呀，是这样活着的：虽说和服破旧但不补好是不穿的，吃着老天爷赏赐的东西，尊重祖先，祭拜神佛，不记恨人，为他人高兴。

刚有公司那会儿，那叫个高兴啊。有企业的话，这里就会成为都市了。天草附近既没有企业也没有土地，以前也有去大唐和天竺的人，但都没有回到村子，死在那里了。

如果有了企业，俺们这一代不识字，进不去公司，但随着企业的发展扩大，孩子这代就可以去学校，或者在俺孙子那代说不定就有人能进公司工作。俺们没有旱田也没有水田，也许子孙后代能得到公司的照顾。俺是这样寻思的。

创建这个窒素公司的野口这个人啊，该把他扔到鸭绿江里。姐姐你知道鸭绿江这首歌吗？我唱唱噢。

朝鲜和中国的边界的

那条鸭绿江

顺流而下的木排

那叫个好　啊哈哟

哈，哈，哈，我气色好了吧？悲哀啊。

呃，姐姐，我说到哪儿了？

鸭绿江——嗯，那个叫作鸭绿江的河呀，是日本所没有的宽阔的河流。该把野口扔进那条河里。这个窒素公司的叫作野口的人建了发电所，自己改变了鸭绿江的流向——与那时的陆军大将取得了联系，想使鸭绿江的流向转道，能够发电的话，他自己的公司就会壮大。说公司壮大了对国家也有好处，使陆军大将站到他这一边，要在朝鲜建立日本最大的公司。就是这样的人物，要来水俣建立公司哟，俺和天草其他人一样逢人就说心中的自豪，水俣的自豪就是公司的事情。看见人就不厌其烦地说。公司这几年也是越来越大了。

不管怎么说，水俣的公司还在芦苇丛中时的事情我就知道。因为公司港口的护岸工程。俺从天草出来，努力奋斗。这个港口是俺修的。俺对儿子、孙子说，这个港口啊，是用爷爷年轻的时候运来的石头建的呀。这是一种很奇妙的心情，所以我对公司有着很深的烦恼。

晚上钓鱼时，从天草顺流望过去，九州岛庄严地矗立在漆黑的夜晚之中。

那里是芦北的天空。

那里是水俣的天空。

俺们一看天空中折射出浮现的山峰，就知道从那里开始是摩挲出水郡的天空了。非常漂亮的红彤彤的夜空下有山的地方是水俣，那是窒素公司燃烧着的火的颜色，在有的晚上，会从不同的方向越过山顶映向天空，会让人觉得那一定是远处哪里着起的山火映红了夜空……

俺们啊，一看就知道那是水俣夜空的颜色。以那儿为坐标，总是能从海里回来。

如果公司能够早些成立的话，我们村的人也就不用被卖到大唐、天竺了。不用去做妓女，女孩子也就不用去做苦力了。

俺家附近的村子，学人家有女孩子出生就送出村子。我们小的时候，会有判人①来村里转。

---

① 江户时代艺妓、妓女卖身时的保人。又叫作女衔。

判人看后会带走女孩儿。判人找那些有引人注目的有姿色的女孩儿家，或者有些呆傻的女孩儿的家，去说项。俺现在也忘不了俺们村子里有个叫作墨的、白白的皮肤、鸭蛋形的脸儿的女孩儿，因判人来了晚上光着脚来俺家跟俺娘哭，惹得俺娘也跟着哭。

——判人来了，你父母已经按下手印了，就没有任何办法了。你是比其他女孩儿灵魂都要深邃的人，好好听阿姨和你说的话。

你到底值多少钱？……这是个谜啊。

我虽然不知道你被卖了多少钱，但是一旦被卖，在被卖去的地方，要安安分分地做满年限。就是这个年限，要和父母也好、判人也好、被卖的地方的老板也好，认真仔细地确认、记牢。年限要到的时候，绝不要再次落到判人手里，自己去找自己的买家。

不被判人卖掉，自己的身体由自己来卖。这样的话，就不会被多加年数，在要去的地方就像这样在没到年限时就自己卖掉，这样的话，自己身上的债就会越来越少，判人也会把赚到的钱寄给你父母，到你五十岁的时候，也有可能，如果你的灵魂和运气足够的话，会回到你的家乡的。

你迷迷糊糊地让判人插手的话，会被卖到一个又一个地方，甚至会被带去大唐、天竺。等你的身体不能赚钱的时候，就会让你这不能赚钱的身体去当狗的老婆，和狗交配，生下人和狗的孩子。这回就会把人和狗的杂种卖给展示小屋①让人观看，从那个孩子身上继续挣钱。

墨，阿姨说的话你只可刻在你的灵魂里，绝不能和你的父母、判人说一句。

墨哟，一定要回来呀！这是什么表情哟……你回来的时候，阿姨

---

① 以珍奇、不吉祥、猥亵为卖点，展示一些日常难见的东西、杂耍、动物或人的小屋。

已经，可能进坟墓了，但一定要回来啊！

我在墓地里双手合十，等你回来——

这样说着，俺娘抱着墨哭，俺站在灶台那里。俺这是在奶奶面前第一次说起这件事，那个墨，虽然没有说出口俺是喜欢的。已经过了年限了。奶奶已经生气了。

都到这个年纪了，也没有听谁说过墨回来这件事。呀，就是在那件事情之后，俺从天草过来，当了百间的公司护岸工程的劳力。

随后有了碳化物的公司。和现在的公司不同。那会儿就知道公司会发展起来的，但与现在公司的发展比起来真是九牛一毛。从现在的百间排水口附近到公司的正门之间，是一片芦苇荡。其实呀，公司周围都是那样的景象。而且，进出公司的是煤还是什么的，不知道是什么，一包一包地用船运来，冲进芦苇中间，说是船不如说是竹筏，在退潮的时候划着出出进进的。

公司发展了。有了港口，有了道路，也有了饭店。

路边田地周围也出现了有女孩儿的家庭。女孩儿大都是从天草来的。墨没有来水俣。至少要是公司早些来水俣的话，水俣也会有港口，有女孩子的家庭也会富足些，墨也就不用被卖到不知什么样的中国了。如果在水俣附近的妓院的话，至少可以偶尔在门前偷看一眼，也许那会儿俺已经攒够钱了。她越过边界波涛汹涌的大海去了一个谁也不知道的地方，那就毫无办法了。

就这样，转眼之间有了城市，汽车在公司前行驶。

突然间学校也有了，孙子们很高兴，可以识字读书了。俺们这样大字不识一个的人觉得没有比渔民更好的工作了，但若识字了的话，也许就不认为渔民这个工作好了。如果俺有几个儿子的话，就让一个儿子进公司，觉得去公司也挺好的。俺就一个儿子，想让他读完小学然后当渔民，他自己也从三四岁时就会钓鱼了，他自己也想做渔民，可却得了水俣病，成了没用的人了。

到了孙子这一代，这次可以读到中学了，他自己愿意的话，说不定可以当个公司的男服务员什么的。反正俺是没有旱田也没有水田，只有大海，就和是俺自己的海一样，但这次却出了水俣病这种东西，靠海生活的俺们，对以后的生活感到很不安啊。

俺没劲儿了。

姐姐宽恕一下，俺睡了。

婴儿般湿润的气味充斥在少年杢太郎和我之间。少年垫着的"尿布"在他细细的两腿之间实在是太厚，而且总是湿湿的。他也好，我也好，都在忍耐着什么。这个少年与我之间有的是什么呢？

被醉倒了的爷爷扔过来抱着，少年在我的胸腿之间已有半个小时了。虽说是九岁的少年，但就像爷爷说的那样如同"木佛"样轻。如果动动腿的话，噌的，那种轻度就像会从腿上飘起来似的。少年卷尺样的两条胳膊轻轻地垂在我的两肋处，但有些焦急地，用就像咬到钓鱼线上鱼饵的小鱼那样的力气，要抱住我的后背。

小杢啊，你在这个世上没有妈妈！妈妈那个女人的照片不是放到神架上了吗？拜那里。拜那块石头。

祭拜的话就和神变成同一个人了，就和你一直在一起了。小杢啊，宽恕爷爷吧。

扔下生下就五体不全的你，爷爷呀还不想一个人去那极乐世界。爷爷活到现在，即使去那个世上也不会有迟疑的。

小杢哟，你的听力和灵魂比人强一倍，却为什么连一句心里话也不能对爷爷说呢？！

姐姐，只是想着我的小杢是个灵魂深邃的孩子，忍不住把这个世上不对的、行不通的、牢骚什么的对这个孩子说，五体不全地度过每一天，想念着叫作妈妈的那个女人。这家伙明白爷爷奶奶的心思，妈妈那个女人的事情一点儿也不表现出来。

但是小杢啊，如果你想要依靠那个妈妈的话，以后的人生就更是地狱了哟。

好像只有一层皮和肉的少年的脸颊就在我的下颌下。我们互相带着微笑注视着。

然后我用下颌蹭蹭他的头，把他递给爷爷，把他放到像虾一样弯曲着嘴唇、噗噗噗地吐着气睡着了的爷爷怀里。

杢太郎少年一方面是因为自己不能用筷子吃饭，一方面是他的身体本身也在拒绝吃饭，三天当中有一天是脸色青白不停出汗似要咽气般的状态。即使是吃饭的日子，他虽然吃得也很高兴，但和同龄的孩子相比，也就只能吃同龄人的三分之一左右。他的体重也就相当于三岁儿童的体重。

少年就像不能抽丝的可怜的蚕茧一样，在坑坑洼洼的陈旧的榻榻米上爬，纤细的腹腔和反蹬着的手脚，仰着青色透明的脖子，总是在看着。他的眼睛就像生长在山泉边的野葡萄粒一样，不论从哪个角度看都是熠熠发光的。

第五章 地之鱼

吸潮的海岬

夜晚晾晒着的被月光沁湿的拖网。拖网下面系着的拉绳有些松了。为晾晒东西而铺开的，飘浮在空中的用树枝做成圆圈的小捞网。海洋的味道穿过院子里的渔具，越过挨着前院的堤坝，从落潮后仍端坐着的众多船只、岩石，粘贴在那岩石上的海苔、海蕴、海挂面，岩石间的流木，挂在流木上的藻类像湿漉漉的头发一样占据着的海滩的一面，从发光的各种各样的海草上，浓浓地升起。

大海孕育了沿着海岸线绵延缥缈的海岬。

海岬上生长着茂密的松树和山茶树，在那树荫下生长的南方盛产的矮小的乔木类和蕨类植物，就像是吸着潮水生长般，繁茂的枝叶交叉纠缠在一起。被树染绿的海岸线蜿蜒延伸，与南九州的海和山静静地相交，释放着浓郁的香味。沉睡着的人们。在星星一闪一闪降落的夏季未明的时分，玲珑的天空又回到了人间。

咯吱咯吱的就像无数的水泡一样，海滨的虫子和贝壳们睡醒后的声音重叠在一起扩散出去。大海虽远，却也有装满了会回来的感觉。温馨的清晨。公鸡啼叫。

岸对面的天草，忽然布满朝霞。松蝉在叽叽叽叽地试探地鸣叫着。这也引发了整个山岭嘈杂的声音。

　　部落的坡道上走下来一个年轻男子。

　　巨大的松树下，电石灯的光照在长满胡须的脸上。用清澈而略带耀眼的目光看了看年轻人的脚下。这是一个从腰往下沉甸甸的，慢吞吞的脚拖在身体的后面走路的百姓。如果他颊骨或鼻子哪里尖尖的、腰有些弯的话就是渔民。不对，如果是这里的渔民的话大概都是认识的。穿着西装、眼神躲躲闪闪、态度谦卑的是间谍。年纪轻轻、迈着大步、噔噔走的是新闻记者。但是这会儿新闻记者这样身份的人也让人讨厌——到公司的外包工厂去问关于水俣病的事情时，说是"读卖"①的记者，在村子里转时说是"西日本"②的记者。

　　年轻人有些憔悴，头上顶着个不错的登山帽，要戴不戴的。

　　——什么呀，是个小青年呀。

　　杉原彦次这样想着。

　　年轻人满面笑容地向杉原彦次打着招呼。

　　"您好！请问网元的松本家在哪儿？"

　　带着其他地方方言的尾音儿。笑的话就变成满不在乎的表情了。

　　——是个经验不多的小子，但也不能大意了。

　　杉原彦次眨着眼睛。"网元的松本家在那里。你找网元家有什么事儿？"

---

① 《读卖新闻》是日本的第一大报，日本三大综合性日文对开报纸之一。1874 年 11 月 2 日创刊于东京，创始人子安峻。

② 《西日本新闻》。在九州全域及山口县发行的地方报纸。前身是《福冈日日新闻》和《九州日报》，1942 年 8 月 10 日发行《西日本新闻》第一号。

边说边看着年轻人瘦瘦的裤子箍着的细长小腿。

"我是学生。是来学习水俣病的。请多多关照！"

"哦……"

不知怎么就露了一拍。"请多关照"这样的寒暄有些让人不习惯。

两个人并排走着。

"那个什么，你是大学生？"

杉原彦次觉得自己在对不知是哪来的小家伙，用亲人般的语气说话。没有后话了。然后闭上嘴巴走了一会儿。

村里的路变平了。海的味道浓了起来。与其说是路不如说是石垣，那里是海滨。紧贴着石垣的牡蛎的空壳上苍蝇在嗡嗡地飞舞着。潮水还没有涨到路边。只是，昨夜涨过的潮水在路上还画有地图。在那上面爬着的潮虫们，滑动着像蜉蝣那样多的脚钻进石垣里让出了道路。两人直直地盯着对早上的渔猎进行收尾的女人和男人们，还有要去海里戏耍的赤裸着的孩子们。杉原彦次用比平时大的声音，向停下手中活计的女人们问道：

"松本在吗？"

就像这样，未来的摄影师和研究者们来到了这里。

实际上村落里有各种各样的外地人在进出。那是水俣市政府卫生科的大工程，对各家各户的水井、地面、后门、厕所进行消毒，穿着白大衣的医生——来自熊本大学医学部——开始了拨开表面的深入调查。从那时开始，已经过了几年了呢？

已经分不清了，那与血肉融到一起的岁月，人们在不停地反复回味。

如同霍乱引起的骚乱一样。各家的厨房、酱缸，这个地区独有的咸菜、渍萝卜、煮杂鱼、鱼等都被调查了。各家的生活都被翻卷出来，暴露在白昼之下。穿着消毒服的市政府官员们用滴滴涕消毒。有头无尾乱哄哄的生活到早上就又像什么都没有发生一样，就那样结束了——

开始的时候，人们就像接受日常生活之中的稀罕事儿那样，试图接受"怪病"。那是喜欢聚到火炉边上的村民嘴里流行的怪谈。

有一段时期，人们甚至还兴趣盎然地聊着猫在转圈跳着无法形容的奇妙的舞蹈、蹦起来、"投身"入海而死等话题。看到幽灵船和河童①的人们，越说这些事实，越让旁观者觉得是虚构的，但是那些编造的故事却又极其逼真。听说过吗？听的一方，把自己作为一个角色放进编造的故事中，也就变成了村里讲的故事了。如果听着的人有共同体验的话，就更能够接近事实，也就是叫作传统的东西。因为是关于死去了的猫和即将死去的猫的话题，所以更加觉得这个话题真实而亲密。

——我家的猫也开始打滚了！

——那就不行了。还没倒立吗？

——倒立，倒立。咔咔地跳着舞。用鼻子拄着地跳。

——不是还吃捉老鼠用的药丸吗？

——嗯呐，就像喝醉了一样，跌跌撞撞地走。跳舞，那是别的病。

说话的人边说边学着猫的动作（倒立运动），尽量描述得更加真实，人们忍不住笑出来。

虽然怪病也渐渐地开始出现在人的身上，但看起来人们也是坦然

---

① 河童，是日本神话中的传说生物，有鸟的喙、青蛙的四肢、猴子的身体及乌龟的壳，如同多种动物的综合体。这种生物名叫"水虫"，又名"虫童"或"水精"，身高约60厘米至1米，体重45千克左右，貌似3岁至10岁的小孩模样，长得像人也像猿猴。身上会发出臭味，并且有黏液。

地接受了。

——月浦附近呀，正在流行着极其与众不同的最新式的病呢。

——听说了，听说了。手脚发麻，多大的人却在连石头都没有的地方咣当一声就摔倒哟。

——明神的仁助父子也是枕头挨着枕头并排躺着。"仁助，父亲已经到岁数了，而你呢，还不到得中风的年纪，这是怎么了呢？你才刚刚开始啊，就以这样的年龄，又不是脑袋被砸了。还是早早地让打六〇六吧。"这样说着，仁助那家伙嗨嗨地应着，流着口水。像战神一样的男人，用三岁孩子般撒娇的口吻说话，这次的病，好奇妙的感觉。

——实际上俺的手指尖也发麻呀。总是装不上鱼饵。不只是鱼饵，鱼也总是抓不住，这可麻烦了，感觉怪怪的。

——哦，那样的话，你这一定就是那最新型的病呀。也许已经传到岸这边了。新式的病啊，还是来了。

昭和三十一年（1956）九月水俣市议会第四次例会会议记录

（六号　山口义人君登台）

〇　六号（山口义人君）：日本发生了史无前例的、病原体不明的月浦的怪病，现在出现了相当多的芦北脑炎患者，得了这种病后是不可能被完全治愈的，是种极其可怕的疾病，可以想象得出当地市民是何等恐惧。据说发生之初报纸上报道是在井水中发现了一种农药，知道原因后松了一口气。但最近我因私事去月浦，席间和四五位朋友聊天时，说到这个怪病时不管怎么说得出的都是因为井水这个结论。最近干旱连饮用水都不足，用吊桶打水的话，水井至少在十八米以下。现在的情况就是用吊桶打水，因为水在井底的关系，水很是浑浊，需要放置几个小时，使之沉淀后方可烧开使用。

如前所述的情况是根本没有水洗衣服的，只能用储存的水洗洗，连洗澡水也没有，好像是要到百间的浴池去洗。还有，虽和怪病没有什么关系，一旦在月浦、出月部落发生火灾的话，不让它烧完是怎么都扑不灭的。借此机会，请一定为这个部落修建简易供水设施，因为市里同样有安装供水设施这样的要求，请市当局阐述意见。在此提出怪病预防对策和实施简易供水这两个问题。

○ 卫生科长（田中实君）：月浦的怪病让诸位担心了，现在有熊本大学医学部，而且在当地地区也组建了对策委员会，以大学为主主要从病理方面寻找病原体。当地的对策委员会主要从环境、发生时的状况、续发的倾向等方面进行研究。当前的情况是二者把研究有机地结合在一起，共同来究明原因。就刚才所说的井水之事而言，到目前为止还没有断定原因就是水。而且如果水是病因的话，那么使用那种水的人们或者说是全部的人都应该出现同样的现象，但是现在只是其中的一部分人有问题，所以也无法究明其原因，如前所述现阶段是无法断定井水是唯一的原因的。可以肯定是由环境造成的，如果要把这个进行恰当的阐释的话，就像因接种了疫苗就完全不会得天花了这个意思，虽然还没有这种恰当的对策，但是不管怎么说不可以耽误在我们手里。在这个地区，市郊或者郊外，用一定的频率——与其说是频率，不如说是频繁地对那里进行消毒。应该是五月一日，出现了那种怪病，这也在一片区域内成了很大的问题，在此之前有十四五人，后来明白应该有不止十四五人得了这种原因不明的疾病，由此契机，之后又出现两三人——我手头有的是那之后出现的十三人。因为出现如此多的病例，由此可以看出进入了不容忽视的严峻状态。我们采取了这样的措施。采取措施之后到现在为止没有再发生像先前那样的事情。所以说原因不一定是水，虽然还不知道是其他的细菌或菌什么的，但首先要进行彻底的消毒。也有对当地居民产生一些心理的影响的考虑。但是直到今天，也许不仅如此，从一定要杜绝疾病的再发来说，必须找到病原体到底是什么的问题是已经明确了的。如前所述，实际上今天从熊本大学来了七位对策委员，现地的情况调查和对现在没有在熊本大学住院的三名患者的情况都进行了精细的调查，双方都在积极地寻找病原体。虽如此，但是病原体这种东西，就像青年猝死病发症候群那样，即便用了十年也没能找到原因，不知道最后是突然明了还是需要很长时间，总之大家是在积极努力着，或者说即使只是在治疗这方面。实际上在我这里——传染病医院接纳的患者，可以说是在大家认真的治疗后吧，也有病症变轻后出院的人。现在的患者不一定——刚才说过全都死亡，现在十三人中有三人死亡。虽说不知道会不会出现现在住院的患者病情变重的情况，但还是可以看出病情不会加剧，或者渐渐地变好。所以可以说并不是全部死亡。那么就如刚才所说的那样，虽然还没有找到准确的解决方法，但是我们，大学还有当地政府也与我们一起，会尽量地采取措施防止发生这样的情况。

关于水井的事情，那里的上水道，简易水道——就是简易水道这件事，众所周知那个地方基本上是没有水的。以前也与建设科多次商量过。知道是必须要考虑的事情。但是那里没有水源。那个叫冷水吧，如果把水引到那里的话，这是以前——并不是具体要怎么做，是内部商讨的时候，那大概需要一千二百万日元的经费。因为考虑到如果水俣港发展起来的话，在那附近出现居民，或者现在的上水道的水不够用了，那样的话就是另外一回事了。但是现在的一千二百万日元——概算是一千二百万日元——如此大的资金受益人却极少也是实际情况，如是就会考虑此问题是不是还需要再商讨。无论如何还请大家理解并不是不关心这个问题。

○　六号（山口义人君）：了解。

事实上并不是了解了什么，只是更加确认了怪病是在月浦、出月、明神、汤堂、茂道等沿海各部落陆续出现的。怪病的本体是什么还没有正式发表，但是与其相关的派生事件，正在人们的生活和心里慢慢地渗开。

报社记者和杂志的记者们都来了。他们做各种各样的提问。记者们首先拿出纸和笔。

——嗯，你家的生活水平是？

——什么？

——也就是说有几亩地？船是几吨的？

即使对这样毫不过脑的问题，人们也都面带微笑地回答着，用对外来人的语言，在心里感到无聊的同时。

——食物方面，主食主要吃什么？一半米，一半面？红薯？红薯是主食哈。噢，叔叔不太吃主食？吃鱼，吃鱼就不用吃饭了？！这到底要吃多少鱼啊！一大碗生鱼片！啊？那营养怎么办呢？

记者和自称社会学的教授们很是吃惊。"这里到底是怎样落后的渔村啊？！"然后在报道中出现的是"在贫困的底层，不吃主食而是贪婪地吃毒鱼的渔民们"这种表现形式。慈善家们——听说实际的生活状况更加悲惨，很是遗憾连一户草屋顶的房子都没有。想到渔民的习惯，那种"钱不过夜主义"，用公司的"慰问金"盖房子什么的哟。即使想帮忙呼吁水俣病的惨状，也因为他们乱花钱而难以宣传呀——等也有抱有这种想法的人。

生活在"文明"之中的都市居民们，无法理解在自然天地中以原始方式生活的人们，不理解以那种方式生活的人们的心情。都市的人只知道用秤计量的营养学和狭隘的社会学。

记者们还煽动大家。

——不可以不建立组织。想法不统一也不可以。必须建立组织与工厂进行谈判。日窒和市里的组合在干什么呢？

然后开始小声地说。

——有共产党吗？怎么不来？嗯，那些家伙在干什么呢？！

开始的时候，外来的年轻记者们的建议很是难能可贵。

患者家庭每户拿出五十日元成立了"组织"。随着事情的发展，会费从五十日元变成了二十日元。师傅得了怪病的家庭，就由他的老婆这个女师傅来参加组织。水俣病患者互助会成立的具体日子，第一代会长渡边荣藏也记不确切了。后来连续不断出现的患者和死者、会员们窘迫的生活完全是由他们支持的。组织这个事物已经不知在哪里、由谁建立起来了，任谁都可以随时加入的。"军队"、村里的"组"和"渔业组合"，还有农业的"小组合"，女人做会长的"地方妇女联合会"等，所有的组织都加入了进来。

——水俣病患者互助会不是上面谁让成立的组织，而是从一开始，就是仅仅靠大家自己的想法和力量组建起来的。年轻的记者们一直在呼吁成立个组织、成立个组织。根本不需要别人提醒，我们必须不借助其他任何力量只靠自己就把它创建起来。但不知道是什么原因，市里、县里、公司，没一个人把我们当回事儿。昭和三十四年（1959）交涉补偿时也是，在自己的仇自己去报的情绪中孤军奋战。舆论也没有起到什么声援的作用。还没报仇呢就变成这样了。还有蜂巢城事件^①、三池煤矿的事情、安保这些事情相比较，水俣病就显得分量有些轻了。以每个月二十日元的会费，向市政府、日窒公司、熊本县厅、日窒的东京本部示威游行、静坐，越想越无头绪。即使只是静坐也是需要钱的，真是烦啊。不能在水俣市的街角募捐，市民会厌恶。去其他的城市吧，去了，站在其他城市的街角募集资金。无论是在小暑的烈日还是在腊月的寒风之中。那时最重要的就是开始行动。

初代的互助会会长渡边原本并不是渔民，而是节日时拉着大板车在村子、城镇里向孩子们卖爆米花和鲷鱼烧的走街串巷的小货郎。他在后面帮父亲推大板车，在村子与村子游贩之间长大。这种经历使他善于与人相处，有着深刻的人生观。为纪念年轻时代的流浪和激励自

---

① 日本水库建设史上最大的纷争事件。历时十三年。为反对在位于大分县日田市与熊本县阿苏郡小国町之间的一级河流筑后河水系的津江川上修建下筌水库，反对派的人们从 1959 年开始抵抗的事件。到 1972 年水库建成，在室原知幸的领导下进行了多次反对运动，也为后世留下了公共事业的推进方法的诸多教训。

己，他至今仍珍藏着鲷鱼烧的模具。

为向孙子们讲述"旅行"的经历，不管怎样，他在水俣南部较偏远的地方购置了只够盖房子的土地、三吨大小的船只，不出意外的话，他会成为一个大家族的族长。在他幼时快乐地辗转在各个村子的回忆里，不可思议的是没有出现过他妻子的话题。他和我都没有忽视过在隔着一扇障子的隔壁的房间里，盖着被子瘦瘦的、蜷缩着一声不吭的老婆婆。他有三个孙子都是水俣病患者，大概他年迈的妻子也是一样。他经常插着腰站在家里大门口可以看到国道三号线的石阶上。有人从巴士的窗子里伸出头：

"嗨——"

这个族长就会笑着挥起一只手。

"这位爷爷和奶奶也是水俣病吧？"

人们可以毫不犹豫地问这样的问题。但是，水俣病给我们所带来的思考是文明和人类存在的意义是什么。大概他那样的沉默，是来自存在的根源。但他才是撼动存在的砝码。所以我，一直尊重他的沉默。直到他开口为止——

彷徨的旗帜

昭和三十四年（1959）九月，阻止《安保条约》修改的国民会议第七次水俣市共斗会议。

主干是来自还未分裂前的新日窒工厂组合，有三千人。新日窒组合书记局分会。水俣市教职员组合三百人。水俣市职工组合五百人。全日本自由劳动组合二百五十人。君岛出租车分会、全日本粮食分会、卫生保健设施分会（日窒）、摄津组合（日窒外发企业）、水光社组合（日窒）、谷口组合（日窒外包企业）、全日本统计、全日本邮政、全国零售、自由组合、扇兴运输（日窒外包企业）、国铁、帝国氧气、高教组、全电通、全林野（森林劳连与公务劳协）、全日通、革新议员团、共产党芦北地区支部、社会党水俣支部、联谊协议会。

在新日窒工厂旁边的第二小学操场。

大会是按照主持人致开会宣言，决议书表决，向中央大会的社会党、共产党发电文"即刻游行"这个顺序进行的。

——第一队由第二小学出发，到新青果市场前。

——第二队由第二小学出发，到西林业角。

——第三队由西林业角出发，到丸岛大道。

——要充分注意不要与游行队伍之外的人发生摩擦。

那时在游行队伍的右前方，即从新日窒工厂的侧面开始，出现了摇着红、蓝色旗帜的大约三百人的渔民游行队伍。双方游行队伍的视线不期地对上了。渔民们的队伍，目光呆滞而悲哀，手里紧紧攥着写有"荣进丸""幸福丸""才藏丸"等船名的大鱼旗。为什么那个时候，渔民们要以那种形式出现，即使到现在，我也没有想明白。

但是，这时，反安保游行队伍的指挥者仍在气势昂扬地说：

——各位，渔民的游行队伍将与反安保的游行队伍合在一起。统一行动，这是我们运动的盛大成果。鼓掌，让我们用掌声来欢迎他们的到来。

反安保游行队伍响起热烈的掌声，和平时一样，全日自劳（全日本自由劳动组合）的叔叔阿姨们开始哇咻、哇咻地喊起来。这会儿反安保游行队伍有四千多人，就像过节一样打着标语，五万人口的水俣市全市的劳动者、市民都参与了进来。

在工厂正门发生争执的渔民游行队伍的新闻，这时开始小块地在地方版新闻上出现了。没有找到与反安保游行队伍合流行动的新闻。应该是来到工厂正门附近后，没有人理会的渔民集团，甩掉记者们，在解散前了无意思的时候，偶然从反安保游行队伍的旁边经过，下意识地觉得靠近红旗林立之处是不会有错的。

渔民们在对反安保队伍的掌声感到羞愧和迷惑之中，被围裹着走过了水俣警察局前，渡过了水俣川，参加了第一小学前的解散仪式。想想那是个死气沉沉的大团体。那时，反安保游行队伍没有说：

"让我们大家与渔民游行队合流吧！"

对于水俣市的劳动者和市民们来说，这是唯一的一次走近，可能是带着极度的孤独的情绪靠过来的渔民们苦闷的瞬间却……这时，平时打着"劳农携手""与农渔民相提携""与地域社会紧密接触的运动"口号的、自称前卫的人们，散发着这些日常的与路上飞舞的文字相反的传单。在那个反安保游行队伍中也有作为市民参与者的我。

"落后的、还没有觉醒的、有时具有自然发生的能量的人民大众"，这到底是什么呢？随时被组织起来的人们、庶民和贫民，都是我们很久以前就已熟识的脸庞。熟思下，我们自己还彷徨不定的思想，仍旧刻在渔民们的内心深处。那是最深处的思想。

就这样，戏剧性的瞬间里什么也没有发生就过去了。不料想反安保游行被认为在一个地方的城镇达到最高潮时，在这个国家前卫党的上意下达的民主集中制的组织论还未表现完全的悲剧图上，渐渐膨大成大集团，从中间切断。红色和蓝色的旗散发着色彩，就像食纸虫的队伍一样……

昭和三十四年（1959）十一月十六日

关于熊本县水俣市附近暨"水俣病"的资料

众议院农村水产委员会调查室

一、众议院的实地调查

1. 调查日程

昭和三十四·一〇·三一　东京出发

一一·一　在熊本县政府与县长、水俣市长、县议会对策委员会、食品卫生调查会水俣食品中毒支会、熊本大学、县渔联等相关人员恳谈

一一·二　接受不知火海水质污染防止对策委员会代表（县渔联会长）的请愿

在水俣市立医院与市政府、市议会、渔协等相关人员协议商榷恳谈

视察市立医院的住院患者（二十九名）的病情

视察汤堂在自家疗养的患者情况

听取水俣港的污染情况及"二战"终战时期在袋湾有无投放遗弃物的情况

接受津奈木村的陈情

一一·三　新日窒肥料公司水俣工厂视察及协议恳谈

一一·四　回东京

2. 派遣委员等

（一）派遣委员

社会劳动委员会　委员　柳谷三郎（自）理事　五岛虎雄（社）

同　堤鹤代（社俱）

　　农林水产委员会　理事　丹羽兵助（自）　委员　松田铁藏（自）
理事　赤路友藏（社）

　　商工委员会　委员　木仓和一郎（自）　理事　松平忠久（社）

　　（二）党派遣议员　福永一臣（自）　坂田道太（自）　川村继义
（社）

　　（三）政府方面（同行）

厚生省环境卫生部食品卫生科科长　　　　　高野武悦

水产厅调查研究部研究第一科科长　　　　　曾根彻

通商产业省轻工业局肥料第二科科长　　　　高田一太

通商产业省企业局工业用水科科长助理　　　左近友三郎

经济企划厅调整局水质保全科科长　　　　　深泽长卫

　　二、调查报告

　　例　农林水产委员会（三四·一一·一二丹羽兵助理事的报告）

　　（前略）

　　首先，这种叫作水俣病的疾病，是以熊本县的南部、靠近鹿
儿岛县的水俣市为中心发生在一定地域内的奇特疾病，是以中枢
神经疾患为主要症状的脑部疾病，呈现出手脚麻痹、语言障碍、
视听力障碍、行走障碍、运动失调及流涎等特异且剧烈的症状，
同时还有疯癫和中风并发的症状。

　　我们视察了在水俣市立医院住院的二十九名患者及在家疗养
的患者，他们过着经过长期治疗却无治愈希望的疗养生活，重症
患者会有连意识都失去的激烈痉挛发作，有着让人无法直视的凄

惨症状。

　　而且此病是因摄取过量的水俣湾出产的鱼贝类产生的，与性别、老幼无关，并且多发生在贫困的渔民部落，事实上家族性发病的性质浓厚。

　　现在治疗此病的方法，也就是补充维生素和营养剂，一旦发作起来是无法治愈的，幸运不死的人也因有着可怕的后遗症而如同废人，是种令人抑郁难耐的疾病。

　　这种疾病在昭和二十八年（1953）末发现第一例患者以来，至今已达七十六名，其中以昭和三十一年（1956）为最，出现了四十三名。

　　而且，以前是只出现在水俣地域的疾病，在过去的九月份里，在距同市北方五公里处的芦北镇奈木村出现了父子二人的新患者，疾病发生地区在逐渐扩大。

　　昭和三十一年以来已有二十九人死亡，昭示死亡率高达近40%。

　　关于产生水俣病的原因，从昭和三十一年开始，当初认为是一过性病原体引起的，之后又认为是锰、硒、铊等毒性物质引发的重金属中毒，而且是以鱼贝类为媒介传播的。

　　但是这些物质没有哪样能够单独引起和水俣病一样的病变。

　　那之后，政府也拿出调查经费用于究明其原因，以熊本大学医学部为研究中心。接着今年在厚生大臣的咨询机构食品卫生调查会设立了水俣食物中毒协会。进行进一步调查研究的结果是，作为毒性因子的水银说有力地出现在7月14日的中间报告之中，该报告发表了以要极其重视水银这种有毒物质对鱼贝类的污染为主旨的见解。

其根据是，水俣病各种症状的临床观察，与有机水银中毒的症状极其一致，或者说在病理学上已证明了神经细胞及循环器官障碍是因有机水银中毒引起的，而且动物实验也表明给猫喂食紫贝（水俣湾内产）所产生的反应与自然发病的猫的症状完全相同，并且直接把次亚磷酸钠水银直接喂给猫与给猫喂贝类出现了同样的现象，同时，从患者及患病的动物脏器之中，检测出大量的水银。

还有，在水俣湾的泥土中也检测出大量的水银，但是通过鱼贝类中毒的途径至今仍未找到，也是今后需要研究的重点。

对于这个食物中毒协会的中间报告，新日窒肥料公司刚刚开始有关水银的实验，还没有达到能够发表结果的程度，但他们就科学的常识及食物中毒协会发表的数据提出了疑问，表示对有机水银中毒的说法无法理解。

也就是说，水俣工厂从昭和七年（1932）成立至今二十七年，制造醋酸时一直使用水银，并且在昭和十六年（1941）以后，在制造氯乙烯时也要使用水银，使用水银时有一部分的损耗随废水排到水俣湾内也是事实。而且就数量来讲，从过去生产醋酸十九万吨、氯乙烯三万吨左右到生产六十万吨，最多时可达一百二十万吨。

然而无法忽视昭和二十九年（1954）突然发生了水俣病的事实。而且在昭和二十八年（1953）以前完全没有水俣病，是在昭和二十九年（1954）突然暴发的，由此可以想到以昭和二十八年到昭和二十九年为分界，从常识上可以考虑水俣湾发生了异变。

并且，有机水银中的甲基水银和乙基水银在有机溶剂中易溶解，乙基磷酸水银也可在水中溶解。像这样与有机水银的性质无关，在熊本大学既往的动物实验中，用有机溶液处理过的贝类，在被抽取的部分中没有发现病变，在抽出的残渣中发现了病变。这种现象与工厂的实验结果完全相同，同时这个结果也反证了有毒物质不是甲基甲硫汞。还有，新日窒化肥公司用资二十七亿日元，把水俣工厂建为主力工厂，年生产硫铵、硫磷铵等约三十万吨，氯乙烯、醋酸等三万吨，其他产品十二万吨，总计四十五万吨产品。现在每小时约有三千六百吨的废水排放到水俣湾中。

而且根据公司的资料，排放的废水主要是用于冷却机器的用水，直接从工业制造用水排出的是每小时大约五百吨，水质也不成问题。

在去年七月的分析报表中，水俣湾排水及八幡排水的酸碱度分别为PH6.3、PH11.9，水银含量每立方米0.01mg、0.08mg，过锰酸钾的使用量是241。

我们在视察工厂废水处理的同时，也视察了被明神崎、恋路岛及柳崎包围的水俣湾，还有被天草或者说长岛、狮子岛等围住的不知火海的双重袋湾的实地情况。

水俣湾中沉积的淤泥厚三米以上，有可能是以前排水的沉积物，并且散发着恶臭。

还有，传说"二战"结束时海军把所有的炸弹都扔到这个海湾里了。我们向仍居住在此地的当时的负责人、原海军少尉甲斐氏询问了当时的情况，少尉证实当时所有的炸弹都由水俣车站运出，一发都没有丢弃。基于上述情况，结论是，水俣病是因为摄取了水俣市周围出产的鱼贝类而发病的，所以水俣市鲜鱼零售商组合已经从八月一日开始不再在水俣市丸岛鲜鱼市场内贩卖水俣近海出产的鱼贝类，即使海湾外的也绝不贩卖。那之后渔民们不得不停止出海，收入来源也被完全断绝了。

附近的渔村也受到影响，引发了连锁反应，连每天的食物也无法保证，这个问题随之成为社会问题。

与此同时，在已经过去的八月三十日里，在以水俣市长为首的九名渔业补偿斡旋委员的努力下，公司因工厂排污对渔业造成的损害，向水俣市渔业协同组合进行补偿，这与水俣病无关，约定每年支付二百万日元，同时支付昭和二十九年（1954）以后的追加补偿金两千万以及渔业振兴资金一千五百万，总计支付三千五百万日元。

就这样，对水俣市日奈久和姬户线以南的两三个渔协实施了补偿措施，有四千多名渔民无法进行捕捞作业，陷入了不改变捕捞区域就无法生存的境地。

因此，在我们到达的十一月二日，就有了以熊本县渔联为中心的、与不知火海水质污染防止对策委员会有关联的、数千名渔民的聚集，我们也接到了凄惨的陈情请愿。

对之后出现的这其中的一部分渔民冲进工厂、破坏办公室等暴行深感遗憾。（后略）

草之母

岁月与荡向岩石的潮水的涨落何其相似，也伴随着风化与侵蚀。对住在这样的海岸的人们来说——

杉原彦次的二女儿由利，第四十一号患者。

新闻工作者们把这个极美的却以凄惨的形式生下来的少女叫作"喝牛奶的人偶"。现代医学把她这种缓慢死亡的生存状态也叫作"植物的生存方式"。

黑黑长长的睫毛。狭长的丹凤眼在白日的光线中，疑惑又茫然地睁着，忍受着在那头盖骨的下面大脑皮质和小脑颗粒细胞的"荒废"或者说"脱落"和"消失"——因甲基水银化合物甲基甲硫汞的侵蚀。

——是小由利吗？

妈妈总是这样确认般地叫着她。

——饭好吃吗？

问道。

——哪个好吃换给你呀，对着十七岁的女儿这样说着。从六岁时得了"怪病"起，无论是在白浜的隔离医院，还是作为熊本大学的研究用患者时，不管是在水俣市立医院的怪病病房楼，还是在汤儿康复医疗医院，直到现在妈妈都是这样问过来的。大女儿是"轻度症状"所以不能住院，只能待在家里。丈夫不当渔民去做搬运工了。所以母亲不能每天来医院。冬天，夫妇两个人手都麻，嘴唇周围也麻木。母亲脸上浮现出些许的微笑说：

——我们也得了水俣病。筷子也掉哟。这附近的人谁不是呢？都麻。

可惜这对夫妇不愿说出名字。和"这附近的人们"一样。

　　乌鸦　为什么叫

　　乌鸦　在　山上

　　嘎嘎　七声　的

因为　有孩子啊

女儿这样唱道。四岁大的时候。乌鸦为什么叫，母亲在心中唱着。

"老公，由利会成为健康的人吗？"

"……"

"难道不能好吗？"

"……呀，唉。"

"由利从住院以后有些胖了吧，你不觉得吗？"

"嗯，有点儿胖了吧。"

"老公，由利的手像小壁虎的手。死后变干的、壁虎的手。还像鸟儿。睁着眼睛耷拉着脖子。"

"别说浑话！"

"我经常会害怕。害怕。做梦，常常。在海滨的岩石上，小鸟从空中掉下来死去。胸口上放着蜷曲的脚爪，从嘴里流出茶色的血液。那个小鸟儿是我家的由利呀。

"我蹲下来，对那个由利说。是什么原因让你变成现在这个样子呢？刚生下来时，是一根手指、一根脚趾都不缺的，大小也是和其他孩子的一样。可现在却变成三根手指了……

"生下个正常健康的孩子，妈妈也祈祷了。婴儿的时候是正常普通的呀。怎么就变成这个样子了呢？是一根手指、一根脚趾都不缺地生下来的，可这手却在一点儿一点儿地干枯、弯曲。就像做了什么坏事那样，弯曲着。

"在父母的眼里，只要孩子的脸不干瘪、不扭曲、不坏掉，也会越看越漂亮的，看到了吧，这是怎样的慈悲心啊。我这个比其他人蠢笨的妈妈生的孩子，竟然有这样的一双眼睛，一定是神赐的。

"怎么睁着眼睛睡着了呀。由利，哎呀，苍蝇来了。苍蝇飞来，落在你的眼睛上。眼睛也不眨一下吗？即使落着苍蝇也不眨，由利。

"由利呀，你在婴儿的时候是一个暖暖的孩子，就像老人们说的那样，到爬的时候就能站起来了，该站起来的时候就会走了，该会走的时候已经能在海滨玩耍了。三岁的时候就开始泡在海里了，一到海里就高兴，四五岁的女孩子，就已经能够浮起来记住路了，头发摊散在波涛上，就那样划动手脚游起来。还有在很小的时候就知道帮着拽网了，把你放到船上的话，妈妈拽网时，也晃着身子一起加劲来着哈。

"要玩过家家时，已经知道涨潮落潮的规律的你，就在那期间放下鱼篓，当作过家家采来海苔呀、贝呀，还有做汤的海菜。

"一只手拿着装贝的鱼篓，一只手提溜着山茶花的花环。小由利又摘花又唱歌了哈。

"要上一年级时很是兴奋，背着只装着一个本儿、一册书的空空的书包，在石子路上一跳一跳地跑去给附近的邻居看来着——可还没等上学呢就得了这可怕的病。变成了这个样子，就像壁虎一样的孩子。干瘪瘪的好可怜哟！由利你到底是谁生下来的孩子呢？由利你这个样子的话，妈妈前世一定是个恶人吧？！

"妈妈也许是个坏人。不知道女儿是在什么地方背的业障，也许你是背着妈妈的业障生下来的。

"由利，不说话的话就会变成蚯蚓的，下次是蚯蚓。

"老公，我蹲在海滨的岩石上，梦到在责怪是小鸟的由利。不能怪那个孩子，却……

"那个，老公，由利的灵魂已经，已经离开由利的身体了吧？"

"不要拿问神灵的话来问我！"

"虽然不是神灵，但是作为父亲的你是怎么想的？活着的时候没有灵魂跟随，就变得和树木杂草一样了，这意味着什么，老公你是明白的吧？！"

"……"

"树木和杂草也有灵魂，我想。我想鱼也是、蚯蚓也是有灵魂的。而我家的由利没有那个是怎么回事呢？"

"那个，在世界上这是第一次发现的病啊！"

"这不是病。五六岁正是最可爱的时候，不知何时被夺走了灵魂。你听过屁眼儿被河童拿去的故事吧？就是没有听说过重要的灵魂被从根上给夺走的故事啊。"

"不要想太多了，智。"

"叫'没有灵魂的人偶'，新闻里也是这样写的……大学的老师也是这样叫，说还是放弃的好。做父母的呀，是无法放弃的啊。大学的老师如果遇到我家的孩子这样的情况会放弃吗？还有那些大人物的孩子如果变成这样，那孩子的父母呢？喂粥时稀稀软软的粥一边卡一边流进去。由利把食物吃进肚子里。大便、小便也是和正常人一样排泄。手脚和小鸟的一样干瘪，脸渐渐地越长越像女孩子了。你不也是这种感觉吗？"

"是啊。"

"说由利已经就是个空壳，说是没有灵魂的人，新闻记者是这样写的。难道是大学老师的诊断吗？

"如果是的话老公，由利吐出的呼吸是什么气呢？是草吐出的气吗？

"我觉得不可思议，仔细地闻了闻由利。还是由利的味儿。由利的汗味儿、呼吸的味儿。在给她擦身体时，是和婴儿时不一样的肌肤的味道。我想那是女孩子的味道。这样想是错的吗？

"由利不应该没有灵魂。没有听说过这样的事情。如果是和树木杂草一样地活着的话，那个树木杂草也是有它的灵魂的，那么由利的身体里也应该有那样的东西的呀，是不是老公？"

"别说了，智。"

"不说了不说了——若成了没有灵魂的孩子的话，由利是为了什么来到这个世上的呢？"

"……"

"老公，你仔细地想想看哪。比起草、比起树来，由利的灵魂更痛苦。如果和草和树是同样的东西的话，那么，由利还会发出那样的声音哭泣吗？

"不管是怎么生下来的婴儿，都是用这个世上的脸生下来的。打哈欠什么的。婴儿来到这个世上已经，连睡觉都顾不上就试着难过地笑笑，奇怪地笑笑。由利那样哭泣无疑就是灵魂在哭泣的吧。"

"但是，不管怎样养病，那个孩子再也不会恢复原有的精神和体力了。眼睛什么都看不见，耳朵也听不到。住到大学的医院里，连几十个厉害的医生都治不好的病，已经没有什么指望了哟。"

"放弃，放弃。大学的老师也放弃，医院也都放弃了。

"还有就是，我问自己，我的心没有放弃。老公啊，如果由利没有精气神的话，那么我，还是什么家长啊？我到底还算是人的母亲吗？"

"不要说这些莫名其妙的话！智。"

"由利既不是流产的胎儿，也不是胞状畸胎，是我生下的人的孩子。在活着的时候灵魂不知去了哪里，你觉得去哪里了呢，老公？"

"我哪里知道，去问神灵去！"

"神也不知道。在神创造的这个世界上，人类是神创造的，公司和有机水银就不是神创造的吗？难道不是神灵用心创造的吗？"

"你也得水俣病了吧？脑子累了吧？睡不着吗？睡不着吗？"

"睡吧睡吧。我呢老公，由利就只是那样睡着，已经死了，和草木一样的气息，我是那样的感觉。若由利是草木的话，我就是草木妈妈，由利是小壁虎的话我就是壁虎妈妈，是小鸟的话我就是鸟妈妈，是蚯蚓的话我就是蚯蚓妈妈……"

"没完了，智。"

"好了好了。什么的妈妈都可以。鸟也好，草也好。我只要是由利的妈妈，做什么的妈妈都是好的。哎，老公，刚才你说起神灵，神会创造给这个世界带来麻烦的人吗？难道由利也许是给这个世上添麻烦的人吗？"

"哪有那么浑蛋的事情，又不是自己喜欢得水俣病的。"

"如果神灵有心的话，那些人也都得水俣病才好呢。"

"……"

那些人说。

——小由利，呀，还是不明白呀。喔噢，睁着漂亮的眼睛。小由利已经睡了几年了呀。你悠游自在的倒好。不知尘世间的烦恼。只是睡着就可以当个好女儿，真真是个漂亮的人儿。因为没有精气神所以才美的吗？女孩子是靠长相来看值多少钱的，按以前的说法，这个人睡着，也是可以换到钱的。

由利是总上新闻的明星哟。是个孝顺的人儿，从全国各地寄来东西。有千纸鹤。是弁财天①呢，小由利。小由利家真是盖了个好仓库

---

① 弁财天，也称辩财天，是福德自在神，七福神中的唯一女神，精通音乐，善于雄辩，其形象为头饰八莲冠，怀抱琵琶。

啊……

"他们这样说。那些人也，大家都得水俣病，那才好呢。"

"诅咒人的话会有两个墓穴的哟。"

"真的真的。诅咒人的话会有两个墓穴。自己的墓穴和那个人的墓穴。我在那人的后面挖四个、挖五个墓穴。也有我的墓穴，也有由利的墓穴。谁的墓穴都给挖。若只是因为生病死亡的话，灵魂会得到佛祖的指引，被有机水银溶解的灵魂，会由谁来指引呢？公司会给指引吗？"

"……"

"从由利的角度来看，这个世界和那个世界都是黑暗的。没有由利要去的地方。我死后即使去了那个世界，也见不到那个孩子了吧。老公，在哪儿呢？由利的灵魂。"

"别想了别想了。对脑袋不好。"

"不想了不想了。啊呀，这是流的什么泪啊，由利在流泪。心里没有那么想呀，是什么泪水呢，由利的泪水，老公——"

熊本大学水俣病医学研究班从昭和三十一年（1956）八月开始到四十一年（1966）三月，经过十年的岁月总结出版的巨著《水俣病——关于有机水银中毒的研究》中，多处记录了在不停地恶化的少女的身影。

第三章　水俣病的临床
—— 略
第二节　儿童的水俣病……（上野留夫）

—— 略

第二项　临床症状

第二例　杉原由利　女（No.41）

发病年龄　五岁七个月

发　病　昭和三十一年（1956）六月八日

　　　　　渔业，姐姐也有此病，本人在得病之前极其健康

六月八日　流涎显著

六月十五日　上肢、手指的运动不顺畅

六月十八日　手指震颤，行走有障碍

六月二十日　发音不明了，到新日窒工厂附属医院住院

七月三日　完全不能行走，头部出现震颤

七月十日　视力障碍

七月三十日　不能发音

八月三十日　本科住院，僵直性麻痹，不眠狂躁状态，哭泣，视力全无，听力、言语、意识障碍显著，不能翻身、起立，不能行走，吞咽障碍（＋），显著的肌肉反射性亢进，脚抽搐，屎尿失禁。

—— 略

第四节　其他的临床症状

—— 略

第二项　精神症状……（立津政顺）

后天性水俣病与先天性（胎儿性）的比起来，神经性的症状在临床表现上占有更大的比重。但是，在重度障碍例中，包括智能在内所有的精神方面的机能与运动方面的机能同时呈现出高度的、不可分割的障碍状态。而且，随着过程的推进有许多人会出

现神经方面的症状变轻、消失，而取而代之的是出现精神方面的症状。这样的患者在考虑回归社会的时候，存在的问题就是精神症状。

就水俣病来说，精神方面的症状与神经方面的症状有着极其紧密的关系。例如，两者的程度呈平行状态，随着时间的推移会出现相互间交替前行的现象，不知何故两者间的症状在一定程度上容易结合。而且，还会出现众多的极难区分判断到哪里是精神性的症状，又从哪里开始是神经性的症状的现象。以下是对水俣病精神症状的主要记述。只是，根据情况也会触及若干神经方面的症状，更添加了脑电波检查所见结果。这是为完整地呈现患者的人物形象及描述其发病经过所需，也是为更好地阐述精神性症状与神经性症状密不可分的事实。

第一　后天性水俣病

在精神神经科的教室里，作为第一次的临床研究，是在 1961 年 5 月到 1962 年 8 月之间，井上孟文负责究明水俣病患者的精神方面的症状，高木负责究明神经方面的症状。患者是水俣市立医院住院中的十五人、居家的二十八人，其中男性二十六人、女性十七人，合计四十三人。年龄七岁到七十五岁的各年龄层，发病后经历的年数是从一年两个月到七年八个月，其中六年的人数最多，平均为四年六个月（1961 年 12 月 31 日，现在）。第二次的调查是从 1964 年 12 月开始到 1966 年 2 月为止，由村山等进行（这次的结果没有发表）的患者是住院中的十三人、居家的三十一人，计四十四人。其中四十人也参加了第一次的调查，四人为第二次调查时的新入对象。发病后经历的年数是平均七年七个月（1964 年 12 月，现在）。

　　构成后天性水俣病临床表现的主要症状是：认知障碍、性格障碍、神经性的症状。根据 1965 年对四十四例进行的调查，智力障碍的有四十二例，其他症状全例都有。

关于每个精神症状
后天性水俣病全例都有精神方面的障碍。大致可以分成以下几个症状。
（1）认知障碍
（2）性格障碍
（3）癫痫性发作
（4）与精神有关的发作
（5）蜂巢症状

（1）认知障碍
　　1）高度智力障碍
　　这种情况下的患者没有主观自发的动作，无法自己改变体位，无法理解简单的语言和动作，也无法表达，勉勉强强跟着检查者的语言"……"地进行不明了的重复，或者只是"啊—啊"地发出些没有意义的声音。脸呈白痴状，缺少表情或像多幸症一样一直浮现出强迫性的笑容。开口反射、支持反射、部分性抵抗症等原始反射和姿势变形（图 1—略）也引人注目，与 MLD 症候群

（注：MLD 症候群是一种罕见的常染色体隐性遗传疾病，又称作异染性脑白质退化症。从脑部 MRI 检查可发现大脑白质有退化的现象；随病情的恶化，病患的运动及认知功能会逐渐丧失。）的状态相似。

（2）性格障碍

情意机能几近消失的状态

在 MLD 症候群及与其相似状态的患者中可以看到情意上的障碍。脸、身体其他部位可以表达其精神的地方和对来自周围的刺激的反应极少，认知障碍及神经症状极其严重。在 1966 年调查中的三例里，其中两例在七十七岁和七十八岁死亡，另外一例 1966 年 2 月现在是十六岁（图 1—略）。后者是癫痫性发作，可以看到高度脑波异常。

（3）癫痫性发作

癫痫性发作在 1961 年的调查的四十三例中，占 7%。但在 1966 年 2 月的现在只有一例。后者呈高度的寡动状，随着拘挛姿态发生显著的变化，原始反射，极其严重的精神机能障碍的病例（图 1—略）。发作时从小小的"啊——"的呻吟声开始，从全身到四肢，头顶部呈伸展式僵直，无法进行被动的弯曲，眼球向上翻，持续八至十秒，发作的次数是 1961 年一天数次，1966 年 2 月现在（十六岁）更加频繁了。即使在发作的间歇期间，用手指碰睫毛眼睑也没有反应，对疼痛的刺激也没有反应。从脑波图可以看见发作时出现不规则的棘慢波群与低电位慢波群的基础律动。

第六章　咚咚村

春

潮涨潮落，秋天过去了，冬天过去了，春天来了。

在那春夜的梦里，油菜花花径上雾霭的小舟。好像是想着这样的句子，一睁开眼睛，看到的是早上风平浪静的海面在晨雾之中延伸开去。

然后夜里突然刮起叫作"春天一号"的暴风。像似要把船锚都拽起来般的大风。那样的大风，娴静优雅的油菜花也纷纷被东风吹将起来。春季的鱼是不安定的。所以春天是过节和嫁娶的时节。忙碌的人们。

水俣川河口处的八幡样的舟津部落、丸岛鲜鱼市场、二子岛梅户港、明神鼻、恋路岛、马蛤潟、月浦、汤堂、茂道。沿着环海道路可以走到海边，在开着院门的廊檐下，男人们在开着即兴而起的小宴会。理由是什么都可以的。雨歇、风憩、日间休、燎船底后的间歇，还有一些那想解乏的两三杯酒。路过的人也会被招呼进去。

——有就这样路过人家的吗？就当打个招呼喝一杯再走吧。

男人们把用茶碗装着的酒拿到面前，如果是外地来的年轻人路过喝酒呛了的话，就会眯起眼睛，如果喝得一滴不剩的话就会当作自己人。在那房檐下那些人的老婆们也在，若是女客人的话，就会用木盘端出放了砂糖的糖水样的粗茶来招待。砂糖在各家也就只有日常用的那么多。发现孩子们偷吃砂糖弄撒了的话，女人们就会大喊着追赶出来。

渔民们把不知火海叫作"我家的院子"。有个天草石匠村出身的，离开天草后成了一个能干的石匠，其一生的愿望就是在"院子"边上建个房子，从家里房檐下垂下鱼竿，钓些晚上解乏喝小酒时的菜肴。最后，他一生的愿望得以实现，在明神鼻的"院子"边上建房子安了家，早晚在自家的房檐下垂钓。即使他因此成了初期发病患者里死亡的男人，但只要"院子"里存在有机水银，发生这事儿也就一点儿都不奇怪。

——哥哥他，

在村子里的一个年轻人高兴地说着这件事的时候，我还没有意识到那就是水俣病。

——明神的家终于盖好了。在房檐下早上和晚上就可以钓鱼当然是让人高兴的事儿。在巨大的泉水中可以无限制地养鱼，带谁来都可以，这样说着，去吧，大家去看看房子，去钓钓鱼。

做过泥瓦匠的青年说。"巨大的泉水"是指不知火海。走吧，走吧，聚在我的小房间里的青年们两三杯烧酒下肚后兴奋了起来。在大家还没有去家里看之前，那位比他人略黑给人以好感的青年，表情变得愉悦了起来。

——哥哥，得了莫名其妙的病。说是中风吧，还不到那个年纪，哈喇子不断，筋也缩着。为了照顾哥哥，嫂子晚上都不能睡觉。

因为作为弟弟的他来了，奋力站起来要去他哥哥家的年轻人们说："哦，主人家那个样子，让人担心。"大家讨论着去看望看望。明神鼻那时在我看来是很远的地方。我居住的村子是个叫作"咚咚村"

的地方。感觉有这样的名字的村子有它不可思议的地方吧，调查了才知道这里有这个城市的传染病医院，是火葬场发源地的部落，有对兄弟中的哥哥是火葬场最早的入殓师，那也是弟弟剥下野兽的皮做大鼓的地方，用"咚咚"只是为了单纯地冠以响亮的村名。青年们把从老人们那里听到的讲给我听后，我们轻轻地唱起了《红蜻蜓》，为使部落中要去自卫队的两三个男青年不难过，只是在心里告别了一下。昭和二十九年（1954）的夏天，在全国范围内渐渐兴起的歌声运动和文化联谊运动也波及了我们这样偏僻的地方。在木板之间的我的草屋里有农业技术员，有"公司的人"，有"泥土工"，有造船工人……而且咚咚村也已经破碎消失了。南九州农渔民共同体正在解体消失之中。

有一天我听说和坂上雪有同样疾病的少年（不，已经是青年了）正在找媳妇。啊，那就是春天来了。我想这一定是个不错的春天。坂上雪以那个身体……

但如果是她的话，自然而然地会做那样的事情的吧。想必一定是兴冲冲的，认认真真地帮那少年的忙的吧。既是因为两个人患有相同的疾病十几年，也是因为在同一病房共同抗病的经历。那样的事情她无疑会对自己说是"先祖的教诲"，是对这个世界的回报。

我从宫本忍的阿姨那里买了春天的裙带菜。忍的阿姨在卖货时是这样说的：

"姐姐，你不买些上好的裙带菜吗？"

"裙带菜呀，这个裙带菜有着水俣病的感觉哟。"

"不要乱说哟。这么好的裙带菜，在水俣是采不到的。是来自阿久根前面的东中国海的哟。"

"噢。（说谎说谎，是从公司附近的恋路岛底下采来的）是从那么遥远的地方来的裙带菜呀，长得挺好的。"

"便宜哟。一把五十元。两把八十元。一百元的话我找给你。剩下的用一半钱买豆腐还有剩余呢。"

她的丈夫宫本利藏在昭和三十九年（1964）二月去世了。川水这边的咚咚村，她明显地就来得少了。利藏老爹得水俣病对我们部落来说，也是很受打击的。就像定期来卖小沙丁鱼干儿的人那样，忍的阿姨拿着秤的形象，已经融进了这个部落里。她有自己的说话风格，如果说不要的话："要！你想永远在这尘世间受苦吗？给猫也喂些！"就会说类似这样的话。部落的女人们都以和她斗句嘴为乐，为让她感恩，说："那就一百文目[①]。"她道："那样的话就送你猫那份吧。"她用手举着秤杆给你看，再送一手窝的东西。

"没问题吗？公司的排水，不是还是危险的吗？熊大不是又说是水银了吗？阿姨这鱼，有废水的味儿。"

我这样说。

"有味也是好的。买吧。只有我命不好成了寡妇。划不来。你吃鱼，买一点看看。"

她说，骗你的，我带来的东西是在东中国海的海边采来的，不买吗？应该是真的吧，这样想着我就买了些裙带菜。

百间排水口所在海面的恋路岛的岛下面，沙丁鱼和裙带菜繁殖异常，消息在我们部落中喜欢大海的人之间很快就传开了，据说在那儿能采到许多裙带菜。说到水俣病裙带菜就会想到春的味道。这样想着我做了酱汤，出现了不可思议之事。大酱凝固了。大酱裹住了裙带菜。

[①]　旧时日本货币单位，一两银子的六十分之一。

含进嘴里时那个大酱黏黏糊糊的极不舒服地粘在牙齿上弄不掉。裙带菜粘在一起的同时还发出嘎吱嘎吱的响声。

——公司到晚上的时候就会向海里排放臭臭的像油一样的东西。晚上用矛扎鱼时，那个东西就会沾到皮肤上，黏黏的就像要把皮肤烧掉一样。

我回忆着听渔民们说到发生奇病的话时因吃惊而合不拢嘴的样子。

——水银微量定量法——双硫腙法、发光光谱分析法等等，都把我的舌头灼伤了。

对忍的阿姨还是留些情面吧，我想着这些。

关于窒素的秘密试验，有富田八郎氏寄来的信和数据。

《猫实验四百号》的数据。

我的家乡与"公司"的历史

我的岁月已经完全"脱轨"了。山中九平还是一如既往地打着棒球。

他进步了！就是，棒球一个队的所有角色都是由他一个人完成的。柴田也好，王（贞治）也好，连他们把长岛的球击飞时手的习惯动作都被盲眼的他表演得丝毫不差，乃至于裁判的角色。[①]

没有队友的一个人棒球，那是不得已而为之的，像他那样完全投入，连细节都模仿得惟妙惟肖，对于体育白痴的我来讲是很难理解的。九平少年十八岁了，一边觉得麻烦，一边一遍又一遍地向我解说棒球

---

① 柴田、王贞治、长岛都是 20 世纪 60 年代有名的棒球球员。

的基本知识，到下次的时候，我还是又会忘记的。

就像出现在潮水涨落中的那样，正在死去的人们和已经死去的人们沉浮于我的日常生活里。就好像人们在沉睡的夜晚被家人们提醒，不要发出像是要把肚子吐翻的呕呕的声音！我感觉到自己被困在了深深的、深深的洞穴之中。

在一个夏日里，我在头缝里发现了一根白头发。原来，这正是"脱落"的岁月！而且我认识到在那些岁月之中人们永不停止地死亡的状况开始持续不变。我不会拔掉这根白发。因为它会使我回想起人生的日日夜夜。珍重万分地尽量不让木梳齿碰到它。我的死者们，面对着无止境的死亡不断地老去。树叶在飞落。那全部都属于我。

我心中的景色，我心中的故乡，但那并不是全部。那是这样开始的，从小豆色的排着整齐的队形驶近的汽车开始的。

昭和六年（1931），熊本陆军大演习。

大演习什么的，如果不是把警察刀弄得嘎啦嘎啦地响的巡警突然来我家的话，我都不知道。还是在我生下来第四年的时候。

诚惶诚恐承蒙天皇陛下要来视察公司，视察新日窒工厂，所以要把祖母（我们叫老奶）带去公司海上的恋路岛，因会对陛下产生不敬，要用船运走。不听话的话，就绑着带过去——

走路时怀里总是放着小狗显得圆鼓鼓的女乞丐，还有狗小节、小田代殿下，还有佛六，据说都被绑上船带走了——在恋路岛上防止人逃走的看守还这样说："饭是上面给准备的，不会让人饿肚子的。"

脑子有病的祖母是不可能听懂这些的，也不是要征得亲人的同意。"出问题的话我就切腹。"

爸爸做出了承诺。那天我们家慎重地往家里的大门上钉了钉子。

盲眼的奶奶那天也无心地煮着山茶花的油糟，用有镶嵌物的梳子梳着洗过的蓬松的白发，和平时一样用陈旧了的素白布裹住胸部，一边不停地叠着和服的袖子，一边轻轻地咳嗽着。

"公司"前的稻田为了今天而提前被收割了，在那潮湿的田地里铺着稻梗，夹杂在跪坐的人们中间。排行老四的我从家里偷偷地跑出来，去参拜天皇陛下。田地的湿气弄湿了膝盖，还在不停地向上扩展时，我看到漂亮的小豆色的汽车从水俣车站排着队，向公司里面驶去。这是在我的心中最初的印象，"公司"就是穿过跪坐的人们行驶而去的如同童话故事中的小豆色的汽车。

但是窒素水俣工厂的初创就像前面叙述的那样当然是有历史的。

大正末年（1925 年前后），水俣村有两千五百户人家、一万两千多人口，村里的预算也就两万日元。

村民们对刚刚传进来的基督教、棒球、废除公娼运动、向夏威夷移民等事情，都阐述了自己的观点。原本对处于三太郎山与秘藩萨摩之间的"落后的熊本"就没有什么归属感，健在的有识之士们总是不停地在说，我们的村庄是直接受前面的长崎、中国大陆的时代潮流影响的，是东南亚和中国文明的直输地。因食盐专卖法的实施，开始放弃没有前途的盐田，向北萨摩的大口、牛尾的金山运送工业用煤，四百辆运煤的马车轰隆轰隆的车轮声昼夜响彻村庄。在大口修建了曾木电气，剩余的电力通进了村子，村里开始使用电灯了。生产碳化钙后不久，由德国传来的法兰克福·卡路里的工业空中氮固定法、罗马的氨合成技术也纷纷涌了进来。创立名为日本窒素肥料公司的社长野口遵这个男人，无疑很好地把握了村中有志人士开明的思想。省去了创立时的名字，这附近的人们都管窒素工厂叫"公司"。

"去公司的"是对在那里工作的员工的敬称。即使是单纯地被起了这个名字，但也在一定程度上反映了下层村民的心情。

　　"公司"建立之初，员工的工资是一天二十五钱[①]。根据水俣宗荣氏日记的记载，这个时期的物价指数是：

明治三十九年（1906）

　　鲷鱼百文目八钱、洋梨（四块）四十八钱、榻榻米一张八十五钱、贴三张金的旧怀表四元[②]八十钱、长披风十元、玉露茶二百文目每斤（宇治订购）一元十钱、金绘汤碗一套二十个八元、雏鹅八只一元六十钱、米一草袋六元三十钱、转包男劳力工资一天三十钱、烧酒一瓶七十钱、军队住民宅（演习）特务上士七钱、一般士兵六钱。

明治四十一年（1908）

　　米一草袋五元九十钱、杉树苗一株四厘五毛、显微镜七十二元（附件七元四十钱）、棉服一件二十六元、对虾二百只三元、木炭一草袋五十钱。

明治四十二年（1909）

　　米一草袋十二元五十钱、上村体温计两支三元七十钱、蚊帐十三元八十钱。

明治四十三年（1910）

　　蛋糕卷一斤三十钱、建筑工人工费六十五钱。

明治四十四年（1911）

---

① 1钱约相当于现在的200日元。

② 1元相当于现在的3800日元。

洋伞一把六元二十钱、盐一斤六钱五厘。

明治四十五年（1912）

米一草袋八元五十钱、丝柏苗一株四厘五毛。

大正三年（1914）

硫酸铵一草袋六元七十钱。

大正四年（1915）

谷子一草袋两元四十钱、二十元借一年利息三元八十四钱、抽厕所粪便十二担（人工）两元四钱、小便十八担九十钱。

是这样的情况。雇马车的费用是按照一匹马和两个人（饲料在内）计算的八十钱。建筑工人和这差不多，另外泥瓦匠、石匠、木匠、壮工和日窒职工的工资相差无几。就在前不久，说有个买胶皮底布鞋子的土木工，边摇头边感叹地说脚也不会湿，在草丛里走也不会被刺扎到。对村民们来说，好像很是介意去公司上班的人们穿着鞋子的脚步声（开始时穿草鞋，冬天穿棉和服上衣）。

——看看，那些去公司的人，今天也是酷—子、酷—子①地发出鞋子的声音去上班的。公司的人像道官员（在公司时像乞丐，回家的路上穿得像官员一样的洋服）——这样批评着。如果说就这样水俣村和窒素公司开始了恋爱般的开端的话，总觉得有点像明快的民间故事一样了。如是，就想起那个湖南里的、朝鲜咸镜南道咸兴郡云田面湖南里的村庄。湖南里村的事情说是民间故事也不为过。

这里有一张照片，铭刻着日本窒素肥料事业大观的，昭和十二年

---

① "不吃不吃"的谐音。

为纪念创立三十年刊行的厚厚的公司史。

朝鲜窒素肥料公司是昭和二年（1927）五月二日用资一千万日元建成的，坐落在朝鲜咸镜南道咸兴郡云田面湖南里一番地。大正十五年（1926）末拍摄的湖南里是缥缈错落的渔村村落。在那里有着一种怎样的生活和习惯，又是一些什么样的村庄呢？

——受惠于无穷的国运，公司已经飞速发展三十年了——

作为"无穷的国运和飞速的发展"根基的湖南里的村庄，居住在这里的人都去了哪里呢？翻开书页是与朴庆植著的可怕的《强行带走朝鲜人的记录》相重叠的湖南里的海滨。在那张照片的右上方还有一张照片及说明。

——下面是购买兴南工厂用地时的照片，买卖是在警察列席的情况下进行的——

穿着长长衣摆的冬季民族服装的村里老人们中间，夹站着日本的警察。那块土地的购买中为什么会有日本警察在警戒呢？

——当时工厂选址的地方是个只有二三十个朝鲜人住户的贫穷的村落，是个没有住宿的房屋，也没有饮用水的极其不方便的地方。从道路的修建、铁路的铺设到工程开工，每件事都是煞费苦心的。而且收购风土人情截然不同的朝鲜人的土地，也是极其麻烦的——因为"收购风土人情截然不同的朝鲜人的土地"是"极其麻烦"的，所以"在警察的警戒下进行的"是怎么回事呢？公司史如是曰。

公司自开创以来历时三十载，如果用一句话来概括的话就是扩张与发展的历史。……公司最初的前身是在鹿儿岛县内的一个山村里用二十万日元的资金创立的曾木电气公司，当时胸怀青云之志的青年工程师野口、市川两人，为他们远大的理想所驱使，从电气供给事业进军碳化钙制造业，又从碳化钙的制造进军石灰氮，接下来是硫磺铵的合成，随着时间的推移逐步完成了奠定公司基盘的时代。从公司的资本金变化来看，由明治三十九年（1906）的二十万日元到大正五年（1916）变成了一千万日元，借世界大战的契机，到大正九年（1920）达到了两千二百日万元，大正十四、十五年红利分配达 15%，堂堂地跻身日本的一流企业。

公司最初采用氨气合成法的是延冈工厂，也是世界上第一个成功的例子，并取得了空中氮素固定法的革命成果……在朝鲜咸镜南道一口气把工厂扩大五倍的壮举，使公司达到鼎盛，上升为世界性的大公司……公司也从化肥工业的一角发展到全化学工业的广阔领域……第二期公司的资本金由昭和二年（1927）十一月的四千五百万元到昭和六年（1931）翻倍为九千万日元……

昭和十年（1935）十一月，三菱刚一放弃朝鲜总督府权下的长津江水利权，野口遵立刻就得到了这个权利，为表示对长津江水电公司开业的庆祝，赋予水利权的朝鲜总督陆军大将宇垣一从京城的总督办公室通过京城广播发送了贺词。

朝鲜咸镜南道咸兴郡云田面湖南里这个海边的部落确实消失了。湖南里的许多村庄在朝鲜消失了，我知道有很多原先在那里的人们所发出的民族诅咒，死了再生、死了再生从来没有间断过。诅咒于这个国家的煤矿、强制收容所、广岛、长崎等地。诅咒于这个列岛的骨架的、结节点的病患中。这样的病患依旧存在于我出生的岁月里。

在属于自己的海边，我只是，弯着手指在数数。一个人、两个人、三个人、四个人，四个人死了、五个人死了、六个人死了，有四十二个人死了。

昭和三十八年（1963）末，我向桥本彦七市长提出了举办桑原史成的水俣病摄影展的提议。

——你是什么人呢？

——啊？额，主妇，我是家庭主妇。嗯，正在写有关水俣病的书。刚写了一点儿。也养猪，没有什么时间。还有家里的一些事情……

——哦，你知道荒木精之的吧？

——知道。

——那荒木知道你吗？

——知道的。

——那么在荒木君看来，在熊本你是排名第几的文人作家呢？

——啊？！哎，文人什么的，谈不上，那个……

然后就被轻松地拒绝了。荒木精之是熊本文坛的龙头老大般的存在。之后我又给熊本《日日新闻》的社长写了信，收到了恭敬有礼的拒绝信。

看我太过可怜，有个记者指点我向熊饱（熊本市饱托郡）教职员组合的教育节提交了举办摄影展的申请。教职员组合安排的摄影展在熊本市鹤屋百货商场举行。在熊本新文化集团的帮助下，摄影展终于如期举行了。但是不到半日作品就被撤掉了……

出版了小册子《现代的记录》，和那个蓬氏们一起，记录了从水俣开始时就没有停止过的反窒素的罢工。还有从天草的爷爷那里听到的西南战事与水俣病的事情。想发续集却也知道这种东西是极其费钱的，即使只出了一刊也欠了许多钱。“水俣病”是宇宙之谜。我的灵魂，一如前途迷惘的少女。我这样想着我自己。

我不由地要去吞咽下这些一点儿都不好消化的日本资本主义。吞咽下我们这种底层贫民在心底默唱的歌曲。然后还有，故乡。

那些都生硬地卡在喉咙里。随后我开始了关于足尾铜矿毒事件^①的调查。谷中村农民一个人一个人的临终景象，让人思绪久久无法平静。那些杂乱地混在一起，只好整个吞咽下去，然后……

茫然之际，我自身化作了岁月年华。

突然我自己开始逃脱了。到能够很好地眺望日本列岛的地方去。

但却是不可能看清楚的。因为那是会让你更加迷乱的东京。我在叫作"森林之家"的森林里。是建立了女性史的高群逸枝的森林之家。

然后去四国，去细川夫妻的家乡。之后再回到东京，去见年轻的技术史研究者们。想知道到处发生的工业公害的缘由是什么。

去到用泥土和氧气喂养细菌的富田八郎氏的研究室。说是也许会有把有机水银等重金属都吃掉的原始微生物，可是原始微生物的大群在我显微镜的视野里，却是有一只无一只的。

你呀，如果不蚕食掉我们的列岛的话，已经连让河流和海洋重新恢复自我净化运动的时间都没有了呀，我对着一只轮虫说。

之后又问了问 1962 年在伦敦召开的国际水质污染研究会的情况。向宇井纯氏。

也拜读了与清浦雷作氏进行国际论争的英国埃克斯特市公众卫生研究所摩尔氏的论文译作。关于第三次慕尼黑国际会议。

那些事情大致地听一下就回来了。回到我的抽象世界水俣，回到

---

① 19 世纪下半叶的明治时代初期开始的日本第一起的公害事件——铅中毒。

咚咚村。回到抽象到极点的家庭主妇的宝座。想着这里是微观的世界，歪着头呆坐着。

第二水俣病是在新潟阿贺野川的河畔出现的。

深深的、龟裂般的道路发着些许声音，纵贯着日本列岛。在怎样重重叠叠的岁月里，我们被交织在一起了呢？！

在我的青年小屋里聚集起来的青年们，现在每个人在合着各自的生活之苦吞咽着烧酒，盯着工厂招揽条例和垃圾处理问题的中年男人们再次呼吁起来，向强行要求患者集中到一个部落的"官员们"。

向窒素第一组合会员。向在安保期间带着日式干点心去看望静坐的渔民们的友好团体的同志们。向《现代的记录》的伙伴们。向日吉富美子。向着那些一直把议员年薪寄给住院患者的有识之士们。

沿着龟裂的道路奔跑，收到了飞到新潟的富田八郎氏和宇井纯氏的消息。

然后迎来了昭和四十三年（1968）。

第七章　昭和四十三年

水俣病对策市民会议

一月十二日夜，水俣病对策市民会议启动会。出席者三十人。

启动会决定事项如下：

目的

1. 要求政府在找出水俣病发生的原因的同时，开展防止第三、第四水俣病发生的运动。

2. 要求在对患者家属进行救济的同时，对被害者进行心理和物质两方面的援助。

会章

1. 会费为每月三十元，根据需要募集活动资金。

2. 会章的修改、废除及其他相关事宜，由负责人会议民主决定。

　会长　日吉富美子

　　事务局长是因工厂招揽条例及垃圾处理问题被桥本市政府压制的、共同出版《现代的记录》的市政府职员松本勉。

前途注定是艰难的。

我斩断了我的岁月。不许与那个切口有联系。

今年所有的事情都趋于明朗化。在我们平日的脚下淡淡的裂痕，更加裂将开来。不可以掉进那里面。把人们诸关系的众生相，从根部拽将出来。我们自己，赤裸着身体，被切成细丝的中枢神经，在冰隙雪缝之中，带着刺痛游弋出来。

在社会的自他存在中"脱落"、自我的伦理的"消失"、飞逝的岁月的"荒芜"中暴露出来。必须把他们联系在一起来看——

这次终于可以看到一部分的始终了吧。就像眼盲、嘴哑、耳聋的孩子做的眼睛是空洞、鼻子是空洞、嘴是空洞的玩偶那样，人群中的千姿百态——我只要默默地做那些泥偶人的模具就可以了。

互助会之间的管道还在律动。事情都是以前会长山本亦由氏为中枢的，他不仅是前会长，更是旧时海湾的重要人物、主管人，是就要崩坏的共同体的族长。婚冠礼葬、船的买卖、裙带菜的长势、小冲突的仲裁、各种各样的自身烦恼等事情都带进了因刚刚建成的国道① 三号线上奔跑的货车而震动摇晃的家里。他也是渔协的干事。于是给这位山本氏写信。

"市民会议都是年轻人参加的，对世间的劳苦，特别是水俣病的悲苦，是不会懂什么的，需要做什么，应该怎么做，还请多提建议。无论如何请多加指导，多加守护！"

市民会议发起的那个夜晚实在是沉闷的。因为在患者互助会上大多数人是初次见面。会议上提到了水俣病公布十四年来病因长期不明

---

① 日本的道路因出资方的不同而分为国道、县道、市道、农道等。国道就是指国家出资修建的道路。

的初期阶段。那是水俣病在这个地域作为禁忌的时期。是怎样一种禁忌的状态呢？

"我，好不喜欢呢。

"你是从哪儿来的？不管去哪儿都会被人问。都不好意思说出自己是水俣的人。

"哦，水俣的话听说过啊。

"是呀是呀，就是那个电视里说的有水俣病的那个地方吧。还有什么上电视了的，那个、那个罢工呀。

"和警察发生冲突了呢。罢工的人把脸遮上了什么的，你是那么了不得的地方的人啊，人品很差的地方哟。你是水俣的？是从那么稀奇的地方来的呀？说起来水俣是很渣的地方啊，就好像是肮脏的人的聚集地。出去的话水俣是很有名的哦。

"说到水俣病，该得病的人会得，会传染的呢，就像青斑那样。就那样说我们部落的人呢。在工厂，说那个人有水俣病哟，离远些，在后面用手指点着，谁都不靠近我，就像看到了什么可怕的东西了一样。我气急了，冲上去用拳头打，拽她们的头发。都变了，那里。

"现在待的地方叫部落。真的，如果装作不知是从哪里来的话，就会说哎呀，你没必要那么隐瞒的呀。呀呀，我们自己出去赚钱的时候，都不说部落呢。到这里就不用隐瞒了。因为全日本都有部落，我们一看就知道，是自己人。

"部落是什么呢？

"问旁边其他镇的人，就会说也就是放佛像和衣柜的方向什么的呀，和一般家庭不一样的吧？然后和部落不同的地方，也就是嫁人娶亲吧。那些老大爷说，你有缘来这个部落，照顾孩子、努力劳动，会是个好媳妇的。你是水俣部落的，你就决定是那个部落的了，也真是麻烦，说实在的说是部落的大家就都会很喜欢你的。节日和种稻子的时候就会被招待的。

"实际上我爹就是水俣病，我觉得什么时候死都不奇怪。已经离开那里了，说到我们的家乡水俣，是个痛苦的地方啊。"

中条宽子的父亲总是在檐廊下或厨房里做浮标。浮标是指拴在渔网周边的桐木做的鱼漂。不整齐的、不成形的有些高的浮标的山。

"看呀，来看这个人呀。脑袋变傻了。这是做过渔业组合会长的人啊。耳朵也听不到了，做过演讲的人现在连一句话也说不出来了，就那样，每天就是做鱼漂哟。要做到什么时候呀。

"那一定是到死之前都会做的吧。一心想要出海的吧。那也真是徒劳无益的呀。我家老公变成婴儿了。"

妻子从远处用看婴儿样的眼光悲伤地看着丈夫，一边看着一边说。用颤抖的手摸找那不成形的浮标，然后又啪的一声掉下去时，原先的渔业组合的会长抬头看着自己的老婆，挤出些带着困惑的烂漫的笑容。那个只是些木片的小山却是前渔业组合会长辛苦做出来的作品。他的神经越是集中，轻颤式的痉挛就会变成大幅度的痉挛，小刀、材料的木片什么的就都会落到地上。就好像做游戏似的他往自己的手指上刻，手指变成了浮标。即使出血也不会感到疼痛。因为神经末梢被破坏，一直都是麻木的。用唾液涂涂嘴，吹吹满是伤口的手指，他开始数数。再要一千个就可以了——

他最初是被送进了熊本市郊区的一家精神病医院。因为过于暴躁无法控制。一起住院的三个人中有一个人死后，他就想回去。之后哪里的医院都不想去了。精神病医院里剩下的那个人在昭和三十年（1955）二月死去了。就是刚才记述过的荒木辰夫。

　　宽子中学毕业后就辗转工作在奈良、兵库、爱知的七八个人到十二三人的织布工厂工作，最后偶然地进入这封闭的部落，时常会收到她用带着关西方言的水俣腔调，叙述渔村生活的精妙之处，还有在这样的环境下心灵的宁静的信件，现在却是音信不通了。大概成为一个"好媳妇"了吧？

　　父亲已经不做浮标了。当阳光像波涛一样吵吵嚷嚷到来的夏天来临的时候，父亲走向家下面的海岸。因缺少调节性而摇摆的高大的身躯，拎着像少女的花卉样的提篮，一边被青苔绊着脚，一边捡着海螺的幼壳。就那样伸开双臂，就像巨大的活动皮影，手里的提篮晃晃悠悠的，他就那样在闪着耀眼光线的海上，不，是在发着光的海里游泳。他撞上岩石，从滑溜溜的岩石上摔下来，浑身湿漉漉的，他穿着的整齐的衣服，每次总是这样被撕裂，耷拉着挂在身上。就像被海浪打到岸边的海草一样。在那充满大海的味道的海边遇到他时，他总是在各种各样晒干的海草和浮游生物之中，露出婴儿般无垢的笑脸。

　　"嗯，你说我们之后会去哪儿呢？"

　　"下次就是火葬场了吧。"

　　"不对，在那之前要去人们的菜板上面。"

　　"不对，在那之前要去精神病医院。"

　　"最开始要去火葬场前面的隔离医院的吧，之后是做熊本大学研究用患者吧，然后是去罕见病病房楼吧。"

　　"再后来是在汤之儿（水俣郊区的温泉疗愈场）做康复训练。"

"总之成了参观物被参观的哈。就是那个奇病呀。为什么说即使康复也不能出院呢，你得上你就知道了，水俣病。"

"其他因身体残疾住院的患者，被来探视的人错认为是水俣病时真的是感觉怪怪的呢。说是被损害了名誉，说不尽量远离水俣病的病房就是给添麻烦了，如果探望的人来了的话，马上就说这边这边，还会说那边是水俣病病人住的，我们是上等病，水俣病是下等病。"

"那样的话我们的名誉怎么算呢？"

"还有什么名誉呢，对得了怪病的人来说。"

"名誉！我们的！虽然得了怪病，但名誉是最重要的！"

"白吃，白看医生，白住，不是无忧无虑的，你们！现在的尘世间就是全世界，有人当面这样说。"

"那是说话的人很悠闲啊。现在是怎样的尘世间？想再回来的世间吗？"

"水俣病就那么让你们羡慕吗？现在就和你换呗。你现在就得，用公司的废水。有一百吨呢，用茶杯喝马上就能得哟。给你取来吧，从公司。换吧，立刻。我那样说。大家都来得吧得吧，得水俣病吧。"

"就是吓吓他们，即使是有仇也不希望他们得这个病。"

断断续续地听患者们这样说。

被招待出席启动会的中津美芳会长的致辞是这样说的。

"十年前，也就十年前，如果成立了这样的市民组织的话，我们也就不用这么辛苦了……太迟了……"

出席者们只能低着头，一句话也说不出来。

"你也得了水俣病吗？多长时间了？再没有这么折磨人的病了吧。或者，你觉得世界上还有更重的病吗？那个病，如果没有得比这更重的病的话，就不要说水俣病了。"

坂上雪这样说。

在市民会议发起前后她就陷入了错乱状态。任谁看来都是一对美好的夫妇，但是茂平却舍弃了她，也丢掉了自己的行李，到了晚上就匆匆忙忙地逃离了康复医院。

"把得了那种病的人丢下不管，那是有点儿……太可怜了吧，茂平。会不会再考虑考虑就回来的呀。也不会活多久了，雪女也有不对的地方。"

山本氏多次去医院看护她，也多次去茂平家劝说。

"知道她没有多久可活了。但是到那会儿连我自己都保不住了。我们在一起还不到两年。然后就都只是男方付出。雪女也没有把钱包交给过我。那让我很没有男人的立场。你让我怎么做？让孩子们以后也被那样的病人拖累的话，他们也要说爸爸没有将来，回来吧。"

不太爱说话的他把话说得这么清楚，山本氏感到"不可能了"。山本氏的妻子叹息地说道："到底是后凑到一起的，很难有感情啊，夫妻也好，孩子也好。"

"没有像你这样的家属哟。"山本氏感叹地说。

"是的，能做的我都做了。我的义务也尽了吧。即使我再多做一些，也没有再回到小雪身边的意思。从让我背负起水俣病开始。还说不是你媳妇的话就不会得这样的病什么的。我，不能把水俣病赖到我身上。连公司都不承担的病。拜托啦！"茂平这样说。

水俣的，你这里，如果不是嫁过来，
身体就不会变得，连月事，都要你来收拾。

回天草，回到从前，

回到原先健康的体魄，变，变回去。

这样说着的雪女拍打着墙壁，拍打着自己的胸膛。

那是在装疯吧，睡不着觉的病房楼的患者们说。

雪女走了。

为从那里出来迈出了步子。那就是那个，舞蹈。

生下来、就是、个、疯子、的。

这样嘀咕着。然后突然翻倒下去。

这里，是地狱之底。

掉下来看看，大家。

掉下来看看。

就一个人飞起来看看，跳到这里看看。

哼，精神正常的人们。

呸的一声她吐了口唾沫，对着天空。

为什么这里只是我一个人的地狱界？

啊啊，我现在掉下去了，救我，谁救救我。

没有能抓住的东西吗？

然后一周十天都不吃饭，也不洗澡。

也许茂平会突然回来，

那时，我变成、瘦瘦的、弱弱的、有气无力的，会比较好吧，

不，还是就这样死去的好呢？

如果让那个人喂我一勺，米汤。

你、抱歉了，让你照顾我这么久……

对不起但现在是我最幸福的时候，

我死后，你要娶个能干的漂亮的老婆，

在草叶的阴凉处祈祷……

现在会回来吗？明明我什么都不吃在地等着，

那个人是真的走了吗？不会吧？

茂、平——

茂平——给我洗澡。

给我洗澡。

不行不行不和护士一起洗，

不是那个人给我洗我不干。

这么慢、怎么还不回来呢？

时间让她更加坠落了。她无法着地，一边坠落一边向上喊着。

——看、着、吧，

看、着、吧，

看着，记住！

根据熊本大学德臣晴比古教授[1]对水俣病症状的分类（观察三十四例），有一种是"慢性刺激型"。"急性暴发型"的全部死亡，"慢性刺激型"有三例重症、两例中等症状的基本是废人。……"入院时状态……体格营养中度，脸呈无欲状，有时有强迫性失笑。有强迫性哭泣无法停止像 chorea（舞蹈病）状，反复做 athetosis（手足徐动症）样的动作……完全无法理解语言。脉搏 83，心、肺、腹部无显著变化。

---

① 熊本大学医学部水俣病研究班的中心成员，发现有机水银是造成水俣病的原因。

颈部僵直，凯尔尼格征症状，眼睑无法下垂，眼球运动正常，瞳孔圆形，左右相同大小，对光的反射稍稍有些迟钝，眼底无异常。无法测定视野（后来被证明视野狭窄），筋转动僵硬，肌腱反射全部亢奋但无疾病性反射。基本可以走路但有明显的摇晃、失调性。知觉方面开始时是指指实验（手指对手指的测试）、指鼻实验，但患者不配合，无法进行。

"经过……住院后各种症状恶化，九月四日（昭和三十一年，1956）意识不清，chorea 样的运动加剧达到角弓反张的程度。醋酸泼尼松片使用后三日恢复意识，几日后可以行走。进入十一月诸症状有所改善，但企图性颤抖（想要做什么时就会颤抖）、失调症状极其显著。次年五月突然发作全身性痉挛，之后一些细小的精神兴奋都会引起僵直性、间歇性（有间隔的发作）痉挛的反复发作。

"本病例开始时具有普通型的症状，但有的人精神极其兴奋，有的人痉挛性走路、肌腱反射性亢进、出现疾病性反射等显著的锥体路症状，有的人主要症状是锥体路症状和频繁性痉挛发作等刺激症状，随着那些症状的起伏，病体逐渐恶化的是慢性刺激型。"

把我的雪女，我的由利，我的杢太郎，我的爷爷放在身旁，我作为一个"黑子"（辅佐员），参与了市民会议的发起。

"佐藤……把尊重人命放在嘴边，同时怀疑着福祉社会的建设……对现在新潟出现的第二水俣病区……主要是对第一水俣病区放置不管的政府的——"

例如这样的演讲，不要认为是劳动组合干部的演说。

中津美芳氏的眼窝随着夜晚的降临而深陷，讲完了那可以说是绝唱的演说。在叫作水俣的这个地域社会里，只要水俣病还是禁忌之时，那种表现就只能是一种托词法。从她深深的眼窝里、喉咙深处溢出来的多年的仇恨、想法却是一个也说不出来。像这样存在于患者互助会会员们心中的无法讲出来的心愿，哪怕是一点点也好，有什么是市民会议能做的呢？市民会议什么的，对策什么的。公正的、永久的、亲密的集团形象，不是还不够完美吗……但是，出发了。更加沉重的冬天。

生命的契约书

大寒之夜，我给《西日本新闻》写稿。

命题为"虚幻的村民权——可耻的水俣病契约书"。

昭和四十三年（1968）一月十二日夜，水俣病对策市民会议在会见了水俣病患者互助会的历代会长之后启动了。

令人难以置信的是，水俣市民的组织与水俣病患者互助会的那次会面竟然是第一次见面。从水俣病公开的昭和二十八年（1953）年末开始，其间历经十四年。那是漫长的初发时期。

第一代患者互助会会长渡边荣藏氏七十岁，现会长中津美芳氏六十一岁。渡边氏是在昭和三十四年（1959）十一月二日，不知火海沿岸渔民最大暴动的那天，作为比渔民团更加孤立的患者互助会的会长，向第一次来水俣视察的国会议员团进行请愿陈情的人。当时，他的头发半白，现在变成了全白，悲伤难过的脸变得更加细长了。

市民会议中额头的皱纹深处刻有八十九家水俣病患者苦恼的渡边、中津两位第一次相对而坐，这是作为自己人，带着相辅相成的想法相继发言。列席者大体是因职业与患者家属有过联系的市政府职员，还有一女性市议员、一男性市议员、医生。教师、社会福利机关的调查员，特别是窒素公司的员工们始终低着头，在表决时才红着脸表示赞成的心情，尤其体现了对市民会议来说他们所抱有的对水俣病事件的原罪意识。

水俣病患者及其家属，这十四年来，是被完全孤立、置之不理的。根据熊本大学医学部的研究，原因是新日本窒素肥料工厂排放的污水中含有有机水银化合物，它的主要成分是烷烃水银基，经过流行病学、临床、病理、动物实验，以及水俣湾周边的动物、鱼贝类、海底泥土中含有的水银量等证明，毫无疑问地在学术上也加以证明了。

毋须赘言，这件事的责任在于虽然已有学术上的证明，但仍然不在政治上承认的这家企业、地方自治体和日本国政府。

这里有一张令天地失色的可耻的古老的契约书。新日本窒素水俣工厂与水俣病患者互助会在昭和三十四年（1959）十二月末缔结的"慰问金"契约书。摘要是，

水俣病患者

儿童的生命一年　三万日元

成人的生命一年　十万日元

死者的生命　　　三十万日元

丧葬费　　　　　两万日元

因物价上涨，三十九年（1964）四月生命的价格也有稍许上调，

儿童的生命一年　　　　　　　五万日元

那个孩子去了的话	八万日元
到二十五岁的话	十万日元
成为重症的成人的话	十一万五千日元

"乙方（患者互助会）将来即使知道水俣病是因甲方（工厂）排放的废水引起的，也不可以再要求一切新的补偿。"

这也是后背上贴着人权思想行走的日本国在昭和三十年代的价格。

在这样推移的过程中，窒素工厂在缩小，合理化在推进，我们的水俣市又开始招引工厂，水俣病事件在市民中也逐渐成为禁忌的话题。

都在说如果提到水俣病的话，工厂就会倒闭。工厂倒闭的话，水俣市就会消失。与其说市民不如说是在明治末期水俣村村民的意识中，新兴的工厂是在我们的怀中孕育成长起来的偏僻之共同体的幻想。

市民会议打破这个禁忌是为了把村民权、住民权、市民权握在自己的手里。为什么说村民权呢？

《足尾铜矿毒事件加害事项附着质问书》是在明治二十四年（1891）十二月的第二次帝国会议上被田中正造提出来的，渡良濑川旁的谷中村被矿毒和明治政府强迫破坏七十年来，一直到最后都在信赖着当时的政府的谷中村村民，至今仍未恢复其权利，矿毒事件本身也因政治需要而没有被追究。

水俣病事件也是，痛痛病① 也是，都是在谷中村灭亡后七十年的潜在期间出现的。也包括新潟水俣病在内，工业公害都发生在边远的村

---

① 痛痛病为日本最初的公害病，日本四大公害病之一，是因岐阜县三井金属矿业神冈事务所排放未处理的炼矿废水，在神通川下游的富山县发生的公害。金属镉中毒，因患者全身疼痛一直在喊疼疼疼，故命名为疼痛病。

落这种现象，昭示出日本资本主义近代工业在本质上是对下层阶级的侮辱、轻蔑和使共同体的崩坏进一步深化。它集中的表现使我们必须直视水俣病的症状，不应该是以失去人命为代价的。

死者的灵魂是其唯一的遗产，手无分文的水俣病对策市民会议启动了。

但是对于这个国家的弃民政策来说，水俣病对策是怎样一种脆弱而愚蠢的名称啊？！

即便不是那样，实际却是水俣病患者就连在被叫作最小单位村落的月浦部落、出月部落、茂道部落等地，也是被孤立的，甚至连村民权都在逐渐失去……

水俣病对策市民会议，会长日吉富美子。

——我呢，自己认为是对的事情，就一直向前，前后左右都不看，只是向前冲的人哟。

就像在进行曲的伴奏下过山谷上的独木桥那样，她真的只是前行。纯情的正义主义是我献给她的尊称。她是从小学的教学主任参选女性社会党议员的。日吉党，我们也这样叫她。从那层意思上来讲，她是一个人。没想到到了晚年，充满荆棘的道路在她的眼前展开。可她的一个爱女这样说：

"妈妈总是做吃亏的事情。与众不同。但是有特殊的才能呢。大扫除的时候是扫最脏的地方、没人做的地方，清洁泥沟啦、收拾老鼠的尸体啦什么的，那时一个人也是精神百倍地干着！"

富美子老师家旁边的爱女一家的生活，就这样被卷进市民会议事务局里来了。

她的活动令人瞠目结舌。任何时候都是站在最前面。她总是抱着右胳膊肘抚摸着，是神经痛。五十三岁有七个孙子、外孙，说年轻的话也是年轻，但我们总是捏着一把汗。

　　一月十八日，日吉会长与患者互助会一起冲进松桥疗护院向园田厚生大臣当面陈情。与松本勉事务局长、新潟水俣病律师坂东克彦氏取得了联系。开始了与宇井氏频繁的通信。

　　一月二十一日，迎接新潟水俣病的相关人员。那是个夹杂着碎雪的寒冷的一天。

　　这天窒素第一组合的宣传车"不知火号"和市民会议约五十人、患者互助会约五十人一起去迎接那一行人，拉着双方水俣病重症患者的车走在游行队伍的最前列。

　　这里那里到处都是凹进去和掉漆的伤的、也不知怎么了令人吃惊的"不知火号"，这一天与水俣病患者互助会一起，到车站前的广场迎接新潟水俣病的被害者们这件事，显示出窒素第一组合谨慎的态度。"不知火号"胖墩墩的身体拘谨地停着的地方，是十年前患者互助会在寒风之中静坐的工厂正门前的广场，也是那时分裂前的窒素组合收回了借给静坐的渔民们帐篷的地方。在被称为小型的"三池"昭和三十七八年（1962、1963）的固定工资争论会时窒素组合分裂了，分裂出来的新劳（动组合）开着崭新的黑色的大型车在市里面跑着，因为以前的"不知火号"载着三池负责人，向遇到的每个人诉说"请市民们帮助"，听到喇叭里响着"这里是'不知火号'"的车行驶时，市民们就会有"呵，旧劳呀"这样的反应。那样的"不知火号"在这一天载着患者们来到站前广场，领导行动，虽说这是应市民会议的要求，也让人感慨万千地注视着。新潟那边的人是，被害者六人（近喜代一会长、桥本副会长、桑野四郎、古山千惠子及其双亲)、辩护团、电影摄制队(纪录片新潟水俣病制作班)、宇井纯、新潟县民主团体水俣病对策代表。

一行人"动作敏捷"地在水俣车站前下车后,在也就是十年前不知火海沿岸渔民集结、后演变成大暴动的广场上排列,相互间激动地进行着短暂的问候,随着"不知火号"女声广播员声音的响起,开始进入了那个大渔民游行之路。

星期日的市内静悄悄的。大约一百人,合着前排患者们生硬的步伐,前进中的奇形怪状的队伍让人直吸气。那是十四年来的禁忌在慢慢显化的一瞬。我感到了无言而僵硬的水俣市。

这条路,从到昭和三十年代开始多次走过游行队伍:归还冲绳大行进、原水禁大行进①、反对警执法游行②、反安保游行③、水俣渔协游

---

① 原水爆禁止世界大会 1958 年 8 月在东京召开第四次会议。6 月 20 日从广岛的原爆纪念碑前出发去东京,步行一千公里,是最初的"和平行进"。参加人员每天增加两三人,最后达到了一百万人次。

② 1958 年,为加强对民众运动的约束,岸信介内阁提出了无限扩大警察职权的《警职法改正案》。因社会党的反对,国会停止了对该案的审议,由此引发了全国范围的反对《警职法改正案》的游行。政府最后放弃了《警职法》的修订,改正案成为废案。

③ 1960 年 1 月 19 日,日本和美国签署《日美安保条约》,旨在加强两国间军事协作与安全保障。这个条约与在 1951 年 9 月 8 日美军结束对日本的占领后签订的安全保证协议(又名"旧安保条约")相比,增强了日美关系的对等性,一定程度上纠正了旧条约不平等的条款和内容。但是日本国民最关注的几个问题却没有得到解决:一是驻日美军、美军基地和刑事裁判权问题;二是驻日美军基地核武器化问题;三是琉球和小笠原群岛归还问题,尤其是新条约的适用区域问题扩大了日本卷入战争的危险性。自日美开始修约谈判起,日本国民就掀起了战后最大规模的社会运动,即安保斗争,也被视为日本革新(左派)与保守(右派)两派的大斗争。1959 年 3 月,日本 134 个社会团体召开大会,自发组成"阻止修改《日美安保条约》国民会议"。到 1960 年 3 月,参加国民会议的组织已达到 1633 个。4 月 26 日,国民会议展开第十五次统一行动,举行请愿、集会和示威。国会收到请愿书 17 万封,参加请愿的人数达到 330 万人,成为日本历史上"空前的大请愿"。

行、水俣鲜鱼零售组合游行、水俣病患者互助会最最冷清的游行、不知火海沿岸大渔民团游行，然后还有反对固定工资争议、第一组合、第二组合的游行，农民组合，还有夹杂在那里的黑色染色体样的机动队的身影……

　　跟在队尾，一边走我一边想起了驱虫呀、深夜祈雨的祭文呀，想起铜锣和钟的声音。咚咚咚、锵锵锵、咚咚、锵锵的铜锣和钟的声音飘响起来。那是在权限殿下森林上方和矢筈山的山顶，就连在亡灵岳那边也能听到。哈哧哈哧地挥洒着汗滴，戴着勒紧搅豆用的缠头布的男人们，边踢着脚转着圈边敲着锣。排成几排几排的，被叫作村娃的孩子们，也总是跟着像河流样的队列。六个人抬着的铜锣咚咚地敲打着，一圈圈地转着。钟声引导着锣声，锵锵地响着。里面有一个以女性的名字命名的"御母屋"的钟发出的声音最美。就是那样的队列。

　　　　向龙神、龙王、所有诸神祈祷，请平息所有的风浪

　　　　向您祭献神代的公主，请赐降雨水请赐降雨水

　　　　不降雨的话，草木枯萎，人类也会灭绝

　　　　收下公主吧，收下公主吧

　　在八月的炎热之日里，队伍哈哈地喘着气。一边用皱巴巴的缠头布擦着汗，一边敲打着铜锣祈雨的、撩起后襟的年轻人们，现在无疑已经变成了爷爷。一想到这些，就像能够听到轻轻的、轻轻的，那些吞咽下的久远的节日歌曲。突然哼起了仙助老的《棍舞歌》[①]。

----

① 棍舞是在鹿儿岛、熊本、宫崎等九州地区及冲绳等地，祈愿丰收之年时，和着棍子跳的舞蹈。

那是从各个村里的小路上走过来，去镇里参加各种节日的。祈雨也无疑是其中的一个节日。

一月二十六日，新潟最后一班人离开水俣。

二月九日，面向全市人民发送了市民会议启动意向书，夹在报纸中。

三月十六日，与患者互助会会长们一起，日吉会长向熊本县议会及水俣市议会递交了同样内容的请愿书，也向县议会透露了有长野县议的唆使。

请愿书

因现在对水俣病的对策不如当初，而且随着时间的推移来自各方面的关心也有变少的趋势，作为当前的解决方法，就以下事项进行陈情请愿。

一、请与相关部门联系，在对水俣病患者的生活保护①的收入认定中扣除来自窒素公司的慰问金部分。

二、请积极帮助水俣病患者家庭互助会人员的就职、调动工作等事项。

三、请在汤之儿医院设立以身心残疾儿童为对象的特殊学年。

理由

一、现在窒素公司给水俣病患者支付"慰问金"。但是，这个"慰问金"被认定为属于生活保护的收入认定对象的一部分而导致

---

① 根据1950年制定的生活保护法的规定，对经济贫穷的国民，国家或自治体为保障其最低限度的健康的文化生活，而支付生活费的公共扶助制度。

患者无法领取生活保护费，而且现实的情况是，现在领取生活保护费的四个人领取的也是从生活保护费中扣除后的金额，实际上失去了生活保护费的意义。所以请去熊本县乃至中央政府做工作把从窒素公司领取"慰问金"的水俣病患者，从生活保护费的收入认定对象中扣除。

二、昭和二十八年（1953）水俣病发生以来对水俣病患者家属来说有的家庭因为病魔使一家失去了家庭支柱，有些人成了废人，有些人拖着不自由的身体努力地生活在世人冰冷的眼色之中。而且从学校中走出来正要向社会踏出一步的年轻人们，也因为是水俣病在就职时遇到了许多困难。在有患者家属调转工作或找工作的请求时，请多加以协调与帮助。

三、先天性水俣病患者和幼少年时患水俣病的孩子们之中，能够学习的儿童也无法进入特殊学年进行学习，被关闭学习道路的有数人（包括两名至五名在自家疗养的患者），还有因其他事由变成身心残疾者的孩子们（在汤之儿医院住院的十六人），为了这些孩子请一定在水俣市立医院汤之儿分院设立以身心残疾儿为对象的特殊学年。

请愿如上。

昭和四十三年（1968）三月十五日

　［注］

一、水俣病患者的家庭互助会是在昭和三十四年（1959）八月以交涉患者家庭补偿金为目的而结成的。现有六十四个家庭构成。

二、水俣病对策市民会议是为使国家明确水俣病的病因、确立患者家庭今后的对策、到自治体及政府活动为目的而成立的，现有会员二百名。

水俣病患者家庭互助会

会长　中津美芳　印

水俣对策市民会议

会长　日吉富美子　印

熊本县议会

　议长　田代　由纪男　殿

介绍议员

三月十八日，日吉会长等与互助会一同向国会陈情，在东京与新潟水俣病代表八人会合，向科学技术厅、经济企划厅、厚生省、通产省进行了相同内容的陈情。

之后向市议会继续提出了治疗时使用比起《原爆手册》更直接有效的《交付患者手册》，给身体机能恢复后的患者们介绍职业，对住进康复训练中心的患者实施全程护理，增加看护人员的人数，康复训练中心内设置特殊（养护）学年等要求。与市民会议的行动基本同时开始进行的是在当地的《熊本日报》上开展的宣传活动，题目是"水俣病的呐喊"。

随后是《朝日新闻》开展的活动和在中央政府任职的天草出身的

园田公害大臣^①的行动。他的发言是《独行的跑道》。

五月，厚生省发表了《疼痛病的原因是来自三井金属神岗矿业所的镉》，这也成为国家的最后结论。逐渐地，所有的新闻报道机构都对潜在的各种公害的发生预兆有了高度的关注，更是有了追究出现水俣病的两地政府的见解的动向。国民的、生存的危机感的反应……但是新闻机构也有繁忙多忘的倾向。

包括水俣病事件的潜伏期在内，昭和二十四年（1949）开始市政的水俣市政府是：

二十五年（1950）三月——三十三年（1958）二月桥本彦七市政

三十三年（1958）三月——三十七年（1962）二月中村止市政

三十七年（1962）三月——至今桥本彦七市政

三十一年度（1956）到四十二年度（1967），水俣市支出的水俣病对策费是生活保护费、教育扶助费、医疗扶助费等共八千六百九十三万日元，三十四年（1959）竣工的市立医院水俣病病房楼工程费为八百零八万日元（三十二个床位）。四十年（1965）三月竣工的汤之儿康复训练中心的工程费是二亿五千万日元（二百个床位）。患者使用的，到现在不过十几个床位。

桥本彦七氏，生于北海道，被窒素公司史记载在"本公司，帝国特许，发明者之项"中，他是在昭和六年（1931）获得的"醋酸合成法"专利，之后又与井手繁联名拥有的"从次乙基、醋酸异丁酯中制造无水醋酸及乙醛的方法""乙醛制造方法""浓缩醋酸水溶液制造纯

---

① 园田直 1967 年就任厚生大臣。作为第一个来水俣市访问的当任厚生大臣，他向深陷水俣病痛苦的患者及其家属谢罪，承认水俣病为公害。

醋酸的制造方法"等六项专利，在德国、法国、意大利、加拿大、英国也拥有同样的专利，也就是从昭和七年（1932）进入该工厂生产体制的醋酸制造流程、为后来醛的生产奠定了基础的人才，终战时，任水俣工厂的厂长。他既是窒素的有功者也是水俣的有功之人。对这片土地的感情，是他出任革新派的市长的契机。

"和平的城市、美丽的城市、富饶的城市、新兴产业福祉都市的建设"是桥本彦七氏的口号。市当局对市民会议启动的反应是微妙且值得深思的。

——桥本水俣市长祝词后，"共同慰灵祭"在市民礼堂拉开了帷幕，……而且几个月之前，在新潟来的访问者面前，充满信心地问"去汤之儿医院看了吗？市里为水俣病患者做了许多事情。现在这样虎头蛇尾的市民运动什么的不是很怪吗？"被这样言辞锐利的桥本市长的豹变惊到，即使有这类的事情……（《熊本日日新闻》10月6日）

即使有这类的事情，市当局也对互助会和市民会议提出的诸多如前所述的、小小的基本性的要求，用他们提出的形式，让我们看到了逐步改善的动向。

九月十三日，召开了由水俣市主办的首次"水俣病死亡者共同慰灵祭"。

实际上在此之前大约三周，日吉会长一边惴惴着一边向互助会提出了共同商议慰灵会的事情。市民会议尊重互助会会长"那样的话最好让市里搞，祭拜品还多"的意向，采取了静观的态度。但那是怎样的一个奇怪的慰灵祭啊！

水俣市在初次主办的慰灵祭上，不算作为会场工作人员的市政府职员，参加的一般市民，我每次张望的时候都是一个人也没有看到。

但这种情况并不是没有预想到的。因为水俣市整体都处在异样高昂的热情之中。昭和三十四年（1959）暴动之后马上发生了显著的变化，市民对水俣病的感情也完全呈现出同样的变化。向《朝日新闻》表明不会停止对公司起诉的先天性水俣病死亡患者岩坂良子的母亲上野荣子氏的家里，连窒素新劳要"洗濯游行"①这样的谣言也传了进来。

"水俣病就这样不停地出现，变成大事儿了。公司要倒闭了。水俣陷入黄昏的黑暗之中，哪里还顾得上水俣病患者啊！"

也无心工作，市民们在角落里、在十字路口、在电视机前面议论着。一百一十一名水俣病患者和四万五千名水俣市民哪个重要？这样的说法就像野火一样扩散开去，现在变成了大合唱。对市民来说没有比这更重要的事情了。这才是这个地域社会的街谈巷议呢。这和新闻报道机构关心的集中度形成了极其鲜明的对比。只要是与水俣病有关的，不管是怎样高深的道理，也不管是怎样有识之士的意见，都无法进入这个地域社会。新闻报道机关更是外人中的外人。从园田厚生大臣的言语和行动上来看，离政府对水俣病问题发表看法也近了，窒素的企业责任也愈发明确了，这让市民们痛苦地感到这难道不是第一次被提出来的吗?

大概是水俣市当局已经没有什么余地了，慌慌张张地，一定是完全忘记号召市民们参加了。

各家报社等待政府发表看法，连日多角度地寻找"消息"。市民会议启动的时候，市长对日吉富美子会长说"虎头蛇尾什么的"，后来还模仿，做出奇怪的女性的姿态，他好像在侮辱日吉老师，我们都惊呆

---

① 一种恶趣味的游行，把人围在中间，加以揉搓、推挤。也可以说是一种私刑。

了。因为那也许是市长的一个表演吧，我们就兴趣盎然地看着。

即使有那样的经过和情况，如果怀着诚挚的态度向市民的内心诉说的话，比如哪怕如火花闪现般的桥本后援会（政治结社）的传单，或者哪怕是街道内事务长的通知，又或者哪怕是每个月都发行的市报，号召大家参加就可以了，可是市里把它给忘了。

水俣市礼堂，水俣病死者共同慰灵祭会场。我走到能轻松地装下两千人的礼堂的接待处去数互助会的名单。在水俣市这样的氛围中，我通过聚集而来的遗属和患者，思考着他们的心情。互助会八十九家中有三十九人来参加。

设在会场正前方的遗属的座位周围空落落的，在左手边摆放着比遗属座席高出一阶的桌子，桌旁坐着的是胸前戴着假花的来宾。来宾致悼词。德江窒素分公司经理、新闻报道人员走进了空旷的会场。

"请允许我讲一句。……非常非常抱歉，……添了极大的麻烦。近期政府就会拿出结论。我们将忠实地遵从政府的意见……"

德江氏的声音回响在空阔的空间，留下了极其突然的印象。

我凝望着遗属座席。看遗属们的背影。看宫本忍的阿姨的凌乱、灰白、微秃的发髻。她丈夫的吊唁金被砍掉了一半。理由是死亡诊断上写的直接死亡原因不是水俣病。

"哎，姐姐，就像鱼减价一样，人命也被贱卖。我家里的人都想能超度，为我们举办了这么好的慰灵祭，这样就能超度了吧。今天是好久没有过的怀念了。又给诵了极好的经文，看了照片后烦恼就不会涌出来了。今天真的是太感谢了。让我们拜祭。"

她手挂念珠合掌这样说道。

窒素公司江头总经理在这天表示"水俣进入不寻常状态，如果不能得到当地全面的合作，那么五年计划将无法实施"，显示出些许要撤走的样子。第二天十四日，用窒素新劳的名义通过报纸折页向全市人民散发了传单。"政府正在进行公害的认定。察觉到的不安就是这个问题是不是会给水俣市的发展带来阴影呢——"传单开头这样写着，又以"让我们携手吹掉乌云，为促进水俣的再次发展，为改变公司的决定"做结束。窒素公司无疑是找到了市民感情的节点。慰灵会刚刚结束后的这个时段是最有效的时期，这个判断无疑也是正确的。我还记得，昭和三十四年（1959）十一月工厂停止排放污水，以宣布停工的员工大会之夜为分界，一夜之间市民的感情中就有反渔民的趋势了。抹掉自己是杀死多人的杀人犯的事实，把渔民树为暴徒，以工业诱惑打开血路，就这样毫无痛苦地从一直只是逃避"农业落后县保守的熊本"的舆论的困境中逃将出来。无疑还是记得签订《慰问金契约书》的那个时期，那个做了却无法回忆的时期。

这已经足够了。更加高强度的禁忌产生了。禁忌哟，我觉得原本是应降低热度使其变冷之后冷冻。如果禁忌高度凝固，就会结晶、变质。

昭和四十二年（1967）三月，一度由革新派提出的、被通过的取消工厂招人的条例，在九月因市长的提案又复活了。这个时期有被共产党弹劾垃圾处理不当的屎尿汲取行业的社会党市议员紧盯着桥本党，垃圾处理问题依旧没有解决，复活条例被用在了窒素公司合理化计划中的小公司中。窒素公司合理化五年计划是，把现有的两千七百人裁减一半，在这个计划公布的前后，水俣窒素公司的首脑一边举行"听取前辈意见会"，一边于当年的五月组建了政治组织"桥本市政后援会"。

八月三十一日，窒素第一组合（合化劳连新日窒劳组）召开定期大会，提出了"为水俣病我们进行了什么斗争？我们什么也没斗争。

作为人、作为劳动者这是可耻的。什么也没做是耻辱的，为水俣病而战斗！"的宣言。只是可以预见的可变部分。反复高呼"保卫窒素！保卫公司！"的口号，还会继续。

天皇陛下万岁

九月二十二日园田厚生大臣来到水俣。

患者互助会的成员聚集在水俣市政府的台阶下。看着眼前天草出身的"大臣殿下"，互助会的人们眼泪比语言先涌了出来。十年前，求助于"国会议员的爸爸、妈妈们……"的中岗沙月走了出来。但是仅仅挤出了"拜托了！请多关照！为了患者及其家属请多多关照！"这几句话。渡过天草而来的多数互助会会员，胸中澎湃万千却什么也说不出来。这是预定日程中没有的插进来的请愿。大臣带着沉重的思索着的表情离开了。对着他的背影，回响着从肃穆地哭泣着的人们口中发出的高亢的、宗教和弦般的"拜托了！"的轮唱。互助会的孤立是越来越严重了。

在汤之儿康复医院住院的患者坂上雪，从康复中心搬到养育院（精神病医院）时办完了离婚手续，她是五月份决定离婚的。她恢复旧姓，变成了西方雪。控制了严重的错乱，"有抛弃之神就有救赎之神"，脸上闪着些许的微笑。出生在天草牛深的她，怀着眷恋的心情，更是格外地期待社保部部长的到来。

"穿着上好西装的人们一气儿走了进来，有三十人，哪个是部长啊，一点都弄不懂。被三十人围着，看不到呀。……反正我也不是给人看的东西。

"部长是哪个人呢？这样一想我的脑袋就嗡地……是在小杉原由利被灯光照着拍照的时候吧，然后，啊，又来了。意识到的时候，就已经搞砸了……"

"搞砸了……"就是指水俣病症状痉挛的激烈发作。之后她就像这也是没办法的样子，夹杂着隐隐的泪花笑了。

做好应急准备的医生们，用了三个人才按住她，也打了镇定剂。肩膀处和两个脚踝被按住，注射液一点点地打进去，突然从她的嘴里发出了

"天、皇、陛、下、万岁"

这样的绝叫。

病房里寂静无声。部长有一瞬间流露出不安的表情，看向原由利病床的方向。接着她从微微抖动的哆嗦着的嘴唇里，唱出了不成音调的《君之代》。那是充满不安的不成调的声音。

被渐渐扩大的阴鬼之气包围压迫，一行人被诡异的气氛压倒，离开了病房。

九月二十六日下午，由卫生社会保障部科学技术厅发表了政府的见解。

负责水俣病整理总结的卫生社会保障部："原因是有机水银化合物，在新日本窒素水俣工厂的乙醛醋酸设备中产生的有机水银，存在于排放的废水之中，污染了水俣湾内的鱼贝类。"企业责任第一次被指出。这是患者出现十五年来的第一次。关于阿贺野川事件，科学技术厅认为"旧昭和电工鹿濑工厂的废液中含有的有机水银化合物污染了阿贺野川，造成了中毒的发生"。这是间隔四年的结论。

九月二十七日。

窒素江头总经理从东京过来，说是来给患者家庭道歉的。原来如此原来如此。我想我要好好地迎接这一天，必须见证这一切。

报道的主力大半都在二十六日政府发表结论之后撤走了。政府的结论，从园田部长"入国"的二十日前后的言语行动等"礼物"中可以预测到，新闻舆论也不过是使之进入最后阶段。从现在开始水俣病事件最后的深渊也就慢慢地张开了。事件发生历经十五载，如果算上那漫长的潜伏期，比足尾铜矿毒事件还长七十年，这个潜伏期亦是充分的。我有足够的时间细细地品味这些岁月。肠子臭了，直到呕吐。窒素老总无疑会坐公司的车子转。为了这一天，削减家中无用的开支，准备好钱。我包了辆出租车跟在后面跑。

最先去了山本亦由新互助会会长的家。晚了一步。他的双眼中满是复杂，充着血。一定是多日无法入睡了吧。论及政府的结论，我说到他多年积累的辛劳，想到此后补偿交涉的困难我深深地低下头致敬。他频频点头，少有地自己说起了患病的女儿。"早晨出海后，总经理来了……"说了起来。这时前院传来踉踉跄跄的脚步声，出现了一个妇人，喊着：

"叔叔！"

却绊倒在玄关入口处，开始大哭起来。

看着她蓬乱的头发和露着两肩的内衣的样子，一瞬以为自己看错了，是出月的居家看护重症患者，多贺谷贵美（四十八岁）。

"干什么呢？怎么了？"

山本氏直起腰喝道。

"叔叔，那、那、钱，一分也不要！到现在为止，为了市民，为了公司，不说是水俣病，就这、这么过来的，已经、已经要被市民的舆论杀死了！叔叔，这次真的、被市民的舆论杀死了。"

一看她赤裸着双脚。

"说什么呢！现在正是要开始和公司进行补偿交涉的时候，乱说什么！谁说什么了？"

"大家都在说。公司倒闭了，因为有你们的存在，水俣市也会倒，那时借给我钱哟，说是有两千万。这次真的会被杀的，叔叔。"

"不要说这些浑话，把说这些话的家伙带来！带俺家来！我来告诉他们，我们在忍耐着。水俣市现在是安稳了，如果我们闹起来的话水俣市会变成什么样子？我就这样说，带来，把那些家伙。我一个人来对付，带来，不要担心……"

黯然的我把手放在她的肩上。

"回去吧，回去吧。身体不好，不穿和服的话……"

带着些许莫名的表情，她站起身来，还残留着哭泣的抽搐摇晃着往回走了。左手拽着的旧毛巾一头长长地拖在地上……

她的背影与后来九月二十九日召开的"水俣市发展市民大会"的景象重叠起来。

《每日新闻》熊本版四十三（1968）·十·十九日

"水俣病被认定为公害"连载（三）

象征疾病的水俣＝患者背对着市民大会

① 全面支援水俣病患者家庭互助会

② 支援窒素再建五年计划的实施

在挂起这两条标语的九月二十九日，召开了水俣市发展市民大会。

发起人是从工商会议所① 到烫发协会、风俗营业组合共计五十六个团体的会长，也包括妇女会、青年团在内，以工商业者的团体为中心。

其主旨文中这样陈述道："与窒素公司共同繁荣的水俣市……以昭和三十七年（1962）的大争议为分界线开始陷入了某种疯狂……这个弊病，在这次的水俣病问题上清楚地表现出来……再次给走向繁荣的水俣市带来了阴影。再者虽说间接原因也有窒素工厂的因素，但过于追究它的责任，是不是就失去了寻找打破现状的途径了呢？"打出支援水俣病患者市民大会的旗号，大概这也是第一次吧。但是，和支援窒素公司一起提出来，也是这个大会的稀奇之处吧。

这也从接连不断上台的知名人士不知在哪里停顿的、辩解般的语气中看得出来。

田中工商会议所所长说："拒绝担任会长的职务。"下田青年团团长说："窒素公司与市民团结一心……"大崎美津妇女会会长说："去公司的人们（指窒素公司的员工）的梦想就是回到充满人情味的城市。"桥本市长强调："公司、员工、市民齐心合力的话，窒素公司的再建是可能的。"广田市会议长说："如今已经给予了那些不幸的人们一定程度的补助。"松田渔协组合长只说了一句："现在的鱼是安全的。希望大家能放心地食用。"

那真是别具一格的大会。

"支援患者。但是对窒素公司再建计划的实施给予大力配合。"这两条标语的关键在于"但是"这个转折词相连接的关系。

而且还有与九月十四日新劳协传单上的"阴影"和"如果没有当

---

① 相当于中国的工商局。

地的配合……"这个窒素公司对新劳协的回答完全相呼应的东西。

被要求出席这个大会的山本亦由互助会会长以"过了十年现在却……我们会自己和公司进行交涉的,所以就请不要说这个那个的了"为由拒绝参加会议。

对那个山本会长"到现在为止对不起了。但交涉的时候不要忘了你们也是水俣市民的哟"这样要求的山口义人氏也可以说是这个大会唯一的"肉声"。

"被认定是公害后工厂总是不露面,总经理怎么了?窒素公司的老总们是那样的人就麻烦了。"

但是,极具讽刺意味的是,在这个市民大会的几小时后,江头窒素公司总经理在记者发布会上这样回答道:"全部撤走是不可能的。是误报。现在新工厂也刚刚建成。"甚至说

——窒素公司要求当地进行配合具体是指哪方面呢?

"长期罢工什么的多恼人啊……"

——那也就是说当地的配合是指劳动组合?也有这种问答。

一千五百位市民聚集起来召开的"水俣市发展市民大会"被患者联合抵制,"共同慰灵会"被市民联合抵制,这也正象征着不健康的水俣的形象。

患者们的补偿金交涉,就在水俣这样的气氛中开始了。

满　潮

在渡边荣藏氏的宅院前,我追上了他们一行。族长送总经理出来下石台阶的时候,看到了队尾我的车。他前倾着身子,在石阶上用力

地一拐一拐的，带着少年般的眼神抬起左手和我打着招呼。汽车驶出了三号线。

临近鹿儿岛县边界的茂道部落。有汽车行驶的话人就无法通行的海边道路。在患者家所在的一排房子的前面，停着涂着黑色的"公司"字样的大型汽车。前面停着大车，我的小型出租车动不了。我在海边菜地的小路上下了车。今天没有总是在这样的小路上出没、轻轻滑动着蜉蝣样的脚的船潮虫，它们被人群和车队惊吓，藏在石墙的洞穴里了。

满潮。先天性水俣病患儿森本久枝家的房檐下。

一看就是干部的穿着笔挺的黑色西装的男人们。我的手里有公司发的《健康体》等材料和没有医学依据的"水俣病患者一览表"。

我被无垠的空虚包围着。我想到了古代中东的神殿沉埋在阿斯旺大坝下的时刻。

我听到了啪啪啪像气泡似的声音。总经理"道歉"的话。

"……长期以来，真的是非常抱歉。……以后带着诚意，一定会照顾您孩子的一生的。"

森本久枝的母亲忸忸怩怩地低着头接受了道歉，深深地鞠躬送他们一行出来，走近站在房檐下的我，才开始吧嗒吧嗒默默地流泪。

有不少患者不在家。总经理挨家拜访的事情，既没有口头通知也没有书面通知。前一天，只是在记者发布会上流露出过这个意向。

出月部落，茨木妙子、次德姐弟的家。父母因急性暴发型、慢性刺激型水俣病在发病初期就死亡了。有着次德氏这样的病人，姐姐妙子也无法嫁人。她从小工的工作中请了假休息，和弟弟两个人在家，等待总经理的来访。

"终于来了。一直在等着，十五年啊！"

她首先这样说道。

秋天的日照雨下了起来。

"今天是来给我们道歉的呀。

"你们嘴上说道歉，但只是把公司迁到其他的地方去了。现在立刻马上搬出去。你们就这样一直在威吓水俣人。把那些可怕的制造杀人的毒药的机器全部，水银也全部，一根钉子一颗螺丝也不要落在水俣，连土地也都拿走。拿到东京也好大阪也好。

"水俣崩溃就崩溃吧。天草也好，长岛也好，还有地瓜和麦子吃，人呢也活着。我们也是吃麦子活下来的人的子孙。虽然父母死之前很贫穷，但父母去世之后，只是我们自己穷倒也没什么。你们觉得是有公司才有你们的吧，如果有因公司才出生的话，就把从公司出生的人也全部带走吧。是因为公司的废水而死的，没听说是吃麦子和地瓜死的。这件事，现在我说的这件事，你要是听错了可不行。现在说的事儿，不是我说的。这是，你们，是公司让我说的。不要弄错了。"

滂沱的泪水涌出来，更像是在申斥自己那样地说道。

"那么，你们是来干什么的？就是摆在上面的吗？父母、佛祖，在等着呢。站成一排，还不拜祭吗？即使祭拜也是要遭报应的。香已经准备好了。"

被她催促着，一行人第一次参拜了被害者的佛坛。在飞降的雨滴之中，穿着西装的人们一声没出，坐上车去了下一个患者的家。

我是随后赶到的。

"可惜了！"

她说。

"等等就好了，刚刚让他们回去。"

很奇妙的感觉，她用还含着泪水的大大的丹凤眼凝望着天空。

"心里一点儿也没轻松呢……就在今天说出来，把十五年来想的这些那些说出来，却没能说出来。

"本不想哭的，却还是哭了。后来就什么也说不出来了。被悲伤淹没了。"

她一会儿在院子里绕着圈，一会儿来到房檐处坐到我身边，一会儿蹲着说：

"父母是把我生为女孩子的，可我却变成男的了。最近变成男人了。"

埋下眼睑时起风了，轻轻的发丝挂在脸颊和褐色的颈筋处。看着她深陷的漂亮的眼睛，我呆住了。像雾那样携着雨的风吹开去了。

"对啊对，我们来吃供品吧。从佛祖那里。"

就像站在草丛中的古代巫女那样，她缓缓地站了起来。走向佛坛捧下"供品"，就这样拿到厨房，一只手拿着菜刀走过来。

"吃吧，吃吧，一起吃总经理的礼物。

"是什么呀？羊羹哦。是东京的羊羹哟，次德。烧茶吧？忘了。给客人。"

她在房檐下打开供品，砰砰砰地切好，露出天真的笑脸递过来。

"嗨，请！"

【第一部　终】

后　记

政府见解发表后，从昭和四十三年（1968）十月开始进行了多次关于补偿的谈判。水俣病患者互助会提出的补偿要求是：1.死者一千三百万日元；2.患者每年六十万日元。窒素公司装作不知道而没有给任何答复。在第三方机构的协调下，互助会再次请求熊本县知事寺本给予帮助，江头总经理对寺本知事表示说：

"窒素公司在昭和三十四年（1959）所签订的并未包含慰问金的契约是有效的。补偿金是窒素公司以善意为基础的行为，补偿金会以慰问金的形式发放。"

公司在十二月提交给厚生省的请求书中使用了"追加补偿金"一词，再次态度鲜明地表达了之前的慰问金契约是有效的。

"互助会所提出的补偿条件过高，导致协商无法继续进行，但这并不仅是一个企业或一个地区的问题，而是需要有一个公正的补偿标准。"（《熊本日报》）以此为由，窒素公司一直采取强硬的态度。一家企业对自己在一个地区所犯下的不可饶恕的罪行，本应该以万全的赔偿来抚慰天下，事实上却恰恰相反，在伤害经过了十五年的岁月之后，甚至在政府发表意见之后，他们还在如此讲话，丝毫没有显示出一家企业应有的态度。

如果是讲"服从公正的司法审判"，这也还算是一句说得过去的话，而他们却厚颜无耻到了极点！除此之外，我们还能有什么更合适的词语来表达吗？真是让人寒心！

就这样，补偿协商问题停留在零点，在市民们无形的迫害和无视之中，正一步一步走向死亡的患者们发出了内心愤怒的声音：

"钱啊补偿啊一分都不要了，让公司从大到小的头头们挨着个地把水银原液给我喝掉！（到昭和四十三年五月，窒素公司完全停止了乙醛的生产，因此要将近百吨的有机水银废液输出到韩国，在装罐的时候被第一组合的人发现而被迫停止。之后，也是在第一组合的监视下，液体一直存放在铁桶中。这里的'水银原液'指的就是存放在罐中、被视为罪孽的象征的有机水银母液）从上到下，四十二个人，都给我去死！让他们的老婆也喝，然后也生下病儿！之后，再继续按顺序让六十九个人得上水俣病！再让一百来人成为潜在的患者！这样，如何呢？！"

这些话就是死灵般的生灵们说的。

在关注补偿谈判进展的同时，我突然想起了在足尾矿毒事件中留在谷中村的高田仙次郎。他是个文盲，被官吏们欺骗说是在奉献书，实际是在土地买卖承诺书上签字画押的。就在即将对谷中村留下来的住民们进行强制拆除的时候，仙次郎说："如果国家真的需要，我愿意把我的房屋和土地无偿地捐献出来。"田中正造写信给仙次郎说："您如神祇。"［我把刊有这一章的杂志《思想的科学·日本民主主义的原型特辑号》（1962 年 9 月号）放在身边，我要把自己关注水俣病的思考及缘由记在这上面。］

水俣病患者常常会说："要是让我们这些水俣病患者说的话，并不是为了国家，也不是为了县里、为了市里。"仙次郎时代他为国家无偿提供的是个人财产（当然还包括他的生存权），而到了七十年后的水俣病时代，我们知道，日本的资本主义正在以繁荣的名义进行着更为疯狂的蚕食，而且蚕食到个人的生命本身了。当时谷中村的怨念又在这幽暗的水俣重现了。

　　在这里登场人物的意义不仅仅在其自身，而是折射出这个国家农渔民的祖像，我们自身的古远的原始思想始终被深深地刻印在我们的灵魂深处。像这样，我从新潟水俣病患者的身影中，看到了变身成被毁灭的人们又重新降生的祖像。

　　"要是在过去，父母的仇，兄弟的仇，还有我自己的仇都可以直接去报。"昭电① 的那些家伙住着什么样的房子？吃着什么样的食物？用什么钱生活着？不可能是用正经八百挣来的钱生活的。那钱都是靠杀人得来的。

　　"即便是杀了那些人，也是不值的。我得不到救赎，并不是因为昭电那帮像垃圾一样的人。我睡不着觉，是因为九州的患者们没有得到救助。如果我是总理，能不能不笑啊，我要是总理的话，会最先救助的水俣病患者，就是那些能够回归社会生活的患者，给他们以最高的医疗还有最高的福利。就像第二号患者小高江那样的人。嗯，那个人能重新回归社会的吧？和她接触还不超过一分钟，也就四十秒吧，但因为我也是患者，一看她手指的动作和眼神儿，就大概知道她在想什么。坂本先生曾说过，新潟的那些人说正是因为水俣人的牺牲才换来

———————————
① 日本的电力公司。

了我们的得救。但是我已经没救了。一定要救那些人啊……"

这个年轻人的父亲接着又缓慢地一句一句地补充道：

"国家判定了昭电的废液是最主要的祸因。九州水俣的市民遭受了无形的迫害，却还无法超度。尽管如此，还是看到了这个社会在进步。在十五年前，像这样的结论，是想都不敢想的。昭电似乎还在硬撑着，现在就要看谁能坚持到最后了。在参加诉讼的这些人里，说起生活困难的家庭，恐怕我家是最困难的了。但是我是不会认输的。我的家人一个不剩地都被水银给祸害了。再也没有什么能让我害怕的了。别人家有田地，偶尔还可以打打八眼鳗鱼、钓钓鲑鱼，优哉游哉。我肯定是不会认输的。"

人在超越极限的状态下散发出的光芒之美，和寄生于所谓的企业伦理上的那些人的形象，形成的是极其鲜明的对比。

本书的部分内容发表于1960年1月的《同志村》上，同年《日本残酷物语》（平凡社出版）又刊用了一部分。后来，本来约定从1963年《现代记录》创刊号上开始连续发表，但杂志因资金困难，只刊登了《反对窒素稳定工资争论特辑号》就停了刊。直到1965年，随着《熊本风土记》的创刊，文章又开始继续发表，直到该刊停刊为止。在这个过程中，虽然一直处于被催稿状态，但我还是坚持写下来了，作品原题为"海空之间"。

想象中的故乡也好，实际存在的故乡也好，在国家的弃民政策之下，很多地区都存在着悄悄被边缘化和被废弃的现象，现在很少能说哪一个城市或农渔村是完整的。对那些一边将这样的意识底片沉浸于风土之河，一边又不得不从精神上脱离家乡的人们来说，故乡，已经向着令人感伤的未来启程了。

　　如果我们能够与走出去的人、心在故乡却不得不离乡的人保持相同距离的话，我们就可以再次通过故乡这一媒介与民众的心情在一起，分享那模糊的抽象世界般的未来。在那充实的世界里，应该会有他们的歌，也有我们的诗。在那里我们的工作被称为记录主义……我现在所写的就是关于如何提出现代记录，我想这也就能够表达出这本未完之书的经纬了。

　　在上野英信夫妇全身心的帮助和讲谈社的帮助下，这本书终于出版了。我因为还参与了市民议会的发起工作，所以着手后继稿件的撰写已是半年之后的事情了，给讲谈社学艺第二出版部的各位添了很多的麻烦。

　　《熊本风土记》的编辑渡边京二和夫人淳子、住在日本陷没纪念建筑丰遗址的上野英信氏和夫人晴子，他们这两家，是我在这么多年里会不打招呼直接去拜访，可以毫不客气地倾诉内心孤独和饥渴、讨要饭食的地方。在他们两家里，我这个被冲上海边的鱼似的人，完全可以安心地睡去。在这期间，我的家人被我"无情地丢弃"了，但这也是毫无办法的事情。好在家人的周围有很多能够照顾他们的好心人。让我由衷道一声感谢。

　　就这样，我不断接受着人们的善意，却从来没有能够考虑按时交稿。这本书就是这样完成的。

1968 年 12 月 21 日凌晨

石牟礼道子

改稿说明（旧版文库版后记）

坦白地说，这部作品，就像净琉璃①一样实际上不如是说给我自己听的。

以悲剧为题材写作，那立刻也会成为作者的悲剧，这就是因果报应吧。写到第二部、第三部一半儿的时候，我失去了左眼。因为同时还在写其他的稿件，所以一想到第四部，就感到十分不安，不知道余下的视力能否坚持到最后。其实，比起视力，我更担心的是自己的体力能不能支撑到最后。

随着事情的发展，我不得不参加到一些比如追随死者们去殉葬的运动中去。所以第一部写完后根本就没有充裕的时间认真修改就出版了，之后就一直感到很遗憾和从未有过的羞愧。这次作为文库本重新出版，终于有机会能够修改一些不如意的地方了。

这一点非常令人感激。这件事得益于梶氏的关照；责任编辑川俣先生在我用红笔写满了的书稿上又剪又贴，非常辛苦。向他们深深地致敬！

1972 年 11 月 9 日

著者

---

① 用三弦伴奏的说唱曲艺。

石牟礼道子的世界

渡边京二

（一）

开篇，我想先将自己的一些记忆写下来。如"后记"中所写的那样，本书的原型是名为"海空之间"的连载作品。这一系列连载文章从昭和四十年（1965）十二月到第二年的昭和四十一年（1966）底，刊登在我所编辑的杂志《熊本风土记》上。《熊本风土记》创刊的时候，我只知道石牟礼道子是"同志村"的才女之一，并没有过深的接触。而她愿意将文章刊登在我们这个名不见经传的杂志上有两个原因，一个是因为谷川雁氏的介绍，另一个我想是她和水俣的朋友虽然在昭和三十八年（1963）创办了杂志《现代记录》，但那之后他们一直无法继续办下去，所以她需要一个比较容易发表作品的平台。

作为杂志的编辑，《海空之间》系列连载对我来说就像一份来自她的馈赠。当我第一次收到《山中九平少年》的一部分文稿时，立即感觉到这是一部相当有难度的作品。虽然偶尔也有停载的时候，但正常情况下每次都能收到三十页到四十页的原稿。我猜想整个作品的初稿已经完成，她只是在每次交稿前进行简单的修改和调整。作为编辑，我几乎没有给这部作品的完成做出任何贡献。我所做的最多只是改改错别字什么的。即便如此，我仍然为能见证这样一部作品的诞生而兴奋至极，我有幸比任何人都优先读到《雪女记闻》和《天之鱼》等各章节的原稿和铅字版，感受着还未有人感受过的那份感动。

当时，她还是一位全职的家庭主妇。昭和四十年（1965）秋天，我第一次造访她在水俣的家时，对她所谓的"书房"印象颇深，当然那并不是一个真正的书房。那是一小方高出地面的所在，大约有榻榻米竖着切一半大小的面积，单薄的书架几乎把从窗外照进来的光全部挡住。看情形可以推测，那是一个年龄不大但喜欢文学的少女，在家人的允许下，利用那个不打紧的旮旯搭建起来的温馨的小城堡。坐下的话身体肯定会感到狭窄，采光也一定会对眼睛造成损害。但是从家庭的角度来看，恐怕这已是对这么一个上了岁数还不肯放弃文学和诗歌的主妇所能够给予的最大支持了。《苦海净土》就是在这样一个"工作室"里完成的。

我并不是单纯地在说这是一部在艰苦的条件下完成的名作。不管是在什么样条件下完成的，不行的作品还是不行。之所以写这些，是因为那间朴素的"工作室"（其实并不是房间，只是高出来的一块地板，先假设它是），带给我的说不清是心酸还是怜爱的感情让我至今仍无法忘记。不仅如此，我还想提醒大家注意的是，作为一名家庭主妇，是一个什么样的动机让她如此执着地撰写文章呢？换句话说，希望注意到她内心中所存在的不幸意识。

在读《雪女记闻》和《天之鱼》两章的时候，我已经断定这是一部杰作，而且也预想到在新闻媒体上肯定会获得好评。这是任何人只要睁开眼睛一看就都明白的事情。终于，这本书被讲谈社出版了，社会评价非常高，在那年，她成为第一届大宅壮一纪实文学奖①的获奖者。虽然她辞退了受奖，但辞退奖项本身又成为媒体热捧的话题。那时，正是公害的话题最为热烈的时候，"苦海净土"一词立刻被与揭发公害企业、反对环境污染运动、住民运动等社会上的流行语结合起来，还没来得及反应的她，就被视为能对水俣病问题发表社会性言论的名人。即使是坚信《苦海净土》会得到媒体好评的我，这也超出了我的预想。她感到了自己所承担的不可推卸的社会责任，如同本书第七章中所记述的那样，在昭和四十三年（1968）成立了水俣病对策市民会议组织，并随着整个运动的推进，不断做出新的贡献。如果在这里就昭和四十四年（1969）《苦海净土》出版以后的主要相关事件进行简单描述的话，那年的四月，对于是否赞同厚生省出面调整补偿的问题，患者互助会分裂成了两派，一派认为应该听从协调，而另一派则认为应该诉诸法律。同年六月，二十九户家庭在熊本地方法院以窒素公司为被告，发起了总额十五亿九千万日元的赔偿诉讼。就在这个时期，全国各地都成立了"水俣病检举会"，他们阻拦厚生省的补偿工作，组织东京—水俣巡视团，并冲击公司董事大会等。到了昭和四十六年（1971）的夏天，由于发布了新的认定标准，一直被弃之不顾的潜在患者开始陆续被认定，于是就在那年年末，新被认定的患者们开始与窒素公司展开自主谈判。自主谈判到一年后的今天还在无尽头地进行着，而裁判在今年秋天迎来了终审，预计在明年（1973）春天作出判决。

在这些事件中，石牟礼氏可以说都尽力参与着。这除了是她本身的责任以外，在事件的整个过程中，一直有一种印象围绕着她，那就

---

① 大宅壮一纪实文学奖是为纪念大宅壮一先生的伟绩而设立的文学奖，表彰每年优秀的纪实文学作品。

是她的作品逐渐被视为带有公害检举和被害者怨念的色彩。这是不以人的意志为转移的。

但是，对作者也好，对这本书也好，这都是一个不幸的事情。这样优秀的作品，就是因为碰巧和当时的社会风潮、运动发生重合，所以有很多粗枝大叶的人将它说成是描写公害悲惨状况的血淋淋的现场报道，或者是为患者代言检举企业的怨念书等，在不该关注的地方给了很多赞赏。检举也好，怨念也好，大量使用这些词从文学的角度看所体现的当然是极为粗杂的解读。毫无疑问，这些绝对不是什么好词。当发现这部作品被这些言语评论时，作为一个参与这部作品诞生的人来说，一股令人难以忍受的情感涌上心头。现在这本书将以文库本的形式和一些新的读者见面，借此机会，我想强调，应该把它当作一部有自律性的文学作品来读，拒绝粗暴的观念性概括和解读。

（二）

事实上《苦海净土》并不是边听边记录的纪实体，甚至连现场采访都不是。我不是在说这部作品的文学分类，我指的是作品完成的最根本的内在原因。若问那是什么，只能说是石牟礼道子依据自己的体验所创作的小说。

矶田光一氏于一次对谈中，在肯定了《苦海净土》是一部较好的作品之后说，如果他自己是患者的话，有不知来历的女人来采访，一定会将她赶走，绝不让进家门。对此我完全有同感，但《苦海净土》并不是以那样的方式所做的记录，以矶田氏那样的能力来读这本书，这一点是不难理解的。

经过确认，石牟礼氏在写这部作品的时候，并没有屡次三番地拜访患者的家。一直相信这些文字都是边听边记录的结果的读者也许会感到吃惊，她到各家拜访好像最多也就是一次或两次。"可去不了那么多次。"她说。当然，去的时候也没有带笔记本或者录音机什么的。那她到底是怎样去和患者们接触的呢？如果试着读一下访问江津野杢太郎那一段就会明白了。她作为"姐姐"和他们相处，这也并不是什么取材的技巧。她就是这样的一个存在，在与患者们接触的过程中，应该记录的那些东西自然而然地在她的心头涌出。

她经常有没赶上末班列车只能在车站候车室里等待天明的时候。据说每逢这种时候，总有像流浪者一样的男人靠过来问："大姐，是一个人吗？""肯定是看我像智力有障碍什么的吧？"她露出感叹的神情。她就是这样一个有着独特个性的人。

大家可以阅读一下"死旗"中的仙助老人和村里妇女们的对话。

老爷子，老爷子，快起来吧，不能就这样躺在路旁啊。您要是不去医院看看的话，可能就会越来越严重，本来能活一百岁的，弄不好连八十岁都难保，整整亏了二十年啊。

你说什么？水俣病？这病祖先世世代代都没听说过。和现在那些军队里的垃圾和笨蛋不一样，我这身体可是被挑去上战场厮杀的，还得过善行功劳赏的哦。去看医生简直是丢人现眼。

像这样一直持续着的对话，应该不会有人认为是真实的对话记录吧。显然，这是她依据很小一部分事实所进行的加工和创作。但是，如果这一段是这样的话，坂上雪，还有江津野老人的独白，应该不同，是在边听边记录内容的基础上完成的吧？也就是说，文章固然有修饰的成分，但这两个人实际上应该都对她当面讲述过，他们的独白应该和书上所写的相差无几吧？

以前我是这样认为的，但是有一件事儿让我发现了一个可怕的事实。比如假设有一个家庭 E，我就她对家庭 E 的描写提出了几个问题，想弄清一些事实。但是她的回答总是模棱两可。在我不断的追问下，竟然发现那个 E 家庭的老婆并没有说过她文章里所写的那些话。弄清事实的瞬间，我愕然不已。"这么说，《苦海净土》也是……"她那时的表情就像一个调皮捣蛋的孩子被看穿了一样，但她马上说道："其实，我只是把那个人心里说的话写了出来而已啊！"这句话揭示了《苦海净土》创作方法的所有秘密。这是何等强烈的自信啊！请大家不要误解，我并没有说《苦海净土》没有事实根据，是作者凭空编造的作品，因为只要读一遍的人就会明白，这是在多么庞大的事实基础上完成的作品啊。我在这里仅仅想明确一点，那就是这部作品并非如一般人想象的那样，是在患者们实际叙述的基础上经过修辞加工或添上些方言而成的，也就是说，这不是一部所谓的对话记录性的作品。本书出版后，她曾笑着说"大家好像都认为我这本书是对话记录"，当时我并没有理解她这句话的含义。

能用文字写下患者们那些没有说出口的心里话，这是多么让人敬畏的一种自信啊。关于石牟礼道子是巫女的谣传可能就是从这一点上产生出来的吧。与其说是自信，倒不如说是努力靠近他们的沉默的一种使命感。这种使命感从何而来呢？她去水俣市立医院看望坂上雪的时候，从单间病房的门缝里看到了老渔民釜鹤松，他的样子让她受到了极大的震撼。她感觉到"他用他那已经什么都看不见的眼睛，像看可恶而又可怕的东西一样看着我"。

　　这天，我为自己是个人而心生厌恶，无法忍受。釜鹤松那悲哀的，像山羊、像鱼一样的眼睛，还有那仿佛是一节漂流的枯木似的身影，以及那绝对无法超生的灵魂，就在这一天，全部移栖到了我的体内。

　　像这样的文章一般来讲在日本评论界会被理解为一种人道主义的表现。这是律己主义的"只要世界上还有一个人在挨饿，便无法感到幸福"的想法。但是，如果这样去解读这部作品的话，也就是仅仅从怜悯的角度去看待患者们的悲惨和绝望，将无法真正理解《苦海净土》这部书。是否可以这样去理解：此时的她，已经完全被釜鹤松所附体，也就是说，她已经变成了釜鹤松。为什么会出现这种情况呢？这就要找到她所置身的现实和她的个人天赋这个根源上去了。

　　她无法知道釜鹤松的痛苦，也无法知道他在临死前眼中所映现的世界是什么样子，但是她知道，自己和釜鹤松住在同一个世界里，而且从对这个包罗万象的世界所触动的那种感觉上看，他和自己是同类的。这就是她被他附体的依据所在。那是一个什么样的世界？一种什么样的感受？毫无疑问，那就是坂上雪、江津野的爷爷还有仙助所生活的世界，所拥有的感受。

　　那感觉可以这样形容"像羞涩的眼睑般泛起涟漪的海面上，漂浮着小船和沙丁鱼笼"的汤堂湾：有着"像山茶花或船钉的形状一样聚在井底的小鱼"的村庄，有着"像聚集在一起的气泡样传出吱吱嘎嘎声响的刚睡醒的小虫和贝壳"的海滩，有着"茫茫闪烁的黄昏"的走向冬季的南国之天空。自然界就是这样，山有山的精灵，旷野有旷野的精灵。我们会有一种错觉，那就是觉得在这个世界上任何人的眼中所呈现的风景都是一样的，那是因为我们都已变得毫无特点了，丧失了对异质感知的能力。像这里所描述的那种对自然的感觉，都是现在的日本作家和诗人所感知不到的了。

　　海里也有有名的地方。如碗鼻、如裸滩、如黑海峡、如狮子岛。
　　如果转一圈儿的话，即使是我们这样已经熟悉了的鼻子，也会闻到要进入夏季的海滨溢满着的热气蒸腾的大海的味道，与工厂的臭味完全不同。
　　海水也是流动的。在海水流淌的前方，藤娄、海葵、水松的花朵在绚丽地摇曳着。
　　鱼也觉得美吧。海葵开着绚丽的菊花，水松挂在海里的崖上，枝叶一层一层地铺成阶梯。
　　羊栖菜的枝头开满了像雪、竹柏样的花。海藻仿佛竹林一般。
　　海底的景色和陆地上一样，也有春天，也有夏天，也有秋天，也有冬天。我想呢，海底一定有龙宫。

像这样的表现手法可以说是近代日本文学上从未出现过的。之所以这么说，当然不仅仅是因为日本诗人在写海底景色时那些比喻都很简单，如像花一样等，更是因为日本的近代文学都是一些不顾一切紧跟时代的知识分子所创作的，而在这里能够让人感受到的那种存在感是近代文学所不具有的，是已经被无情地抛弃了的。这几行文字无疑是石牟礼道子氏特有的才能和感性的产物，但是不可否认，她所特有的感性是有一个共同存在的基础的，而至今在日本的文学历史上，这个共同的基础几乎也还没有孕育出诗一样的表现形式，同时，作为近代市民社会的每一个人来说，我们也早已将它忘却了。

那个世界是所有生灵相互呼应、交感的世界，在那里，人类只不过是掺杂在其他生命中的一种存在而已。当然，人还打猎，还捕鱼。但是，狩猎的和被猎的、捕捞的和被捕捞的生灵之间的关系是像下面这样的。

乌贼那家伙很是乖张，一被抓到，它马上就噗噗噗地喷墨，章鱼呢，章鱼那家伙呢真是张牙舞爪的。

拎起鱼篓吧，它爪子紧紧地抓着篓底，用上面的眼睛盯着外面看，就是不出来。喂，你这家伙，都到船上了你还不出来！快点出来！就是不出来，拽也不出来。哐哐哐地敲篓底也没用。没办法，只好用小捞网的把手捅它的屁股，它终于出来了。结果，它逃跑得那叫快！八条腿竟然也不打结，飞快地划动着，嗖嗖嗖地跑了。我也像要把船弄翻了似的追着，千辛万苦地把它抓进鱼篓里接着划船。结果它又爬出鱼篓，正襟危坐地待在鱼篓上面。嘿，你这家伙既然到我们船上，就是我家的人了，不好好待着，还到处乱看！不要闹别扭啦！

我们吃的鱼、海里的东西也是有烦恼的。

那个世界的人们过着怎样的生活呢？江津野老人在喝醉的时候这样描述道：

鱼是老天给的礼物。老天的礼物不要钱，我们只拿必要的部分，够那天生活的。

　　哪里还可以找到比这更奢侈的事情呢？

大概就是这样的生活吧。

这样的世界，可以说是近代以前自然和意识相统一的世界。石牟礼氏并不是作为一个作家从外面的世界进行窥视，而是她生下来就属于这个世界，也就是说她本身就存在于这个社会。之所以釜鹤松能够移栖到她之中，那是因为两个人拥有共同的存在基础和感官。

她说："把那个人在心里说的话变成文字，就成了那样。"乍一看不靠谱的话的底气在这里。她并非通过多次对患者的观察和亲近才写出这样的话来的，而是在她心里早已充满了来自内心的感受才能这样说的。她可以变成他们，那正是因为他们拥有共同的感性的基础。她自称是住在"咚咚村"的一个诗人，她一定有这样的野心，那就是可以和其他人拥有共同的感官，还有就是想描绘一下被这样的感官所掌控的未分化的世界。她的描绘正在进行，却被窒素工厂在不知火海中排放的有机水银给彻底破坏了，她正好赶上了这个时刻。不对，如果没有这样的破坏，她作为诗人的精神也许不会爆发出来。亲眼看到自己骨子里所归属的、心里深爱着的这一切，以这样让人无法相信的丑恶形态崩毁下去是一件多么恐怖的事情。

所以在她的表达中必然会带有一种凄惨的色彩。在她文章的字里行间，充满了让人毛骨悚然的映象，就像老鼠们夜里嘎吱嘎吱地啃食停在港湾里不断腐烂的、被遗弃了的渔船上的渔丝和渔网那样，有一种只能在旁边屏住呼吸束手无策的崩溃感。这部作品所描绘的崩溃前的那样美好的、那样令人向往的世界，成了对一个崩溃了的世界充满悲悼的哀歌。

　　但是，即使没有有机水银污染事件，这不是一个本来就应该在不远的将来崩溃的世界吗？石牟礼氏本能地嫌恶近代主义知性和近代产业文明。但仅是厌恶也没有办法，而且只是用"回归自然"来对抗近代主义也没有什么意义。她在随笔中不经意的记述能让人揣摩到她的想法。社会上流行的生态主义反文明论和伤感的原住·边界主义者都一直关注着她的言论，如果她说"水俣是一个好地方"之类的话，她所描绘的水俣的风景越是美丽，就会越发变得无能为力了。

　　前近代社会的部落到底是不是令人向往的呢？她本人是这样描述的："邻居的晚餐烤了多少条鱼，买了几块豆腐，死者的家里立了多少杆旗和多少只花圈，以及这些大概要花多少钱等，在农渔村共同体的地区，人们都是以这样的方式和所居住的周围社会产生连带和关心的。"然而在部落中，有很多代代继承的被狐狸附身的世家①，那个世家的人在通过别人的良田时羡慕地说了一句类似"真是不错"的话，即使说话人是无意识地说出来的，但他家族的狐狸就会附体到对方家人身上，于是为了将狐狸打出体外，那个被附体的人甚至有时会被打死。部落就是这样一个带有阴暗面的社会。万物精灵间存在着交感的美丽的世界，同时也是魑魅魍魉横行的世界。石牟礼氏比任何人都清楚这些。但为什么她把前近代的社会描绘得如此美丽呢？那是因为她不是一个纪实作家，而是一个充满幻想情怀的诗人。

---

①　过去日本南方农村常见的一种迷信，家族饲养着犬或狐的精灵，说有时会被它们所控制去做坏事。

（三）

　　我曾经写过，这部作品是石牟礼氏以自身体验为题材创作的小说，是她不幸意识的产物。那意味着什么呢？她在《爱情论》(《同志村》昭和三十四年十二月、三十五年三月）的自传性随笔中谈到了对幼年时期的记忆，在《我的不知火》(《朝日周刊》四十三年度连载）中也反复地强调了这一点。她想用这些随笔来拼命向世间传递她幼小时期所看到的这个被撕裂了的世界的惨状，但让她感到绝望的是这并非一件容易的事情。"我照顾过精神失常的奶奶，奶奶在我年幼的时候照顾过我。两个人大多数时间都在一起，奶奶把我抱在膝上，用手摸索着（她已经看不见东西了）在我的头发里找到虱子的卵，然后用牙扑哧扑哧地将它们咬碎。接下来是我绕到她的身后，将她的白发盘成髻，然后在上面插上了好多豆荚什么的。"《爱情论》仅仅这几行的描述就足以让我们知道她在文章创作上的无比绝妙的技巧，但是我想说的并不是这个，而是想告诉读者，应该能在这本书里找到这样的画面。在"少年山中九平"那章的一开始就描写了这样一位老人：在破旧的公民馆里，一边照顾着孙子，一边耳朵像一个老海螺似的朝向不知火海的方向发呆，还不时地因没有用拐杖头戳到爬过来的船虫而懊恼。至少我是认为，这个爷孙的场景和那个奶奶同我的场景是如出一辙的。

　　父亲喝多了开始耍酒疯，母亲带着弟弟逃到屋外去了。父亲转身把酒杯怼给还年幼的女儿怒道："你，陪你老爸喝不？"
　　"嗯。"我伸出双手接过了酒杯。已经醉了的父亲的手没有准头，酒没倒好洒了不少，于是她哭了出来。

"太可惜了，爸爸。"

"你说什么？你在跟谁说话呢？"

于是很奇妙的父女间的对话开始了，不久就争执了起来。男人和女人，都是笨蛋，恨逃走了的母亲和弟弟，可怜的父亲，地狱极乐太可怕了。(《爱情论》)

精神失常的奶奶在一个冬天的夜晚一个人离家出走了。当她出门找到她的时候，奶奶站在已经停了的雪地中。"和周围黑暗的角落形成对照，那落满白雪的头发上冒着青白色的水汽，令我肃然起敬，我跑过去拼命地拽住她的手。"奶奶一边问是小道吗一边把她抱紧。"我感到很对不起奶奶，自己的身体实在太小了，无法将奶奶全部的感受拥在怀中，让它裸露在这寒冷的世界里。"

这是一个撕裂和崩毁了的世界。石牟礼氏的《苦海净土》不仅忠实地记录了崩溃和被撕裂了的患者和他们家属的心情、感受，还能够展示出在自身想象力所能达到的范围内去捕捉它们的方法，这些都源于它们和她幼时所经历过的分裂与崩毁有着极为相似之处。《爱情论》中描述的那种不幸，是在我国明治维新以来的近代资本主义的主导下，几千万下层百姓都经历过的。但是，《爱情论》的作者想告诉世人的并不是家庭的经济破败或父亲的酗酒、奶奶的精神失常等现象如何悲惨，而是在那些悲惨的表象下有着人们被撕裂了的灵魂。年幼的女孩的眼中映出的就是，在这样一个人的灵魂永远无法和对方的灵魂相遇的世界里，在这样一个所谓的语言是无法表达出任何内在的自己的，也无法向对方传递任何东西就消失了的世界里，自己在哪里会找到与此相剥离但即使身在其中也不可能有属于自己的位置的世界。

《爱情论》所描述的主题是男人和女人永远无法相遇的悲切感，但那完全不是被近代风潮吹醒了的独立女性的感叹，而是被存在于背后的人和人无法相遇的原罪感重重地压得透不过气来的感觉。在日本的近代评判性的世界里，人和人彼此无法沟通理解是很正常的事情，对此到现在才开始感叹，简直就像一个处世未深的人。按一般的惯例来讲，我们认为对这个世界轻易地做出判断和评价是一个很不稳妥的事情，她之所以那样不安分，是因为她感受到的原罪感过于深重，那份饥渴也过于强烈。

　　　　凿得粗糙的山道被蜿蜒起伏的胡枝子包裹着。在那蜿蜒起伏的尽头是一眼泉水，垂落着野葡萄藤，一个小女孩儿张着被野葡萄微微熏染的嘴唇和舌头向泉中眺望了一下。一缕夕阳照射在映在泉中的肩膀上，光线缠绕着这肩膀，肩膀上又软又沉，感觉着直接戳向心灵最深处的战栗。（《爱情论》）

　　从这样的文字中不难看出作者强烈的自我陶醉感。但是在这里，作者要在画板上涂抹的颜色可以说是无法用其他形容词来代替的孤独。窥视泉水的那个女孩儿所感受到的孤独，正是因为她触碰到了她的原型而产生的战栗所引起的。这一瞬间似乎计她想起来了什么。那又是什么呢？是这个世界形成之前的形态，那是一种非存在的、对存在之前的存在的幻视，毫无疑问，她开始认识到了自己的存在在某些地方是不完整的。"努力想回忆起生下来以前听到的人语。呼之欲出的感觉让人急不可耐。""我可能就是个聋子。""时断时续的人语，无法传递，无法连在一起……"她写下这些感叹的时候，在她的眼中一定隐隐约约地浮现着一个绝对不可能分裂的鸿蒙世界。

不仅仅是语言无法传递，人与人之间连接着的那细微的回路，也只能存在于精神失常的老女人和小女孩儿在雪的映射下相拥抱的这种形式中，而且还让小女孩"感到很对不起奶奶，自己的身体实在太小了，无法将奶奶全部的感受拥在怀中，让它裸露在寒冷的世界里"。这种原罪感正是石牟礼氏文学的秘密核心所在。在《爱情论》中，有一段关于一个叫小笨的娼妇被她同班同学的哥哥刺死了的描述，她觉得他的哥哥"刺杀的一瞬间感到很悲伤""想体验小笨那时的心情"。不用说这是一种畸形的自我陶醉，但在那自我陶醉的背后，却存在着从未见到过的对这世间针痛般的渴望。

《苦海净土》就是随着那样的、她生来就有的欲求孕育而生的一个极限的世界。她发现患者和他们的家人都是自己的同族。因为水俣病患者和他们的家属们不仅仅忍受着病魔的折磨和经济窘迫，而且还正在忍受着人和人之间联系的纽带被切断所带来的痛苦。她强调同族可以使她能够抓到一个表达自我的切入点，所以我认为《苦海净土》就是在她的不幸意识下所产生的一篇以自己的体验为题材的小说。事实上，她在《雪女记闻》中描述了她自身的毫无目的的爱的去向；在《天之鱼》中记述的江津野老人的流浪意识，就是她自身的想法。在江津野老人的回忆中有这么一段话：自己的母亲再三劝说卖去南方做娼妓的女孩儿，可到最后也没能救了她的命的教训。这无比哀切的插叙一类的事件，才是她年幼时日间所经历过的。在《雪女记闻》中说的"我好烦恼啊！"在《天之鱼》中被称为的"灵魂深邃的孩子"，那些烦恼和灵魂的深度就是她人生的主题。命运的安排使患者和患者家属们被迫陷入这深谷，所以和她成了同族。

之所以在《雪女记闻》和《天之鱼》中把自然界和海上的生活描绘得如此绚丽多姿，就是因为这个原因。这世界的苦恼和深深的分裂，给予了他们幻视者的眼睛。因此苦海反而能够成为净土。恐怕她在这两章的描述中，除了描写映在他们眼中的自然有多么地五彩斑斓，他们所经营的海上生活有多么地幸福悠然，应该不会再描写其他任何的东西了。

这样的选择只有在绝望的基础上才能成立，这是毋庸置疑的。但松原新一氏在比较《苦海净土》和井上光晴氏的《阶级》的时候做了以下批评：《苦海净土》整篇作品的语言都具有人文主义色彩，因为欠缺"走向崩溃的人间"这一视点，所有没有能关注到"阶级的晦暗"这一层面，在这一点上没有达到《阶级》的高度。换句话说，松原氏认为石牟礼氏仅仅是把水俣渔民的人格描绘得很美而已，而井上看筑丰下层百姓一直看到了他们的人格崩坏。这只能说是作为批评家的一个令人难以置信的肤浅的观察。接下来松原氏又说道："在《苦海净土》中，那个'人间'破坏用简短的话来说就是对'肉体'的虐待。"是什么样的解读才能够得出这样的结论呢？我几乎惊讶得无以言表。

的确，《苦海净土》并没有像《阶级》一样，采用直接描写对象的精神荒废的方法。患者之间、亲属之间的相克及部落共同体之间的丑恶，对于石牟礼氏来说恐怕都再熟悉不过了，但她并没有刻意鲜活地去描写那些事情。如果认为地狱只能用地狱这样的表现进行描写，则只能说是连问题都算不上的粗浅的文学无知而已。《苦海净土》所描绘出的患者和家属们坠入的塌陷了的地狱——听不到人间的声音和这个世界的纽带被切断了的人间地狱。之所以能够做到这些，就是因为她自身就深陷于无底的地狱之中。松原氏还举了例子用来说明《阶级》

视点的深度，如对"男人为了金钱让白痴的姐姐卖淫给精神病院的患者"之类的"被压抑者之间的利己主义冲突"的描写。只是就事论事的话那只是单纯的道德问题而已。只是因为描绘了那些事情就说明视点很深，而舍去对那些事情的描述就说明视点很浅，如果都是这样的话，恐怕世间文艺评论这东西连存在的理由都没有了。使《苦海净土》全篇统一的视点并不是像松原氏所说的那样是不知道分裂的"人文主义"，而是从这个世界看起来意识会变得弯曲的幻视者的眼睛，她用独特的方法揭示了关心日本下层百姓的行为已经在内部崩溃了，《阶级》和《苦海净土》到底谁更能够描述他们笔下的下层百姓的"阶级的晦暗"？至少不能够允许如松原氏那样的粗暴的判断。

但是，把《苦海净土》看成一部描述被害者在忍受着被水俣病肆虐的身体上的痛苦的同时，却并没有失去做人的尊严和美好的作品，这样的解读法不仅仅是松原氏，应该说世上很多人也都是这样认为的。在这里，我们能看到作者除了水俣渔民灵魂的美丽和他们所拥有的自然的美以外，不会描写其他任何东西的决心，而这决心到底是从怎样的精神深处引发出来的，不得不让我们思考。石牟礼氏和患者及其家属们所处的空间，是一个变得无法适应这世间的生存构造的人类，或者说是被驱逐到人类以外的人类领域，人们一旦被放逐到那里，除了只能幻想着尝试漫无目的地划向小岛以外，可以说没有其他任何事情可做。人们为什么都没有注意到对于《雪女记闻》和《天之鱼》中所描述的海上生活都是带有极为浓重的幻想色彩的呢？这样的美丽绝对不是现实中所存在的美丽，只能是被现实所拒绝和否认的人们必然的、不得不去幻想的蜃楼。"我所生存着的世界极为狭小。"（《我的死民》）她这样写道。支配着《苦海净土》整个作品的是被这个世界所驱逐，并朝着破灭和灭亡而去的、翻转着的坠落感。

但是，那样的世界，本来只有诗才有可能把它当作描写的对象，从性质上来讲它很难成为散文描述的对象。石牟礼氏有着极强的创作愿望，当然如果没有很好地实现的话，文章就会被视为自以为是的写实作品，使得它无法被称为一篇散文。

要想将她的世界用散文形式来定性的话，作品对对象精准的观察能力和坚实的文法基础是必不可少的。《苦海净土》之所以没有最终成为伤感诗一般的散文，是因为那些条件都可以满足。她的文章在昂扬的部分有时所表现出来的节奏会很接近于诗歌，但仍然保持了作为散文应该坚守的最低限度的抑制。她之所以能将写文章的才能发挥到十二分，当然要归功于绝妙的描述部分，这里能看到现实中的水俣方言经过诗一样的精练之后所形成的可以称为"道子方言"的一种升华的表现。除此之外，还不能看漏她的幽默才能。虽然在这里无法列举，但她的带有民间故事韵味的幽默感觉，给这部作品带来了极为丰富的内容和内涵。在《天之鱼》和《雪女记闻》这两部作品中，我们能够发现作者的才能和描述的对象之间有一种难得的一致和匹配。对于石牟礼氏来讲，今后能够再次达到这样的高度并非易事。本书就是这样一部优秀的作品。

水俣病五十年

原田正纯

那时的石牟礼道子女士

1961 年夏，蔚蓝的不知火海令人炫目，在缥缈之处可以看到的天草诸岛有着不属于这世间的美丽，如同净土。海潮的香味使人愉悦，无法让人相信在这片土地上正在上演着人类历史上前所未有的工业公害的悲剧。

我，在水俣病患者的多发地带徘徊着。在明神岬金子家的屋檐下，有两个不满十岁的兄弟在玩耍。两个人都有残疾，他们跳舞般不由自主地抽动，磕磕巴巴地说着话。

我问那个母亲："两个孩子都是水俣病吧？"母亲的回答令我感到有些意外："哥哥是水俣病，弟弟不是。"我不由自主地再次问："咦，为什么？"母亲有些不太高兴地说："小的那个没有吃过鱼。生下来就这样儿。"

当时认为有毒物质是不会穿过胎盘的。原来，理由是水俣病是吃鱼才会得的病，如果不吃鱼就不会得。我觉得似乎有道理。母亲忽然又转脸认真而执拗地盯着我说："这位先生啊，你看看这孩子是啥病啊？我丈夫原来是渔民，得水俣病死了。这个大孩子生下来就喂他鱼吃，结果得了水俣病。我也一直在吃鱼。那时我怀着孕。难道是我吃的鱼身上的水银传到我孩子身上了？你说还能有别的什么原因吗？"
我被这位母亲严肃的盯视所压倒，于是决定调查看看。

　　一调查立刻就清楚了，在水俣病发生的同一时期和地域，有许多
和这个小的孩子一样患有小儿脑性麻痹的先天残疾。如果能够确认是
通过胎盘给胎儿造成了伤害这件事的话，那将是医学上的重大发现，
这对于年轻的研究者来说应该是极大的业绩。因此，为了这个巨大的
发现，我更加频繁地去现场，辗转于患者家。

　　那时，我的身后总是有一位女性悄悄地跟着，开始我以为是保健
妇，但又觉得不太像。她柔和的目光给我留下了深刻的印象。

　　这位女性就是石牟礼道子女士。和道子女士认识是因为为了《苦
海净土》的出版，她委托我对若干医学用语进行解释说明，但这是在
那很久之后的事情了。

　　还有，当时每到患者家时，总是能听到"刚才，有学生来拍了照
片了"这样的话。这个学生（？）就是摄影家桑原史成先生。另外，
政府和大学也曾经提醒过："现在有东大的年轻研究者在搜集水俣病的
资料，因为不知道他要干什么所以一定要提高警惕。"这个需要警惕的
人物，是当时在东大研究生院上学的宇井纯先生。

　　我和这三个人真正认识，是在那十年之后了。但是，确信水俣病
事件将是一件重大的历史事件，必须要用我们自己的眼睛来见证，这
种强烈的想法是与他们共通的。

水俣病的发生及其背景

　　1956年5月1日，水俣病是因为急性暴发型患者多发，而且是儿

童患者的多发而被发现的。的确，水俣病的历史是从那天开始的，到现在已经就要五十年了。但水俣病并不是在那一天突然发生的。在那之前有着很长的潜伏期。

窒素公司到水俣发展是在 1908 年。窒素公司在迅速地引进欧美技术的同时将其改变为自己独有的技术，是典型的日本式企业。它改革引进的技术使之成为自己独有的技术，一直保有着化学工业顶端集团的地位。那可真是，有时也可以说成无谋的，就如同赌博时孤注一掷那样危险的行为。也就是说，在许多技术人员还带有诸多的实用化疑问的阶段，就突然被在生产线上进行大量生产了。这些成功了，使他们比其他企业先拥有了先进的技术，构筑了日本最大企业的地位。

窒素公司不只是在战前、战争中为日本近代化、工业化做出了贡献，也与殖民地政策有着很深的关联。殖民地伊始，就迅速地开始进军朝鲜和满洲（中国东北部）。在朝鲜，拦住赴战江修建了长达二十八公里的大隧道，使鸭绿江流向黄海的水改流进日本海这侧，并建造了一个大型水力发电所。接着开始建设被称为东洋第一的兴南联合厂、长津江大坝等，然后就是一个接一个地建设水库和化学工厂。据说窒素公司当时的技术在世界上也是领先的，它同时也是国家基本战略规划中的企业。

但是，因战败，这家公司失去了海外的资产，与众多的劳动者一起搬到了水俣，而且把水俣工厂作为据点，用剩下的智囊团和技术，赌到战后经济的复兴上。事实上，窒素公司为日本的战后经济复兴做出了巨大的贡献。但同时，也使日本发生了最高浓度的大气污染、水污染和日本最大的劳动灾害和工伤事故、职业病等。特别是牺牲了众多劳动者的生命和健康。

在战后复兴、经济发展这个大义面前，人权和弱者的生命被轻视了。企业高居于人之上，人们也认为为了富裕、便捷（经济发展）做出牺牲是在所难免的。水俣病就是在这样的背景下发生的。

最初被诊断为水俣病的是田中家五岁十一个月和两岁十一个月的姐妹。据那位母亲讲，邻居家的五岁四个月的女儿也在发病。惊讶的医生们向保健所汇报：发现了原因不明的中枢神经疾病患者。这是水俣病被正式发现的日子，五月一日。在稍迟些之后，又有邻居的八岁七个月和两岁八个月的兄弟两个相继发病。两家都是居住在距离海岸几米的地方，是渔民和造船工人，正是生活在自然之中与自然共存的人们。

因环境污染最先被害的是胎儿、幼儿、老人和病人等生理上的弱者，然后毫无疑问就是与自然共存、仰赖自然生存的人们。这样的一些人，说起来的话，是无法充分表达出自己的权利和意见的，大多数都是社会上的少数派和弱势群体。正因如此，伤害才更容易集中，更容易扩大，救济也被轻易延迟。我知道这种现象在世界各地都是共通的。

原因及有毒物质

患者的情况可以说是惨不忍睹。但是，窒素公司也好，行政部门也好，以"原因不明"为理由没有拿出什么有效的对策。实际上当时虽没有搞清有毒物质是什么，但立即确定了鱼贝类是真正的原因所在。仅此一点，窒素公司和行政部门就应该能够拿出足够的应对措施。

但是，窒素公司不仅没有实施任何有效的对策，还妨碍熊本大学医学部究明疾病的原因。政府也是无策无作为到了让人吃惊的程度。

这就好像是因盒饭引发的食物中毒一样，虽有巨大的危险，但因不知道是盒饭中究竟哪种东西造成的中毒而继续出售是一样的。而在这种情况下，因为盒饭造成了中毒，那么不管是因盒饭中的哪一种东西，或是被哪种细菌感染所造成的，这些都不是采取紧急对策的必要条件。对熊本大学医学部水俣病研究班来说，因为窒素公司和行政部门的不作为，所以查清有害物质成了至高无上的命令。

面对这种极为重度的、奇特的疾病，研究班的医生们拼命地努力想要究明致病的有害物质。但与此同时，他们对窒素内部的事情，包括原料、生产的产品、制造工艺等是完全不清楚的。那就好比从外部的护城河开始一点点摸索着进攻城堡一样。后来找出有害物质也可以说是运气好，因为也有可能走进迷宫。

这时，最有可能先发现有害物质的，应该是工厂内部的技术人员和专家，但他们一开始并没有行动。而且，直到后来在工厂内部通过动物实验究明发病原因之后，他们也没有公布事实。

为了究明疾病的原因，首先有必要清楚临床症状和病理所见。到1958年，疾病明显显示出感觉障碍、视野狭窄、言语障碍、运动失调等临床症状。通过对死亡患者的解剖，也观察到了病理学上的显著特征。

于是，开始在世界上的文献中寻找带有那些特征的疾病，结果发现与1940年汇报给英国伦敦的农药工厂的劳动者有机水银中毒的特征相一致。研究班怀疑是有机水银中毒，开始分析水银。研究结果表明，从水俣湾的淤泥、鱼贝类，还有患者的头发、死者的脏器之中检测出高数值的水银。而且，直接给猫喂食有机水银所显示的症状，与喂食水俣湾产的鱼贝类而发病的水俣病猫的症状完全相同，病理学上的观察结果也是相同的。综上所述，找到了水俣病的有害成分为有机水银。

1959 年 11 月，熊大研究班正式把这个结论向厚生省做了汇报。这是在发现疾病三年六个月之后的事情。

同时，熊本县向厚生省申请适用《食品卫生法》。对此，·厚生省因"没有证据证明所有的鱼贝类都被毒化"而没有批准。但是，难道不正是因为不知道哪种鱼有毒、哪种鱼没毒才需要全面禁止的吗？正因为这种没有采取任何对策的做法才使被害范围扩大了。

发现水俣病以来，急性暴发型患者的逐渐减少，并不是因为窒素公司和行政部门采取了什么有效的对策，恐怕是因为居民停止了食用鱼贝类食物。可这也使非典型化、慢性化的水俣病反而难以被发现了。

当人死去的时候，当他们因为不可治疗的疾病而相继倒下时，警察和检察机关也没有采取任何行动。何止这样，反而是把前去要求工厂停止排放废水的渔民们给逮捕了，并送去审判。许多渔民被判有罪。在这样的庇护下，窒素公司更加大肆扩大了生产，一如既往地排放有机水银。为此，直到生产停止之前，水俣湾内的鱼贝类的水银含量一直没有减少。

慰问金契约与认定制度

有害成分清楚了之后，被害者当然要求加害者给予补偿。这时的窒素公司隐瞒了在内部通过动物实验知道了自家公司是罪魁祸首的事实，在与当时的熊本县知事会面后，近似恫吓般地在 1959 年 12 月 30 日与患者们签订了慰问金契约。

对于患者互助会三百万日元的要求，慰问金契约的补偿金是支付死者三十万日元、成人每年十万日元、未成年者每年三万日元的极低的金额。尤其是，为孩子们的将来考虑的父母要求提高金额，但对于"车票还得半价呢，至少也得五万日元"的要求，公司方面也毫不理会。

更有甚者，在契约之中巧妙地隐藏着把被害情况轻化的阴谋。那是在契约的第三条里："关于对在本契约缔结日之后发生的患者（为水俣病患者诊查协议会所认定的人）的慰问金，窒素公司将以本契约的内容为标准，通过另外的途径交付。"

于是从这时起，分类和筛选患者的认定制度便开始了。换言之，水俣病的医学判断（诊断）被慰问金授予资格审定给替换了。在之后的大约十年间，除先天性患者以外再没有新的患者被认定。这个认定制度成了水俣病救济的巨大障碍。

遗憾的是，那时被害者方面没有认识到这一点。这个慰问金契约在内容上性质恶劣，后来在1973年3月20日的法院判决中也被判为"这是在被害者无知的情况下缔结的契约，违背公共秩序和道德，视为无效"。于是，在此之后直到1968年政府正式的认定公害为止，持续着漫长的沉默期。

在那之后，长达三十年的诉讼过程中关于"什么是水俣病？"一直没有停止过争论。病象论之所以成为其中一个很大的争论点，都是因为那时的认定制度。水俣病的病象（诊断标准）被限定为初期的急性暴发型患者，这不仅仅拖延了整个水俣病问题的解决，最大的问题给把握该病的实际状况带来了困难。因为这个障碍的存在，浪费了无数的时间和精力。

当时，患者这边也在隐瞒水俣病。可悲的是，有一部分害怕鱼卖不出去的 3 和家属，即使有人得了水俣病也不申请认证，就那样在家里藏着，也有最后就那样死去的人。这样的患者不只是永远不能被计入水俣病患者的数字中去，也成了无法查清水俣病的实际受害情况的原因之一。

先天性水俣病?

之前，叙述了在水俣病的多发时期、多发地区里，注意到了出生了许多被称为先天性小儿脑性麻痹的儿童。尽管被怀疑是水俣病，但因为孩子们并没有直接食用被污染了的鱼贝类，所以并没有被认定。因此，他们没有被诊断，也没有被救济，而是被长久置之不顾。孩子的父母也因为孩子的病情不能出门赚钱，家庭处于贫困的深渊。在这些人家中没有一件家具，无论是榻榻米还是推拉门都是破破烂烂的，凄惨的状况让人目不忍睹。石牟礼女士的《苦海净土》中的杢太郎的故事，还有桑原先生的照片中所反映出的情景都在这一时期。

我在文章开头所写的金子母亲说的话，还有与我的相见也都是在同一时期。毫无办法的母亲们去市政府寻求救济，却被冷漠地告知："在确定是水俣病之前我们什么也做不了。"

母亲们问："什么时候才能知道是不是水俣病呢?"

被告知"与水俣病相关的事情属于保健所管辖"，而去保健所则又被告知"大学还在研究之中"，大学的老师则说"如果死个谁的话，解剖一下也许就知道了"。事实上，也就变成了母亲们在等着谁死了。实际上，先天性的患者们有着共通的症状，可以认为是因为同一种原因所引起的疾病。还有，母亲们在怀孕时大量食用了水俣湾产的鱼贝类，许多人的家中有水俣病患者或者有相同的症状的人，出生的时期和地点都和水俣病完全一致等，有很多证据都是客观存在的。

1962年的夏天，一个女孩子静静地离开了人世。这个孩子被解剖了，被认定为"通过胎盘而引发的水俣病"（胎儿性水俣病）。在这一年的11月，有十六位儿童被诊断为胎儿型水俣病。就如刚才所说，直到有人死了才终于被认定。

因为这些孩子几乎都因症状严重去不了学校，一般都在家或者住进疗养院，所以政府想要调查的话是很容易就可以做到的。尽管这样，直至今日政府都没有进行过相关的调查。现在已确认了六十四名先天性水俣病患者，有四十名疑似患者，其中有十三人已经死亡。更严重的患者恐怕在我开始调查之前就已经死亡了吧，这个数目也就只是冰山一角吧。

认定后，我去患者家拜访，母亲对我感激地说："托您的福拿到补偿金了"。我就问："您拿到了多少钱呢？""三万日元。"她告诉我。我在很长的一段时间内，一直以为是一个月三万日元而不是一年三万日元。

错误被重演

1965年6月，出现了一条震撼性的新闻，在新潟市阿贺野川下游发现了第二个水俣病发作的地方。

最初，我不能够相信。那是因为我简直无法想象水俣病的原因已经如此地明了，与窒素公司同样的工厂却没有采取任何措施，就那样一直运行到现在。还有就是，对于不太吃河鱼的我们来说，对河鱼会引发水俣病还心存疑问。然而，这毫无疑问是水俣病，因为那个昭和电工鹿濑工厂距离河口六十千米，而且与窒素水俣工厂一样是生产乙醇的工厂。错误被再次上演了。

时至今日，通产省（现经济产业省）才首次在全国范围内对乙醇生产工厂提出了要求，即废水一律采取不外排的封闭循环式。在水俣病被发现、怀疑是因废水而引起的 1956 年，不，退一百步来说是在 1959 年明确了水俣病病因的时候，又或者在查明工厂在生产乙醇时伴生有有机水银这种副产品时的 1962 年也可以，如果当时采取了这种措施了的话，我想也就阻止了水俣病在水俣的扩大，第二水俣病的发生也是能够避免的。

新潟水俣病的发生是不应该出现的事情。但令人啼笑皆非的是，新潟水俣病给水俣，无论是在医学上还是在社会上抑或在被害者运动的层面上，都带来了巨大的影响。

在新潟，因为较早地究明了原因，通过对受污染住民做健康调查和测定毛发水银的含量等手段对水俣病进行了诊断，因此非典型例和迟发性水俣病（停止有毒物质的摄取后，症状仍在加重）等能够得以发现。与第一水俣病的只把重症典型例筛选出来，然后在一定的范围内进行诊断时的情况相比，症状出现了较大的差异。因此，也敦促了在水俣地区对病象的再次探讨，继而发展成为对潜在患者的挖掘、对住民实施集体健康检查，以及对行政再议的申请等运动。

还有，1966 年，在新潟发生了对问题企业昭电提出损害赔偿的诉讼，新潟的患者及其援助者们访问了水俣，开始了两地被害者之间的联动与交流。水俣市在接待了新潟水俣病患者访问之后，第一次成立了叫作"水俣病对策市民会议"（日吉富美子代表）的援助组织。这成了后来起诉水俣病的导火索。接着，在 1969 年 6 月，在水俣也有二十九个家庭向窒素公司提出了损害赔偿的诉讼（水俣病第一次诉讼）。

被抛弃的患者们

到了熊大研究班究明水俣病病因的六年后，也就是 1968 年 9 月，政府第一次承认了水俣病是公害病。想起在这一年的 5 月日本所有的乙醇工厂都停止了生产，不禁令人想到，这是一直在等待公害认定。

政府的这个公开认定所带来的影响，远远超出了行政部门的预想。

实际上，行政部门予以正式承认的这件事，是陷进长期被歧视和偏见的痛苦之中的认定患者们翘首以待的。还有，对于那些被弃而不顾的患者来说，他们也终于有可能让其他人知道自己的存在了。

1969 年 12 月，在《公害被害救济法》和之后的《公害健康被害补偿法》（1974 年 9 月）实施之后，70 年代，反公害运动在全国范围内进入了高昂期。但在水俣，水俣病认定审查会的认定仍然固执地拘谨在狭隘的水俣病病象上，对前来申请水俣病的患者不予认定，继续剔除。

对此提出异议的是川本辉夫他们进行的行政再议申请。这个申请是针对审查会"不是水俣病"的判断提出反对意见而申请不服认定的。环境厅听取了双方的意见，认为认定条件过于狭隘，因此判定审查会"不予认定"的结论是无效的，并于 1971 年发出了"遵从法律的意志扩大救济"的次官（副厅长）通知。根据这个裁决，川本先生被认定为水俣病。以此为契机，不予认定的患者们，还有其他隐藏着的患者们也都陆续地走出来报出自己的名字，认定申请者激增，超过了一万人。因为被严重污染者不下二十万人，这个数字也是不足为怪的。

川本先生等新认定的患者们，在窒素水俣工厂的正门前静坐要求谢罪和补偿，但没有什么进展。为此，1972 年 2 月，川本先生他们去东京，开始在窒素的总公司前面静坐，要求和总公司直接交涉。

在那一年之后的 1973 年 3 月 20 日，熊本地方裁判所判定责任在窒素公司，命令该公司向患者支付补偿金。之后，川本他们在东京本部静坐的那组人，和诉讼派的患者们会合，又与窒素公司展开了长久而激烈的交涉，最终签订了补偿协定，把判决的一次性支付金的金额从一千六百万元增加到一千八百万元，并争取到了生活保障金、医疗费等。同时那个协定也适用于新认定的患者。这个交涉是如何之激烈，从双方都出现伤员、川本先生还被逮捕过就可以看得出来。

这一时期，被叫作"四大裁判"的诉讼，原告一个接着一个地胜利了。

新潟水俣病诉讼是在 1971 年 9 月 20 日，四日市哮喘诉讼① 是在 1972 年 7 月 24 日，痛痛病诉讼是在 1972 年 8 月 9 日，都是患者方的全面胜诉。公害问题在全日本沸腾，也是喧嚣的舆论给了公害被害者极大支援的时期。就水俣病来说，可以感到患者救济之路也被大大地打开了。

但是，做出判决的 1973 年的秋天，发生了第一次石油危机，给奇迹般高速增长的经济带来了阴影。而且，1973 年 5 月在水银恐慌充斥全日本时出现的天草郡有明町的第三水俣病事件，在 1974 年 6 月被环

---

① 四日市哮喘事件是指 1960 年至 1972 年日本经济高度增长时期，因四日市石油联合企业所排放的工业废气而导致的四日市市民集体罹患哮喘并逐渐升级为政治问题的公害事件。其发生地位于日本三重县四日市及其南部的三重郡楠町。

境厅健康调查分科会给否定了。以此事件为契机，行政当局和财政界，开始计划对以水俣病为主的公害病问题进行反扑。

救济的壁垒

水俣病受害者的救济之路看起来已经被打开，但因认定标准狭隘的原因，能够得到救济的患者数量变得少了起来。为此，第二次诉讼之后，"水俣病是什么？"在法庭上引起了争论。

熊本的第三次诉讼以来，在东京、京都、福冈等地纷纷开始了新的诉讼，原告达到两千人。到 1996 年已经有九个判决是关于"是不是水俣病"而下的。被认定审查的专家判定为"不是水俣病"而不予认定的患者中有 65.5%—100%（平均 85%），被法庭判定为水俣病患者予以救济。判决同时指出，"由于审查会的认定条件过于严苛而没有实现真正的救济"，"因为认定是以早期患者为对象的，所以应当适当地降低补偿金"。

即使这样，环境厅和水俣病医学专家会议也没有要改变标准，辩解说"裁判所的水俣病不是医学上的水俣病"，于是继续上诉。

1960 年，在猫 100% 都已死绝的不知火海沿岸，有二十万人居住着。在那些人之中被认定的患者有两千二百六十五人，仅仅只占 1%。猫的死亡率是 100%，如果假设有机水银只对 10% 的人有影响，水俣病患者也应该有两万人。还有，考虑到认定患者的一半已经死亡，也可以计算出现在应该有一万水俣病患者还未被认定。

作为"不是水俣病"而不予认定的患者，现在鹿儿岛、熊本两县总计有一万四千八百一十四人，其中有两千人以上进行了诉讼（第三次诉讼）。这些患者，不是幸存下来的水俣病患者的话，又是什么呢？审查会"不是水俣病，是原因不明的神经疾患"的主张，是完全没有说服力的。如果是这样的话，就意味着原因不明的神经疾病患者有一万人以上，那才是更大的问题。听到判决的一位审查委员说"医学上无法判断的事情司法却想要救济，也是够有意思的了"。这等于是承认了医学就是阻碍救济的壁垒了。

什么是解决之道？

1995年12月，当政的三党提出了水俣病问题解决案。以撤销一切的诉讼、行政不服和认定申请作为条件，达到一定条件的患者可以得到一次性补助二百六十万日元，同时交付健康手册医疗费、支付介护津贴等，还有就是支付给各种团体的合计金额由六千万日元增加到三十八亿日元，首相及环境厅厅长表达谢罪之意等。这被称为"苦涩的选择"，最终，除关西诉讼以外的各个团体都选择了和解，撤销了诉讼。

交付健康手册的条件是符合流行病学条件，也就是说能够证明有被污染的环境，如家族中有人患水俣病等，同时被诊断者本人的四肢末端有感觉障碍的。最终符合标准的，包括已死亡的人口在内，一次性补助金领取者有一万零三百五十三人，健康手册领取者是九千六百五十六人。没有被断为符合流行病学条件的感觉障碍者（多数是年轻人），只支付医疗费和疗养费（保健手册授给者）。其符合条件者为一千一百八十七人。任何一条都不符合的人有一千七百八十一人。

应该如何来评价这个解决方案？只能根据那个长期以来在法庭上

争论的焦点，到最后是以何种方式解决的来定。其中，焦点之一就是行政当局的责任，另一个就是原告们到底是不是水俣病这一点。令人遗憾的是，这两点都仍旧是不清不楚、含含糊糊地落下了帷幕。

即使这样，政府虽然有些不按常理地提出了解决对策，但已经是在距离水俣病被正式发现的四十年之后了，实在是用了太长太长的时间。先天性患者也已经超过四十岁了。随着被害者年龄的逐渐增高，死去的人也就接连不断地出现。被害者们一直到死都是被害者，而企业的干部和官僚却是不停地换了一拨儿又一拨儿。

他们这些人应该利用诉讼再继续控诉，把问题往后拖就好了。还可以把责任推给那些被称为专家的审议会和专业委员会的人，说他们在出报告时偏向国家和行政（因为是官僚选择委员的），这样也能拖延时间。这种结构不只限于水俣病，从其他的公害、药害等上面也看得出来。自然，只要结构不改变，悲剧就会再次出现，受害面就会扩大，被害者的救济也会被延迟，救济也就不充分。

那个时候，人在受伤、发疯、死亡的时候，舆论（国民）不也还是选择了富裕和便捷（经济发展）了吗？在这个意义上不能说我们没有责任。不可以只让被害者来承担发展所带来的不幸。作为"负遗产"，如果不能由全体国民来共同承担的话，被害者就不会得到救赎。即使政治上的问题基本得到了解决，不管是如何拉下帷幕的，只要被害者还活着，水俣病就不会终结。而且，也为了借鉴水俣的经验，"为什么会发生水俣病？被害范围如此扩大，救济有没有晚？"像这样对企业和行政的责任追究，今后也必须继续进行下去。更甚至于"最低限度的水俣病的标准是什么？"等，从医学的角度去追究大面积污染的全貌（影响），也是日本医学者和国家行政对世界应履行的责任。

作为未来将要究明的学问，"水俣学"的讲座在 2002 年于熊本学园大学内开讲了。这个讲座并不是关于水俣病的知识启蒙的讲座，而是介绍从水俣病事件所映射出的各种事情中能看出些什么，是一个实验性质的讲座。通过这样的尝试，我们甚至可以看到"学问是为了什么？为了谁而研究？""行政是为了什么而存在的？""专家为何物？""我们的生存方式是什么？"等等。

为了以上的目的，学问应该是重视现场的，同时是对市民公开，市民能够参与的。

石牟礼道子女士的《苦海净土》是打开那扇门的最初的珍贵的"钥匙"。

参考文献

（一）原田正纯著《水俣病》，岩波新书，1972 年

（二）原田正纯著《水俣所映射的世界》，日本评论社，1989 年

（三）原田正纯著《水俣病并没有结束》，岩波新书，1985 年

（四）原田正纯著《被制裁的会是谁》，世织书房，1995 年

（五）原田正纯著《慢性水俣病　什么是病象论》，实教出版，1994 年

（六）原田正纯著《环境和人体——公害论》，世界书院，2002 年

（七）原田正纯著《金和汞——我的水俣学笔记》，论坛社，2002 年

（八）原田正纯编著《水俣学讲义》，日本评论社，2004 年

（九）原田正纯·花田昌宣编《水俣学研究概论》，藤原书店，2004 年

【资料】

新日本窒素水俣工厂
水俣病患者家庭互助会
纠纷调停案《契约书》
［昭和三十四年（1959）十二月三十日］

　　新日本窒素肥料公司（以下称"甲方"）和渡边荣藏、中津美芳、竹下武吉、中岗沙月、尾上光议、前田则议（以下称"乙方"。但是在本契约中乙的附页所记水俣病患者名单上，健在者由本人，已经死亡者则由其继承人、父母、配偶、子女等代理）就双方当事者之间的水俣病患者补偿费的问题，因双方在同日遵循了不知火海渔业纠纷调停委员会在昭和三十四年（1959）十二月二十九日提出的调停解决方案，因此甲方和乙方按照如下内容缔结契约。

　　第一条　甲方对水俣病患者（含已死亡者。以下称"患者"）支付的慰问金按照以下标准计算的金额予以交付。

一、已死亡者
　　（一）发病时已成年者
　　　　从发病时到死亡时的年限乘以十万日元所得的金额，再加上抚恤金三十万日元以及殡葬费两万日元，把这些金额加起来作为一次性慰问金支付。

（二）发病时是未成年者

从发病时到死亡时的年限乘以三万日元所得的金额，再加上抚恤金三十万日元以及殡葬费两万日元，把这些金额加起来作为一次性慰问金支付。

二、健在者

（一）发病时已成年者

1. 从发病时到昭和三十四年（1959）十二月三十一日的年数乘以十万日元所得到的金额作为一次性慰问金支付。

2. 昭和三十五年（1960）以后每年支付十万日元的年金。

（二）发病时未成年者

1. 从发病到昭和三十四年（1959）十二月三十一日之间，未成年的年数乘以三万日元，成年后的期间内的年数乘以五万日元，所得到的金额作为一次性慰问金支付。

2. 在昭和三十五年（1960）以后到达成年期间的年数每年三万日元，成年以后每年支付五万日元的年金。

三、受领年金者死亡时按照已经死亡者的抚恤金和殡葬费的标准，发放一次性慰问金，并在死亡当月停止支付年金。

四、关于年金的慰问金支付

（一）水俣病患者诊查协议会（以下称"协议会"）所认定的症状稳定或症状轻微的患者（患者未成年则是其亲权者），若希望把年金转换为一次性支付的慰问金，则在甲方所希望的月份停止年金的支付，一次性支付慰问金二十万日元。但是一次性慰问金的申请期限是在本契约缔结后半年以内。

（二）根据（一）中的规定接受一次性慰问金的人，将被视为放弃了一切与慰问金相关的申请权。

第二条　甲方对乙方支付的前条慰问金中所需的金额，委托日本红十字社熊本县支部水俣市地区长按照分配方法进行分配。

第三条　对于在本契约缔结日以后发病的患者（被协会所认定者）的慰问金，甲方按照本契约的内容，以其他途径交付。

第四条　将来如确定水俣病不是由工厂排水所造成时，甲方在当月停止交付慰问金。

第五条　即使将来已经肯定水俣病的起因是甲方的工厂排水，乙方也不可以提出任何新的补偿金要求。契约一式两份，以兹证明，甲方、乙方各保存一份。

昭和三十四年（1959）十二月三十日

（中略）

备注事项

　将来物价显著变动的情况下，根据甲方或乙方的申请，在双方协议的基础上可以修订年金的金额。（后略）